書下ろし

はないちもんめ 世直しうどん

有馬美季子

祥伝社文庫

目次

第一話　初春（はつはる）や温泉宿で食べ尽くし

一

眩しいほどの蒼天を眺めながら、富士山に向かって、はないちもんめたちはせっせと東海道を歩んでいた。お花、お市、お紋の三人とも笠を被り、手甲と脚絆を着け、荷物を背負った旅姿だ。

「晴れてよかったわねえ」

「箱根に行くなんて何年ぶりかね。張り切っちまうよ」

「婆ちゃん、元気だなあ」

「お母さん、無理しないでよ」

「大丈夫さ！　温泉に美味しい料理が待っているなら、どこまでも歩いていくよ！」

お紋は高らかに笑った。

「まあ、疲れたら駕籠を拾えばいいものね」

「あたいは馬で行こうと思えば行けるけど、おっ母さんと婆ちゃんは絶対に無理だもんな。仕方ない。歩調を合わせてやるよ」

口笛を吹きながら飛び跳ねるように進むお花を、お市とお紋はじろっと見やる。

「まったく生意気なんだから」

「年が明けたら十九になろうってのに、相も変わらずじゃじゃ馬で困っちまうね。じゃじゃ馬だから馬はお得意って訳だ」

お花は二人を振り返り、あかんべえと舌を出す。寒い時季でも陽を浴びて、木々の緑は鮮やかだった。

文政六年（一八二三）の年の暮れ、三人は二十五日に仕事納めをして、二十六日の早朝に江戸を発った。年末年始を、箱根で温泉に浸かってのんびり過ごすためだ。箱根まではだいたい三日かかるので、二十八日に到着の予定である。

この三人は、八丁堀は北紺屋町で、料理屋〈はないちもんめ〉を営んでいる。年が明ければ大女将のお紋は五十六歳、女将のお市は三十七歳、見習いのお花は十九歳になり、女三代で切り盛りする店も創業二十七年を迎えることとなる。

店の場所が八丁堀同心の役宅に近いので、お客は町方の旦那衆が多く、女将のお市を目当てに通ってくる者もいる。木暮小五郎という、来年には四十四歳になる同心もその一人だ。この木暮、奉行所では上役にがみがみ言われ、家では内儀にぶつぶつ言われ、腹が出ているうえに脚は短く、近頃では髪も薄くなってきて、まったくもってうだつが上がらぬ男である。なのに、だ。どうしてか美人女将と謳われるお市と妙に気が合っている。二人の仲に気を揉んでいる者も少なくない。

今回の箱根旅は、なんとその木暮のおかげで実現したのである。

はないちもんめたちの力添えを得て、木暮はこのところ続けて手柄を立て、奉行所で褒美をもらった。

――長い奉行所勤めの中で、ようやく日の目を見たぜ――

木暮は感激し、それを懐に仕舞い込んで一人でほくそ笑んでいたのだが、与力や同心たちの溜まり場でもある〈はないちもんめ〉の皆にはすぐに知れてしまった。……そして、お紋、お市、お花の攻撃が始まったのだ。

「誰のおかげで手柄が立てられたんだろうね」

「別に恩着せがましいことを言う訳ではないけれど」

「そういやあたい、来年は厄年なんだよなあ。どこかの権現さんにでもお参りしたいなあ」

「お参りの後に温泉に浸かるってのもいいよね」

「娘のために私も厄除けを祈ってあげたいわ」

などと店に行くたびに三人にせっつかれ、ついに木暮は根負けしてしまった。

「分かったぜ、皆まとめて連れてってやるわ！」

どうせなら、いつも頑張ってくれている手下の忠吾と坪八も一緒に賑やかにいこうと、気前よく皆で箱根旅と相成ったのだ。

「褒美がこれで吹っ飛ぶぜ」

文句を言いながらも、単純な木暮は、お市と一緒の温泉旅に胸を高鳴らせていた。部屋は別になるだろうが、同じ宿にお市と一緒に泊まれるなら、たとえ一泊しか出来なくても木暮は満足だった。木暮も一応は武士なので、年始に挨拶回りをしなければならず、それゆえ大晦日には江戸へ戻りたいのだ。

「岡っ引きたちを、たまには労ってやらねばな」

木暮は家族にはそう言い訳をして、箱根に向かうことにした。出発は、はないちもんめたちとは別にするなど、小細工にもぬかりがない。木暮は同輩の桂右近も誘ったが、彼はやんわりと断った。

「年末年始は家族と一緒に過ごしたいので」という、至極まっとうな理由だったが、それは建前であり、本音は違う。
——温泉に浸かるうちに付け鬢（付け毛）がずれてきて、薄毛がばれるのが心配だから。

桂は木暮とは違って二枚目で仕事もそつなくこなし、よき夫であり、よき父親でもある。まさに非の打ちどころがないような男だが、どういう訳か非常に薄毛なのだ。本人もそれを気にして付け鬢をしている。本人は上手く誤魔化せたと澄まし顔だが、木暮をはじめ周りの誰もが気づいていた。

それゆえ桂が温泉旅行を断わった時、木暮は彼の本音を見抜いたが、敢えて何も言わなかった。武士が髷を結えなくなったら隠居せざるをえない時代、桂の心情は推して知るべしであったからだ。という訳で桂は抜きで、木暮は忠吾と坪八を連れて、箱根に向かうこととなった。

木暮たちより一足早く江戸を発ったはないちもんめたちは、駕籠と徒歩で進み、その日の夕刻に戸塚宿に着いた。東海道五十三次では五番目の宿場で、藤沢宿に次いで旅籠の数が多く、賑わっている。

お花は元気いっぱいだったが、お紋とお市は既にへとへとになっていた。

「富士山が近づいてきたよ！　やっぱりかっこいいなあ、富士山って！」

夕焼け空の向こうに聳え立つ山を眺め、お花は大はしゃぎだ。

三人は旅籠を決めて入った。部屋に通され、宿帳を記し、仲居が下がると、お市とお紋はごろりと横になった。

「ああ、疲れたわあ」

「でもさあ、やっぱり旅っていいもんだねえ。心地よい疲れって感じだよ」

二人を眺めながら、お花はお茶を啜った。

「婆ちゃん、脚は痛くない？　お腹の具合は大丈夫かい？」

「ああ、脚は少し痛いけれど、お腹は平気、平気。なんともないよ」

「お母さん、駕籠に乗りながらおにぎり食べてたものね」

「そういや婆ちゃん、団子も食ってたよな。あたいも色々食べたけど」

「駕籠に乗って、移りゆく景色を眺めながら食べるってのも、乙なもんだね。でも、駕籠ってのは長く乗ると腰が痛くなるねえ。どうやら脚よりも、腰にきたみたいだ」

お紋は苦笑いしながら腰をさする。

「あら、お母さんも？　私も腰が痛むの。駕籠の揺れが結構響くのよね」

お花はお茶を飲み干し、二人にすり寄った。

「仕方ねえなあ。順番に揉んでやるよ。ほら、まずは婆ちゃんからな」

「おや、悪いねえ」

「なに言ってんだ。悪いなんてちっとも思ってないだろ」

憎まれ口を叩きながらも、お花は祖母の足腰を丁寧に揉みほぐしていく。

「ああ、いい気持ちだ」

孫のぶっきらぼうな優しさと手の温もりに、お紋は目を細めた。お市は寝転びつつ二人を眺め、笑みを浮かべる。

「箱根の権現様に着いたら、皆が健やかでいられるよう、しっかりお祈りしなくちゃね」

お市の言葉に、お紋もお花も大きく頷いた。

暫し寛ぎ、お風呂に入ってさっぱりしたところで夕餉となる。三人は、戸塚宿の名物である〝饂飩豆腐〟を堪能した。〝饂飩豆腐〟は『豆腐百珍』（天明二年／一七八二）にも記されている、豆腐を饂飩のように細切りにした料理だ。旅籠で出されたものには独自に鰹節、刻み葱、大根おろしなどがかけられ、生姜醤油で味付けされていた。

「これいいわねえ。生姜が利いていて温まるわ」

「つるつるといくらでも食べられちまうね」

「あっさりしていて胃にもたれないから、疲れた躰に優しいよ」

はないちもんめたちは炬燵にあたりながら、あっという間に平らげる。すると仲居が今度は本当の饂飩を運んできた。葱と揚げ玉がたっぷりかかった、ぶっかけだ。

「この饂飩は、饂飩粉に豆腐を混ぜ合わせて練って作っております。普通の饂飩とは少し異なるお味と食感を、どうぞお楽しみください」

仲居はそう説明し、下がった。三人は舌なめずりしながら、早速〝豆腐入りぶっかけ饂飩〟を頰張った。

「あら、もちもちしつつ、お豆腐のふんわり感があって美味しいこと！」

「薄味のお汁に合ってるなあ。まろやかな味わいだ」

「豆腐を混ぜ合わせた饂飩って、いやいや絶品じゃないか！　こしもちゃんとあるしね。饂飩がまさに主役になるから、葱と揚げ玉だけでも充分だよ」

行灯が柔らかに灯る旅籠の部屋に、ずずっと饂飩を啜る音が響く。

「旅先での食事って、旅の大きな楽しみの一つですものね」

「うん。なんでもいつもの倍ぐらいに美味しく思えちまう」

「この饂飩は本当に美味いよ。目九蔵さんにも作ってほしいもんだ」

目九蔵は〈はないちもんめ〉の板前で、年が明ければ六十三歳になる老爺だ。腕がよいのはお墨付きだし、博識でもあるので、皆から非常に頼りにされている。京の出である目九蔵が作る京風の江戸料理は、多くのお客たちの心と胃ノ腑を摑んでいた。

もちろん、はないちもんめたちは目九蔵も今回の旅に誘った。

――お気持ちはとても嬉しいですが、今回は遠慮しときます。たまの御旅行ですさかい、水入らずで楽しんできてください――

そう言ってやんわり断る目九蔵の気遣いが、三人は時にじれったくも感じるが、やはり愛しい。彼がお客たちに贔屓にされるのは、そのような心の細やかさゆえなのだ。

「目九蔵さんならもっと美味しく作ってくれるかしら」

「持って帰って食べさせてあげたいけれど、さすがに無理だね」

「なら、目九蔵さんの分もしっかり食べとこうよ。味を覚えて、だいたいの作り方を伝えれば、目九蔵さんならさらに工夫して作ってくれるさ」

三人は相変わらず喧々やりながら、饂飩をお代わりし、食べ終える頃にはすっかり元気になっていた。

「この分なら明日も張り切って進めるわね」

「明日に備えて早く寝（やす）もう」

「お腹いっぱいになったし、あとは寝るだけだ」

三人は仲居が敷いてくれた布団（ふとん）に横たわり、躰を伸ばす。

「明日は小田原（おだわら）宿までか」

「お天気よいといいね」

そんなことを話しながら、はないちもんめたちはあっという間に眠ってしまった。

翌日の朝、三人は藤沢宿へ向けて発った。昨日は晴れていたが、今日は曇（くも）り空だ。富士山も幾分霞（いくぶんかす）んで見えるが、それでも立派な佇（たたず）まいである。

「一雨くるかもしれないから、急ごうよ」

「そうだね。今日はなるべく歩こうか。明日の箱根の難所は駕籠に乗りっぱなしじゃなきゃ越せないだろうからね、私なんかにゃあ」

「駕籠代の節約のためにもそうしましょう」

ちなみに東海道を行くのに駕籠を使うと、馬を使った場合の四倍ほどの値段になる。

「そんなことを言いながらも、昼過ぎにはどうせ駕籠に乗るって駄々をこねだすくせによ」

お花が鼻で笑うも、お紋とお市はしれっとしたものだ。

「いいんだよ。金子っていうのはね、たまの旅行の時なんかに景気よく使うもんさ」

「そうよ。それに今回の路銀(旅費)は殆ど旦那持ちですもの。ありがたいわあ」

「そっか！　なら少しぐらい贅沢しても構わないか」

「事件の解決にあれだけ力添えしたんだ。罰は当たらないだろうよ」

「とは言っても駕籠代ぐらいは自分たちで払いましょう。何から何まで頼るのはよくないもの」

お市の言葉に、お紋とお花も頷く。

昨日と比べて冷えるが、せっせと歩けば寒さも紛れる。

「段々と富士山が近づいてくるわね」

「箱根のほうは雪が積もってるらしいよ」

「明日は雪の中を行くことになるだろうね」

「雪の道中は苦労するけれど、雪見しながら温泉に浸かれるなんて最高だわ」

お市はうっとりと目を細める。

「木暮の旦那も、お前と一緒に雪見温泉を愉（たの）しみたいがために、せっせと箱根まで来るんだろうね。一泊しか出来ないってのにさ」

「男の助平心（すけべごころ）って凄（すご）いよね！　二十里（約八十キロメートル）を越えるよ」

ちなみに江戸から戸塚宿までは約十里半、戸塚宿から小田原宿までは約十里、小田原宿から箱根宿までが約四里である。小田原から箱根までは距離にすればそれほど遠くはないが、急な坂が多い難所として知られる。

その難所越えを明日に控え、はないちもんめたちはひたすら東海道を進んだ。年の瀬に行き交う人々は多く、駕籠や馬ともよく擦（す）れ違った。道に面した茶屋も賑わっている。

辺り一面に広がる草木を眺めながら、富士山に向かって歩むのは、曇り空の下ではあっても爽快（そうかい）だ。平塚を過ぎると相模（さがみ）の海が見えた。

「うわあ！　ちょいと寒々しいけれど、やっぱり海はいい眺めだなあ！」

お花は背を伸ばし、海に見惚れる。お紋とお市も立ち止まり、息を整えた。

「冬の海ってのもいいよね。風情があってさ」

「あそこに茶屋があるから、海を眺めながら少し休んでいかない？」

「そろそろ小腹が空いたから、団子でも食べていこうよ！」

三人は静かに波立つ海を見ながら、茶屋で一休みし、団子とお茶でお腹を満たすと、海に沿って再び元気に歩き始めた。

大磯を過ぎ、梅沢を過ぎ、船で酒匂川を横切った頃、天候が崩れて小雨が降り始めた。ちょうどこの辺りから道が徐々に険しくなるので、三人は駕籠に乗り、どうにか夕刻に小田原宿に辿り着いた。

旅籠ではお花が前日のように祖母と母親の足腰を揉みほぐしたあと、三人で風呂と料理を堪能した。

夕餉で出された大盛りの〝しっぽく蕎麦〟には、小田原名物の蒲鉾が厚切りで載せられていた。ほかに、これまた厚切りの卵焼きと、椎茸、ほうれん草がどんと載っていて、なかなかの迫力だ。まずは音を立てて汁を啜り、三人とも相好を崩す。

「絶妙な濃さね。疲れが取れるわあ」

「温まるよねえ。この蕎麦、香りがよくて、美味しいったらないよ」

「分厚い蒲鉾もぷるぷるして、この一切れに海の幸が詰まってるって感じだ。江戸とは一味違う」

「この蒲鉾、目九蔵さんへのお土産に買って帰りましょうよ」

「ああ、そうだね。どうせ帰る時にまたこの宿場で一泊するものね。その時に買おう」

「目九蔵さんならこの蒲鉾で、美味しい料理を作ってくれるよね」

　三人は賑やかに食事を楽しみ、あっという間に大盛り蕎麦を平らげてしまった。そして酒を少し呑み、いよいよ明日の難所に備えて、川の字になって早く寝むことにした。

　ところが昨夜と違って、皆なんとなく目が冴えていた。お紋が何の気なしに言う。

「年が明ければ、お花、お前も十九だ。そろそろ幽斎さんと夫婦に……と言いたいところだけれど、厄年に所帯を持つのはやめておいたほうがいいかもしれないね」

「そうねえ。焦ってないのなら、あと一年待ったほうがいいわね」

祖母と母のお節介に、お花は憮然とする。

幽斎とはお花の憧れの、来年には三十二歳になる陰陽師だ。占術のほか憑き物祓いや加持祈禱も行っている。繊細な二枚目の幽斎は人気者で、お花も熱を上げて占い処に通っていたのだが、事件の相談などをしているうちに親しくなり、今では無料で占いを視てもらったり、本を貸してもらったりする仲である。

お花は幽斎を真に敬い、愛しく思っている。だからこそ、慎重になってしまう。思うがままに突っ走って、折角のよい間柄を壊してしまうのが恐いのだ。それゆえ、祖母や母に急かされるのはまことに大きなお世話だった。

「うるせえなあ、勝手に決めるなよ！　幽斎さんとあたいは、そんなんじゃねえんだよ。なんていうか、師匠と弟子というか……まあ、幽斎さんがあたいを弟子として認めてくれるなら、って話だけどさ」

「幽斎さんって、男の人としても素敵じゃない。お会いしてみて、私もお母さんと同じく、ほっとしたわ。穏やかで、礼儀正しくて、ちょっと線が細いような気もするけれど、芯はなかなか強いみたいだし」

「見栄えもいいしね」

お紋とお市は、今年の秋に初めて幽斎と顔を合わせた。そしてすっかり気に入ってしまったという訳だ。幽斎のことを話でしか聞いていなかった時は「なんだか幽霊みたいな男」と訝(いぶか)しんでいた二人だが、実際に会ってみるとその柔らかな物腰に感嘆(かんたん)したようだった。

　だからこそ娘をせっついているのだろうが、お花にはそれが疎(うと)ましい。お花は布団の中で声を荒らげた。

「いいんだよ、あたいのことは放っておいてくれよ！　婆ちゃんこそ庄平(しょうへい)ちゃんとはどうなんだよ？」

「『庄平さん』と呼びなさいと何度も言っただろ。庄平ちゃんだなんて、馴(な)れ馴(な)れしいんだよ」

「はいはい。庄平さんとはどうなんでしょう？」

「放っておいてくれ。密(ひそ)かに大切に、育(はぐく)んでいるのだからね」

「そういえばお母さん、最近やらなくなったわね、『銀之丞(ぎんのじょう)〜』っていうの」

　お市がくすくす笑う。銀之丞とは、市村座(いちむらざ)の看板役者である澤向(さわむかい)銀之丞のことだ。一年前に彼の舞台を観て夢中になって以来、お紋は暫(しばら)く寝ても覚(さ)めても銀之丞で、壁に貼った錦絵(にしきえ)を眺めながら『銀之丞〜』と悶(もだ)えるのを日課としていたのだ。

お紋は布団の中、苦笑いだ。

「ああ、そうだね。顔がいいだけの男ってのは、飽きるね、やっぱり。その点、中身がいい男ってのは、知れば知るほど、付き合えば付き合うほど、味わい深くなってくるよ。するとさ、皺（しわ）の一本一本まで愛しく見えてくるもんだ」

「味がよく染（し）みたものは美味い、って訳か。料理と同じだ」

「あら、お花、あんたもいいこと言うようになったじゃない。いつの間にか大人になってるんだね」

「そりゃそうさ。でも婆ちゃんの答えも、放っておいて、か。じゃあ、おっ母さんはどうなんだよ？　木暮の旦那をはじめ、おっ母さんを妾（めかけ）にしたがっているお客たちは相変わらず多いみたいだけどさ」

「放っておいてちょうだい。皆、それぞれ大切なお客様であって、それ以上でも以下でもないわ。そう思っていないと、料理屋の女将は勤まらないのよ」

有明行灯（ありあけあんどん）の灯影（ほかげ）が揺れる中、お紋は鼻を鳴らした。

「なんだい、皆、自分のことになると、放っておいてって訳かい！」

「本当に勝手だよな！　人のことは色々聞き出そうとするのによ」

「いやよねえ、女の好奇心って」

女三人、欠伸(あくび)が出始め、ぶつぶつ言い合いながら、そのうち眠りこけてしまった。

翌日は朝から雪が降り始めたので、小田原宿を出る時に駕籠に乗った。

「道が悪いのにすまないねえ」

「いえ、慣れてますんで」

お紋が気遣うも、浅黒い顔の駕籠舁(かごか)きたちは平然としたものだ。難なく担(かつ)ぎ上げ、大きな掛け声を上げて走り始める。先頭にはお紋を、次にはお市を、最後尾にお花を乗せた駕籠が連なり、箱根に向かって駆けていった。

急な坂が続く難所を過ぎ、八丁平(はちちょうだいら)を越えると、木々の間に芦ノ湖(あしのこ)が、やがて箱根権現が見えてくる。三人はその辺りで一度降ろしてもらい、箱根権現に参詣(さんけい)することにした。

銘々(めいめい)、厄除け、商売繁盛(はんじょう)、健康来福を祈り、そこからの眺めに目を瞠(みは)った。一面に広がる芦ノ湖の正面には、冠雪(かんせつ)した富士山が聳えている。その神々(こうごう)しさに、いつもは姦(かしま)しい三人も暫し言葉を忘れて見入った。

「よかった……ここへ来られて。来年もいい年になりそうだ」

雪交じりの冷たい風に頬を撫でられながら、お花が呟く。その冷たさが、心を浄化してくれるようだ。

「厄なんか吹き飛ばしてくれるような壮大な眺めね」

「私も来られてよかったよ。こんなに近くに富士山を拝めるなんてね。御利益ありそうだ」

三人は富士山に向かって手を合わせた。

「木暮の旦那に感謝しなくちゃね」

「まあ、いい人だってのは分かってるんだけどさ」

「ちょいと間抜けなだけでね」

三人は満足げな笑みを浮かべ、駕籠へと戻った。関所のほうには行かず、湖畔に沿って進んでもらい、昼過ぎには旅籠近くへと辿り着いた。

目の前には芦ノ湖が広がり、その向こうには富士山がいっそう迫って見える。その光景に、はないちもんめたちは大いにはしゃぎ、お花は雪が降り積もる中を飛び跳ねた。

「雪の湖って綺麗なもんだなあ！」

「ねえ、富士山の手前に見えるのはなんていう山かしら」

「越前岳じゃないかい？　あっちに見えるのは金時山かい？」

「雪化粧した山々に囲まれた、湖畔の宿かあ。はるばる来た甲斐があったね！」

三人は周りをきょろきょろ眺め回しながら、草鞋で雪を踏み締め、木暮が指定した旅籠〈湖月荘〉を見つけて入った。

「いらっしゃいませ」

女将に迎えられ、入り口で女中に脚の汚れを洗ってもらう。鄙びてはいるが小綺麗な宿だ。二階の十二畳ほどの部屋に通され、はないちもんめたちは「やれやれ」と息をついた。

お紋とお市は炬燵にあたり、お花は障子窓を開けて声を上げた。

「ここからも富士山と湖がよく見える！　木暮の旦那、いいとこ選んでくれたね」

「いつまでも眺めて、目に焼き付けておきたいよ」

「温泉からも見えるのかしら？」

「早速行ってみようよ！」

不思議なもので、目的地に辿り着くと、道中の疲れは消えてしまうようだ。

「行こう行こう」と、お紋とお市もすぐに腰を上げる。

一階に下り、隣接した温泉に案内してもらって、三人はのんびりと浸かった。温泉からも雄大な景色を一望でき、三人は感動すら覚えた。

「素敵ねえ。夢のよう」

「御利益があり過ぎて、悪いところが全部治っちまいそうだよ」

「ここのお湯は、肌が美しくなるほか、関節の痛みや、肩凝り、腰痛などにも効き目があるんですって」

「ずっと浸かっていたいなあ。のぼせない程度に」

「茹で上がらないよう、気をつけないとね」

日頃の忙しさから逃れ、女三人、呆けたような笑みを浮かべて湯を堪能する。ふやけそうになるまで浸かり、頭がくらくらしてきたので一旦引き上げた。

「ここに居る間は何度でも入れるもんね」

「どうせなら一年分ぐらい入ってやりたいね」

「あら、そうすれば江戸へ戻っても一年ぐらいは湯屋へ行かなくても済むかしら」

相変わらず頓珍漢なことを話しながら部屋へ戻ると、そろそろ七つ（午後四時）。暗くなり始め、降雪が強まってきた。

「湯冷めには気をつけよう」

三人は浴衣の上に綿入れを羽織(はお)り、炬燵にあたって、用意してもらった酒を呑み始める。

「温泉に入った後に呑むお酒って最高ねえ」

お市は、今にも眠ってしまいそうな蕩(とろ)けた笑みを浮かべている。お紋も、炬燵で丸まっている猫のような笑顔で、頷いた。

「なんだかさあ、極楽にきちまったって感じだよ」

「あたい、このまま寝ちまいたい」

お花はごろりと横になり、目を瞑(つむ)る。それを見やり、「私も」「じゃあ私も」とお市とお紋も寝転がり、三人揃(そろ)って忽(たちま)ち寝息を立て始めた。

半刻(はんとき)（約一時間）ほどしてにわかに騒がしくなり、襖(ふすま)が開いた。はないちもんめたちが目を擦(こす)って起き上がると、仲居が頭を下げた。

「あの、お連れのお客様が御到着なさいましたので、そろそろお食事の御用意をさせていただきたいのですが」

「あら、もうそんな刻？」

お市は浴衣の前を直し、お紋とお花は大きな欠伸をした。

「すっかり忘れてたよ。旦那たちとここで落ち合うこと」

「旦那たちは隣の部屋に泊まるんだろ？　御飯はどこで食べるの？　広間？」

「いえ、お部屋に御用意させていただきます。それでお連れのお客様方は、こちらのお部屋で御一緒に召し上がりたいとのことなのですが」

はないちもんめたちは顔を見合わせる。図々(ずうずう)しくも男三人で、女三人の部屋へ押しかけてくるつもりらしい。お紋は溜息(ためいき)をついた。

「仕方ないね。こんないい思いが出来るのも、旦那のおかげだ。少しは顔を立ててあげなくちゃね」

「そうだね、荒らされるかもしれないけれどね」

「お食事の用意、お願いいたします」

「かしこまりました」

仲居が下がると、入れ替わりに木暮と岡っ引きの忠吾、下っ引きの坪八がどたどたと入ってきた。女三人の部屋に、一気に男三人のむさ苦しい臭いが立ち込める。

「いやあ、ここまで来るのはたいへんだったぜ！　お前ら無事でよかったな」

「雪道は一苦労ですぜ」

「駕籠に乗ったら乗ったで、腰に響いて、痛うて痛うて。それで辛抱堪らなくなりまして、わて、四つん這いで駕籠に乗ってみたんですぅ」

男三人は厚かましくそのまま座り込む。

忠吾は年が明ければ二十九歳になる、強面で怪力の大男だ。いかつい風貌の割に睫毛が妙に長いところがなんとも言えず、どうやら男色の気があって木暮にほの字である。それゆえ忠吾は木暮にとって実に忠実な手下という訳だが、酔っ払うと普段は秘めている恋心を抑えきれずに時に暴走することがあり、木暮に迷惑がられている。

坪八は年が明けたら二十六歳になる、大坂の出の、吃驚するほど出っ歯の小男である。忠吾と坪八の凸凹親分子分は、〝羆の忠吾、鼠の坪八〟として八丁堀界隈でも知られていた。

「なに、坪八ちゃん、四つん這いで駕籠に乗ったって？　そりゃ本当かい」

目を丸くしたお紋が訊ねる。

「へえ、ホンマですわ。そしたら腰は無事だったんですが、振動が手や腕や脚に伝わってきて、これまた辛抱堪らんようになって、でも踏ん張ってそのままの恰好で乗ってたんですぅ。そしたら、大きく揺れた時、駕籠から転がり落ちてしまったんですぅ。それで駕籠舁きの兄さんたちに気づかれまして、何やってんだ危ないからちゃんと座って乗ってくれ、と怒られてしまいましたぁ」

頭を掻く坪八に、はないちもんめたちは苦笑いだ。

「相変わらず阿呆なことしてるね、坪八ちゃん」

「へえ、でも座って乗り続けたら痔になりそうでしたさかいに」

「ああ、その気持ち分かるよ。坂道はきついよねえ、特に」

「婆ちゃん、腰が抜けそうになってたよな」

「歩いても駕籠に乗ってもたいへんな道のりを、皆様お疲れさまでした、ってとこかしら。それを労うためにも、今宵は羽根を伸ばしましょうよ」

お市が微笑むと、一同大きく頷く。木暮は、浴衣姿のお市を眺め、目尻を垂らした。

「いやあ、宿の造りは素朴だけど、なかなかいいじゃねえか。はるばる来た甲斐があったぜ。ま、今宵はひとつ、大いに楽しもう!」

お紋は薄笑みを浮かべ、木暮を見やった。

「ふん。どうせお市と一緒に温泉に入るのを楽しみに来たんだろうよ。期待に胸とあそこを膨らませてさ」

「まあまあ婆ちゃん、いいじゃないか。旦那のおかげでこんないいところに湯治に来られたんだからさ。旦那の助平心ぐらい、少しは大目に見てあげようよ」

「まあ、それもそうだね。御飯が終わったら、お市と二人で温泉に浸かってきな。さっき三人で入ったんだけどさ、いい湯だよお！　富士山と芦ノ湖を眺めながら湯に浸かるなんて最高だろ。二人で楽しんでおいでよ。旦那はどうせ一泊しか出来ないんだからさ」

お紋の許しを得て、木暮の目は輝き、鼻の下はだらりと伸びる。だがお市は頬を微かに染め、膨れた。

「お母さんったら。私はもう今日はいいわ。さっき長く浸かったもの。充分よ」

「おっ母さん恥ずかしがるなよ！」

「そうじゃないわよ」

「恥ずかしいんだったら、あたいも一緒に入ってやるよ。っていうか皆で入ればいいじゃないか！　ここの温泉広いんだからさ」

「裸の付き合いってやつですかい。あっし、そういうの好きですぜ」

「わても好きですぅ。よろしければ皆さんのお背中流しますぅ」

身を乗り出す忠吾と坪八に、木暮は顔を顰めた。

「おいおい、少しは遠慮しろよ、お前ら！」

「やっぱり旦那は女将と二人で入りたいんですかい？　あっしも一緒じゃ駄目ですかい？」

科(しな)を作って木暮をじとっと見る忠吾に、お花が突っ込む。

「忠吾の兄い、酔ってもないのにそんなことを口にするのは早過ぎるぜ！」

「忠ちゃんと一緒の部屋で寝るんだもんねえ、旦那、今宵はおっかないだろうねえ」

お紋はにやけ、坪八は腕を組む。

「親分は旦那を狙ってはって、旦那は女将はんを狙ってはって、さて女将はんは誰を狙ってはるんだろう？　まさか、わて？」

箱根の宿でも相変わらず阿呆なことを言い合っていると、夕餉が運ばれてきた。並べられた膳を見て、一同は目を丸くする。

「うわあ、ワカサギと山菜尽くしだ！」

「こりゃいいねえ！」

喉(のど)を鳴らす六人に、仲居は微笑んだ。

「ワカサギは芦ノ湖でよく獲(と)れて、この辺りの名物なんですよ。今の時季のワカサギは身が締まって脂が適度に落ちますので、まさに食べ頃。是非お召し上がりください」

仲居は丁寧に礼をし、下がった。湯気の立つおこわ御飯と味噌汁もあるが、まずは皆で酒を酌み交わし、盃を合わせつつ、〝ワカサギの塩焼き〟に箸をつける。メザシのように串に何匹か刺して塩を振って焼いただけのものだが、これが美味しい。小さな魚を噛み締め、皆、満面に笑みを浮かべた。

「ワカサギって元々味がよいから、お塩だけで充分いけるわね」

「俺はこれと酒でもう満足よ」

「この〝ワカサギの南蛮漬け〟も頬っぺた落ちそうだ！　ワカサギの衣揚げに酸っぱい汁が染み込んで、ああ御飯がほしくなるよ」

お紋は次々と頬張る。

「この〝山菜おこわ〟、ふっくら、もちもちして、いくらでも食えやすわ」

忠吾は酒を呑みつつおこわを掻っ込み、〝山菜の味噌汁〟を啜り上げ、〝菜の花の塩漬け〟で箸休めをして、またおこわを掻っ込む。

「この〝ワカサギと山菜の天麩羅〟も絶品ですぅ！　ワカサギいいますのは、山椒は小粒でもぴりりと辛いってやつですぅ。小さくても実に美味、わてみたいに！」

「〝金柑の甘露煮〟まであって、至れり尽くせりだね。この色艶、上品だ。目九蔵さんが作るのと、さてどちらが美味しいかな」

銘々好き勝手なことを言いながら、夕餉を夢中で頬張る。お市に酌をされながらワカサギに舌鼓を打ち、木暮は蕩けてしまいそうだ。

「いやあ、冬の温泉宿ってのはいいもんだねえ。外は雪が舞い、中は炬燵と火鉢で暖か、料理も酒も美味しくてよ」

しみじみしつつ、酒が廻りお腹が膨れて、徐々に無礼講になっていく。

「ほら忠吾、お前、ドジョウ掬いをしろ！」

「あっし一人じゃ恥ずかしいですぜ。おい、坪八、お前も一緒にやれ！」

「へえ、親分の言いつけには逆らえませんわ」

ぶつぶつ言いながらも鉢巻きを締めて滑稽な踊りをする二人を眺め、木暮とはないちもんめたちはお腹を抱えて笑う。

そのうち木暮まで調子に乗って踊り始め、お紋とお花は声を合わせて唄い、お市は手拍子をしてどんちゃん騒ぎとなる。酔っ払って弾ける男三人を眺めながら、お市は思った。

——年の瀬だし、箍が外れてもいいわよね。江戸ではうちの店でも、これほど騒ぐことは出来ないもの。ほかのお役人の目もあるでしょうし——

子供のように無邪気に羽目を外す木暮たちが、はないちもんめたちは微笑ましかった。

「いやあ、喉が渇いたぜ」

一頻り踊ると、木暮は再びお市の隣に腰を下ろし、盃を差し出した。

「お疲れさま」

お市は嫋やかな笑みを浮かべて酌をする。……するとなにやら下から騒がしい声が聞こえてきた。

「なんだろうね」

お花は気になり、廊下にそっと出て様子を窺った。もう五つ（午後八時）を過ぎているが、どうやら〈お金持ちの御一行様〉が到着したようだ。一行の主と思しき、横柄な声が聞こえてくる。普通に話していても怒鳴っているかのような大声だ。

「相変わらず、みすぼらしい宿だな！　今年もたくさん金を落としていってやるから、ありがたく思えよ」などと言って高笑いしている。

その一行は女将に案内されてぞろぞろと二階に上がってきたので、お花は慌てて部屋に引っ込んだ。だがやはり気になり、襖をそっと開け、覗き見る。

その一行は七名だった。主と内儀と、その娘あるいは孫だろうか、透き通るほどに色白で、ほっそりと愛らしい女の子がいる。白地に色取り取りの小花が刺繡された振袖を纏ったその姿は、まさに人形のようで、お花は何やらどきっとした。

――あの娘は十四、五ぐらいかな。躰が小さいから、もっと幼いかもしれない――

お花は目が離せない。

主は見るからに傲慢そうで、でっぷりと肥って脂ぎっており、少ない髪で無理やり髷を作り、髭を蓄えている。赤ら顔で、タコ坊主という言葉がぴったりであった。

その内儀は、主とはずいぶん歳が離れているように見えた。もしくは妾だろうか。親子ほどの歳の差があるといっても過言ではない。内儀らしき女は、主とは正反対に華奢で、うりざね顔の柳腰だ。歌麿の絵に描かれるような儚い美女である。その女は、人形の如き娘の肩を、守るようにそっと抱いていた。

――あの女の人が、あの娘の母親っていうのは分かるんだけれどな。でも娘は、あのタコ坊主には全然似てない。ってことは、あの女の人の連れ子かな？　まあ、いずれにしろタコ坊主に似なくてよかったけれど――

お花は野次馬根性を疼かせ、想像を逞しくする。すると「何やってるのさ」とお紋まで乗り出してきたので、一緒に様子を窺う。そんな二人を、ほかの四人は「悪趣味だ」と呆れて見ていた。だが、お花とお紋の好奇心はもう止まらない。

主と内儀らしき女と人形のような娘の後には、若い夫婦が続いた。若いといっても三十ぐらいだろうか。内儀は一つぐらいの赤子を抱いている。

――息子夫婦なのかな。それとも娘夫婦？　夫のほうはすらりとした優男で、タコ坊主に全然似てないから、婿養子かもな。内儀さんのほうがタコ坊主の面影はあるかも。目鼻立ちははっきりしているけれど、ずんぐりしていて、どこかあくが強い雰囲気だ。あの赤ん坊は男の子だな――

一行の最後尾には、彼らを守るように、険のある顔つきの二本差しが付き添っていた。

――あの二本差しも三十ちょっとぐらいかな。背が高くて骨ばっていて、見るからに強そうだ。頬に傷があるのがちょっと怖い。でも……用心棒をつけているってことは、それなりの者ってことだよね、あのタコ坊主は――

お花は目まぐるしく頭を働かせる。

一行が部屋へ入る時、人形のような娘がふと振り返り、覗き見をしているお花と目が合った。娘の瞳は黒目がやけに大きく、白目が殆どないように見え、お花は一瞬、身が竦んだ。まるで蛇に睨まれた蛙のように。

娘は微かな笑みを浮かべると、お花から目を逸らし、部屋へすっと入っていった。

「あの娘、こっちが見ていたことに気づいたみたいだったね」

お紋が囁く。お花は頷き、襖を閉めた。寒い時季だというのに、お花の額には薄っすらと汗が滲んでいた。

「でもさあ、ちょっと不思議な感じの娘だね。こっち見た時、ひやりとしたよ」

「……婆ちゃんも？　人形みたいだからかな」

「あの娘もそうだけれど、着てるものといい、漂う雰囲気といい、相当な分限者だね、あの人たちは」

こそこそ言い合う二人を、お市は窘めた。

「なによ、箱根まで来て他人様の詮索をするなんて。下種な勘繰りはおやめなさいな。はしたない」

「女将の言うとおりだ。お前ら少し反省しろ」

木暮も顔を顰める。

「はい、はしたなかったです」

お花とお紋は素直に謝り、その場は収まったかのように見えた。

だが、一行とは部屋が近いこともあり、その後も横柄な声が聞こえてきた。

「どうだ？　この旅籠をそっくり買い取り、新しく建て替えて、我々の寮（別宅）にするっていうのは？　箱根の寮なんて洒落てるだろ。わはは」

などと言うにいたって、さすがにお市や木暮たちも、一行がどのような者たちか気になり始めた。

そこで膳を下げにきた仲居にさりげなく訊ねてみると、江戸から来た札差の家族だと教えてくれた。

「札差ね。どうりで分限者ってのを鼻にかけてるんだ」

一行の正体が分かり、胸の痞えが取れたはないちもんめと木暮たちは、再び騒ぎ始めた。

「まあ、こっちはこっちで楽しくやろうぜ」

木暮はお紋とお花に小唄を唄わせ、忠吾と坪八に合いの手を入れさせ、自分は酒に酔った勢いでお市の手を取り、仲よく踊る。

悦に入っていると、向こうの一行も負けじと声を張り上げた。タコ坊主のがなり声が、こちらの部屋まで響いてくる。

「おい、早く毒見をしろ！　でないと儂は安心して食えんからな！」

毒見という剣呑な言葉が聞こえてきて、思わず唄も踊りもぴたりと止まる。一同、徒ならぬものを感じたのだ。

お花はお紋に耳打ちした。

「毒見させられてるのって、用心棒らしき人かな？」

「たぶん、そうだろうね」

お市と木暮が怪訝な顔で見つめ合う。

「毒見させるって……なんだか凄いわね」

「殿様気取りってとこか」

忠吾と坪八は眉根を寄せて、襖のほうを睨む。横柄ながなり声はまだ続いた。

「金柑の甘露煮だあ？　もっと旨いもんはないのか！　桃を出せ！　桃はいいぞ。桃太郎だって桃から生まれて、鬼退治に行って、自分を育ててくれた爺さん婆さんに財宝を持ち帰ったんだ。桃太郎ってのは、育ての親に富をもたらした、立派な男なんだぞ！　桃の中には、金の生る木が入っているんだ！　桃だ、桃を出せ！　わははは」

こんな山奥にまで来て卑しい話を聞かされ、はないちもんめと木暮たちはさすがにうんざりした。木暮とお市は溜息をついて座り、酒を酌み交わして啜る。お花とお紋も顔を顰めた。

「酔っ払って大口叩くのは大目に見るとしても、出された料理にそんなこと言うってのは許せないね」

「だいたい桃なんて今の時季ある訳ないだろうよ」

「莫迦は死ななきゃ治らねえ……ってやつだな」

「いや、死んでも治らねえんじゃねえかと」

「せっかく温泉に来たっていうのに、変な人たちとぶつかっちゃったわね」

「あないな奴ら放っといて、もっと楽しまなきゃ損ですさかい」

坪八の言葉に、「それもそうだ」と皆頷く。

「じゃあ今度は〝桃尻踊り〟でもするか」

木暮は尻を見せながら即興で踊り始め、皆、大笑いだ。仲居が先ほど置いていったスルメを肴(さかな)に大いに呑み、はしゃぐうちに、札差の一行のことなどまったく気にならなくなってくる。

「あたしのお尻(ケツ)は桃のよう～　張りがあって丸いでしょう～」

などと野太い声で唄いながら、丸出しの尻を振る木暮に、お花はげらげら笑って声をかける。

「旦那、あまり無茶苦茶(むちゃくちゃ)やると腰を傷めるぜ！」

するとお紋も笑いながら、孫を窘める。

「いいんだよ、時には無茶苦茶やったってね。羽目を外して遊ぶの、大いに結構！　踊りだって恋だって、どんどんやるべきさ」

「ふうん、そういうもんかね」

「そうさ。お花、あんたなんかまだ若いんだから、もっと滅茶苦茶(めちゃくちゃ)やっていいんだよ。大いに唄い、踊り、好いた人にだって、どんどんいきなさい！　それが若さの特権じゃないか。私だってね、若い頃は時に無茶苦茶やったもんだよ。すっかり落ち着いているけどね、今では」

「皺くちゃさ」

「なにをっ」

「なんだとっ」

箱根にまで来ていがみ合う祖母と孫に、お市はさすがに呆れて何も言えない。

「まあまあ、お二人ともここはひとつ、仲よくやっておくんなせえ」

「せやせや、木暮の旦那の顔を立てる思うて！」

忠吾と坪八に酒を注がれ、お紋とお花は睨み合いながらもぐっと呑む。すると忠吾と坪八、すかさずまた注ぎ、二人を酔わせていい気分にさせていく。

「大女将、なんだか今宵は妙に艶っぽいですぜ！　木暮の旦那に襲われないよう、くれぐれも注意しておくんなせえ」

「いやだよお、忠ちゃんったら！　そんなこと言っちゃ、また私と旦那の仲を疑う人が出てくるじゃないかあ！　いくら私がまだまだ女の盛りだってったってもさあ」

忠吾の見え透いた言葉に、お紋は容易く調子に乗る。

「お花はん、酔うといっそう可愛いでんなあ。さすが八丁堀小町言われるだけありますぅ」

「ええっ。あたい、八丁堀小町なんて言われてんの？　いやだあ、ようやく皆気づいたって訳だ、あたいの美貌に！」

坪八の見え透いた言葉に、お花もこれまた容易く調子に乗る。

酒が入って、世辞を言われ、忽ち機嫌がよくなる二人を眺め、お市は思う。

——さすが祖母と孫だわ。そっくり、何もかもが——

木暮は誰のこともお構いなしに、ひたすら陽気に〝桃尻踊り〟に没頭する。お紋とお花が再び唄いだし、忠吾と坪八も木暮と一緒にお尻丸出しで踊って、お市は笑い転げる。

呑んで騒いで夜は更けて……気分は上々、躰も好調。そして木暮は、大失態をやらかした。羽目を外して呑み過ぎて、酔っ払って眠り込み、お市と一緒に温泉に浸かる機会を逃してしまったのだ！

真っ赤な顔で涎を垂らして寝ている木暮を眺め、はないちもんめは溜息をついた。

「もう、旦那ったらなにも私たちの部屋で眠り込むことないじゃない」

「御心配なく。坪八と一緒に引っ張っていきやすんで」

「御迷惑おかけして、すんまへん」

恐縮する忠吾と坪八の肩を、お紋は叩いた。

「なにもあんたたちが謝らなくてもいいさ。まあ、旦那もこんなになるまで呑むなんて、よほど日頃の鬱憤が溜まってるんだろうよ」

「奉行所では上役にがみがみ言われ、家ではお内儀さんにぶつぶつ言われるって、旦那、時々愚痴をこぼすもんね。酔っ払うと」

　お花は腕を組み、木暮を眺めている。忠吾は頷き、声を潜めた。

「奉行所に、旦那より十五ぐらい年下の切れ者の同心がおりやしてね。まあ、二枚目ともてはやされていて、出世も早いんです。それで旦那のお内儀さんは、よくその同心と旦那を比べてちくちく嫌味を仰るそうで。旦那はそれがやり切れなくて、〈はないちもんめ〉を訪れて、つい女将に甘えちまうみたいですぜ」

　その話は初めて耳にしたので、はないちもんめたちは驚いた。お紋が訊ねる。

「ええ、そうなの？　旦那のお内儀さんって、そんな嫌味を言うのかい」

「旦那が酔ってあっしにこぼした愚痴によりやすと、何某さんはあの若さで手柄を立て続けに立てて表彰されているというのに、それに比べてどうしてあなたは……とくるそうなんです。何某さんが筆頭同心になってあなたの上役になる日も近いのでは、などと脅かされているらしくて、あっし、旦那が気の毒で」

　忠吾の目が潤む。坪八も声を落とした。

「せやな。あんなふうに言われるのは、男には酷やさかいに。せやから旦那は、女将みたいな人に惹かれるんちゃうかと思いますわ。優しゅうて、温かくて、男心を傷つけませんさかいに」

「そうだったの……。旦那、そんな思いをしていたのね。言ってくれれば、慰めたのに」

木暮の無邪気な寝顔を眺めながら、お市の胸が痛む。お紋が口を出した。

「いや、言えないと思うよ。好きな女には、自分の情けないことは、なかなか打ち明けられないもんだよ」

「でも考えてみればあたいたちも旦那に失礼なこと言ってるけどね、結構。それに対しては許してくれてるのかな」

「いや、皆さんはずけずけ言う割に、刺々しさはあまりねえんじゃねえかと」

「せやな。同じようなことを言っても、気に障る人と障らない人、おりますさかい。言葉っちゅうのは不思議ですわな」

坪八は息をついた。

「だから旦那、奉行所で褒美をもらえて、凄く嬉しかったと思いやす。旦那は〈はないちもんめ〉の皆さんには本当に深く感謝していやすよ」

「そういう訳ですさかい、羽目を外し過ぎてしまいましたこと、お許しいただけましたらありがたいですぅ」

　忠吾と坪八は頭を下げた。

　お市はしゃがんで、木暮の乱れた衿元をそっと直す。お紋とお花は、そんなお市を、黙って眺めていた。


　翌日の早朝、お花は厠へ行こうと、一度起き上がった。お紋、お市、隣の部屋では木暮、忠吾、坪八と、皆眠り込んでいる。あの後、忠吾と坪八は、泥酔した木暮をちゃんと担いでいったのだ。

　お花は部屋をそっと抜け出し、外に面した廊下を渡った。空は白みかけ、雪が積もっているのでそれほど暗くはない。用を足して戻ってくる時、お花は廊下で足を止めた。

　雪がちらちらと降る中に、人形が立っていたからだ。驚いて目を凝らすと、人形は静々とこちらに向かって歩いてくる。人形は、白い襦袢の上に、白い羽織を纏っていた。

　それが昨日見た黒目の大きな娘と気づき、お花は再びぞくっとした。と同時に訝しんだ。

――何をしているんだろう、こんな時刻に。それも一人で――

単に雪の中を散歩しているだけとも考えられるが、それにしても娘が明け方に襦袢と羽織姿で雪の舞い散る中を一人で歩いているのは奇妙に思えた。

雪の中、真っ白な娘は、徐々にこちらに近づいてくる。美しく結われた娘の黒髪にも、雪が降りかかっていた。

お花はなんだか急に怖くなり、部屋へ逃げ帰った。部屋ではお紋とお市が寝相を乱しながら眠りこけ、隣からは男三人の猛烈な鼾が聞こえてくる。お花はほっとして、布団に潜り込んだ。

それでも暫くは眠れなかった。六つの鐘が鳴る頃、忠吾と坪八が起き出して、木暮を温泉に誘う声が聞こえた。しかし木暮はまったく目覚めないようで、二人は諦めてまた眠ってしまったらしかった。

すっかり夜が明けた頃、お花は急に睡魔に襲われ、半刻（一時間）ほどぐっすり眠った。

五つ（午前八時）になって木暮もようやく目覚めたが、酷い二日酔いで、浮腫んだ顔でぐったりしていた。

「旦那、大丈夫かい？　朝餉、食べられるかい？」

お紋に訊ねられても、木暮は無理だというように首を振る。お市は仲居に頼んで卵雑炊を作ってもらい、木暮に出した。

「一口、二口でも食べておいたほうがいいわ。これなら食べられるんじゃない」

木暮は仏頂面で卵雑炊をじっと見る。憧れのお市の前で泥酔姿を晒して、気恥ずかしい思いもあるのだろう。お市は微笑み、匙で雑炊を掬って、木暮の口元に差し出した。

「私が食べさせてあげるから。ね？」

木暮は仏頂面のまま雑炊を口に含み、呑み込んだ。お市は再び掬い、彼の口元へと匙を運ぶ。

「よく嚙んでね」

「うむ」

睦まじい二人を、ほかの者たちはにやけながら眺めていた。

木暮は卵雑炊だったが、皆の朝餉は〝ワカサギ茶漬け〟だ。御飯の上に丸焼きにしたワカサギと、刻んだ青葱を載せ、お茶をかけてある。

「昨日の夜あれほどワカサギを食べたってのに、今朝も美味しいねえ！」

「お茶漬けいいよね、するする入っちまう」

「ワカサギの丸焼き、堪んないっすよ。こんがりキツネ色で」

「わて初めて知りましたわ。ワカサギと茶漬けの相性めちゃええですわ」

皆で〝ワカサギ茶漬け〟を堪能している頃、なにやら騒ぎが伝わってきた。

近くの崖下で、五十歳ぐらいの男の全裸死体が見つかったという。男は胸を一突きされ、身ぐるみ剝がされていることから、どうやら追剝の仕業ではないかということだった。死後、時間がそれほど経っている訳ではなく、襲われたのは昨日から今朝の間とみられているという。

事件と聞き、木暮たちの顔つきが変わった。お市に雑炊を食べさせてもらったおかげで、木暮の酔いもだいぶ醒めたようだ。忠吾は木暮に訊ねた。

「どうしやしょう。現場に行ってみやすか」

木暮は首を振った。

「ここらの村役人たちに任せとけばいいだろう。俺たちが出張ることじゃねえよ。折角、羽根を伸ばしにきてるんだからな」

「そうだね。何もこんなところに来てまで事件に巻き込まれることはないよ」

お紋はお茶を注いで、木暮に渡した。

仲居は膳を下げる時、声を潜めて教えてくれた。

「事件があったのは、〈白蛇の娘〉の言い伝えがあるところの、ちょうど裏の辺りなんですよ。そこから突き落とされたのではないかという噂です」

「〈白蛇の娘〉？　どのような言い伝えなんですか」

はないちもんめ、木暮たちは声を揃えた。

「ええ。この辺りに二百年ほど前からある言い伝えなんです。ここから真っすぐいったところに大きな杉の木がありますでしょう？　二百年前のある正月、その杉の木の下に、捨て子が置かれてあったというのです。生まれたばかりの赤子でした。そしてその捨て子は、降り積もる雪の中、寒さから身を守ってもらうように、白蛇に躰を包まれていたと」

奇妙な話に、一同は固唾を呑む。仲居の話は続いた。

「その捨て子を見つけたのは、江戸からこの辺りの旅籠に泊まりにきていた御夫婦でした。その御夫婦は、白蛇に包まれたその赤子を初めは気味が悪いと思ったそうですが、じっと眺めているうちに、なんて可愛い子なのだろうと思えてきたというのです。赤子は女の子で、真っ白で、全身が珠のように輝いていたといいます。長らく子宝に恵まれずにいた御夫婦は、これも何かの御縁かもしれないと、その捨て子を拾い、江戸へ連れ帰って育てることにしたそうです。御夫婦が赤子を胸に抱くと、白蛇は安心したようにおとなしく去っていったといいます」

　お紋が口を挟んだ。

「それで、その捨て子は、無事に育ったのかい？」

「はい。まさに珠のように麗しくお育ちになり、よい御縁にも恵まれ、一生を幸せにお過ごしになったそうです。そればかりか、拾っていかれた御夫婦が商いで大成功を収め、萬両分限者におなりになったと。それから〈白蛇の娘〉の言い伝えが広まったのです。お正月に、あの杉の木の下で、白蛇に包まれた女の捨て子を拾った者は、大金持ちになれる、と」

　今度はお花が訊ねた。

「で、でも、偶然だったのでは？　ほかにも萬両分限になった人っていたんですか？」

「もちろんです。さすがに毎年毎年、そのような条件が揃った捨て子がある訳がありませんから、数十年に一度ぐらいの割ですけれど。そのようなことが何度か続いて、言い伝えがすっかり定着したのです。不思議と捨て子は女の子ばかりで。……つい最近、といっても十五年前にもございましたよ。〈白蛇の娘〉を拾っていかれて、さらに身代を大きくなさって萬両分限におなりになった方が」

「ほう、江戸でも名の知れた方なのでしょうな」

木暮が訊ねると、仲居はにっこりと笑んだ。

「今、お泊まりになっていらっしゃる、札差の〈伊東屋〉様でいらっしゃいますよ」

その答えに一同は驚き、お花が訊ねた。

「じゃ、じゃあ、あのお人形みたいな娘さんが、〈白蛇の娘〉ってことですか」

「ええ。とても可愛くお育ちになって、やはり言い伝えは本当のようですねえ」

〈伊東屋〉の主は、十五年前にこの旅籠に泊まっている時に〈白蛇の娘〉を拾ったので、それ以来、文句を言いつつもここを箱根の定宿にしているという。験を担ぐという意味もあるのだろう。

「あの御主人様のことですので、もう一人ぐらい〈白蛇の娘〉を欲しいと思っていらっしゃるのかもしれませんね。お正月は必ずここでお過ごしになりますので」

喋り過ぎたと思ったのだろう、仲居は急に態度を改め、「長々と申し訳ございません」と蜜柑を置いて下がった。

木暮はお茶を頻りに飲みながら、呟いた。

「あの一行は〈伊東屋〉だったのか……。この十年ほどで確かに身代を大きくしたものなあ」

「〈白蛇の娘〉は、金の生る木ってことか。そんなことが本当にあるんだね」

お紋は蜜柑に手を伸ばし、ほかの皆にも配ったが、木暮は遠慮した。

「白蛇って縁起がよいっていうものね。ほら、白蛇は弁財天様の遣いともいうじゃない」

「白蛇の夢は、金回りがよくなる前兆ともいいやすよね」

「わても白蛇の夢を見たいですぅ。せや、正月二日に宝船やなくて白蛇の絵を枕の下に敷いて眠りましょか」

「紙に白蛇の絵を描いて、それをお守りにしてもいいかもね」

「お前ら、結局は金持ちになりてえんじゃねえか」

「そりゃ当然だよ」

皆が盛り上がる中、お花は蜜柑を食べながら、口数が少なかった。早朝に見た、雪の中に佇む〈白蛇の娘〉の姿が、妙に思い出されたからだ。

そうこうしているうちに昼近くになり、木暮はついにお市と温泉に入る機会を持つこととなく、一人で帰ることとなった。

「いったい箱根まで何をしにきたってんだ」

ぶつぶつ言う木暮の肩に、お市はそっと触れた。

「今回、本当にどうもありがとう。江戸でまたお会い出来ること、楽しみにしています。来年もよろしくお願いしますね、旦那」

お市に優しく見つめられ、木暮の顔が忽ち緩む。

「うむ。気をつけて帰ってこいよ。一足先に戻って、江戸で待ってるぜ。こちらこそ、来年もよろしくな」

木暮は気障に去ろうとしたが、お市に見惚れて入り口の格子戸にぶつかるなど、相変わらずドジを重ねて帰っていった。

忠吾と坪八は、はないちもんめたちの用心棒として残り、年末年始をのんびりと過ごした。大晦日には〝ワカサギの天麩羅が載った年越し蕎麦〟を頬張り、正月には〝数の子・ごまめ・黒豆などの祝い肴の重詰〟を堪能し、〝ワカサギと蒲鉾の旨みたっぷりの雑煮〟も鱈腹味わった。

「美味しい年越しが出来て、美味しい新年を迎えられて、極楽ねえ」

炬燵にあたって福々しい笑みを浮かべるお市に、お花はずけずけと言った。

「おっ母さん、また少し肥えただろ」

するとお市は頬を赤らめた。

「い、いやあね！　そんな意地悪言って！　お花だって箱根に来て、ちょっとふっくらしたみたいよ」

「お花はふっくらしたほうがいいんだよ、女らしくなってね。お市は確かに丸くなったよねえ。色白だから、なんだか鏡餅みたいだよ」

「お母さんまで酷いわ！……密かに気にしているのに」

「鏡餅に似てるなんて縁起いいんちゃいますぅ？」

「女将のそのふくよかさが堪らないっていう、旦那のようなお方もおりやすんで」

「いいわよ、もう放っておいてっ！」

坪八と忠吾が宥めるも、お市は不貞腐れて蜜柑を頬張る。

「また肥えるぜ、おっ母さん」

憎まれ口を叩く娘に、お市は蜜柑の皮を投げつけた。


正月二日は晴天だった。はないちもんめは忠吾と坪八を連れて再び箱根権現に詣で、箱根宿のほうまで足を延ばして土産物を物色した。お紋は庄平に、お花は幽斎に、それぞれ探す。お市も木暮に御礼の品を買い、目九蔵にも食べ物以外のちょっとした土産物を探した。

旅籠に戻ってくると、〈伊東屋〉の一行が発つところだった。旅籠の主、女将、番頭以下総出で、深々と頭を下げて見送っている。駕籠に乗り込む一行を、はないちもんめたちは遠巻きに眺めていた。

その夜、夕餉を運んできた仲居にさりげなく訊ねたところ、〈伊東屋〉の主に寄り添っていた儚げな美女は、彼の後妻だということが分かった。一緒に居た若夫婦は、主の娘と娘婿で、娘は前妻との間の子、娘婿は入婿（婿養子）だという。

〈伊東屋〉の一行が帰って気が楽になったのだろう、仲居はいっそう口が軽く、訊ねればなんでも教えてくれた。

はないちもんめたちは、やはり〈伊東屋〉一行がどこか気になり、あれから注意して見ていたのだ。

「お内儀さんってずいぶん歳が離れてるよね、あの御主人と。上品な人だけれど、どこかで見初められたのかね、御主人に」

仲居はお紋に酒を注ぎつつ、教えてくれた。

「ええ。なんでも武家の出の方みたいですよ、お内儀の澄江様は。御主人様は、そのことを御自慢なさってますからね」

「へえ、武家の娘さんかい。それがまたどうして、萬両分限といっても町人に嫁いだのかね？」

「ええ……。澄江様は、元々は御主人様のお妾でいらっしゃったんですよ。前のお内儀様が確か五年前にお亡くなりになって、それで正妻に昇格されて」

「武家の娘が、町人の妾だったってのかい？……でもまあ、札差なら、そんなこともあるのかね」

お紋はきゅっと酒を啜り、顔を少し顰める。ほかの皆は、興味深く仲居の話を聞いていた。

「澄江様はお旗本のお嬢さんでしたが、お家は裕福ではなかったそうで、なんでも借金のかたに、御主人のお妾にされたとのことです。〈伊東屋〉様は換金のほかに、旗本、御家人への金貸しもなさっていますので」

お市が口を挟んだ。

「無理やり妾にしたってことかしら？」

「ええ。そこまで追い詰められて、娘を差し出すほかなかったのでしょう」

「じゃあ、お内儀さんも泣く泣く、嫌々、って感じなのかもしれないね、本心は」

「どうなのでしょうね。でも、白蛇の娘……養女の小夜さんのことはとても可愛がっていらっしゃいますし、御主人様ともお仲はよろしいようですよ。初めは嫌々だったとしても、萬両分限の御主人様に大切にされていらっしゃるのですから、お幸せなのだと思います」

仲居はそこまで話すと、「では」と一礼して下がった。はないちもんめたちは顔を見合わせ、頷き合う。

「なるほど、なかなか複雑な内情のようだね」

「萬両分限なんてのには、ロクな奴がおりやせんぜ」

「それは親分の僻みでんがな」

云々、〈伊東屋〉の内情を酒の肴に、はないちもんめ一行は姦しい。箱根での最後の夕餉は〝ぼたん鍋〟だ。近くの山で獲れた猪の肉が、たっぷり入っている。

「うわあ、温まるなあ！」

「このお肉、軟らかいわあ。口の中で蕩けるの。板前さんもそうだけれど、猟師さんの腕もいいのねえ」

「動物を仕留める時の巧みさで、肉の硬さは決まるといいやすから」

「猪肉の旨みが葱に滲んで、本当に美味しいねえ。うちで出すぼたん鍋とはまた違って、乙なもんだ。ここのは味噌味だものね」

「わては〈はないちもんめ〉のも、ここのも、どちらのぼたん鍋も好きですぅ。煮込めば煮込むほど旨くなりますぅ。肉も軟らかくなりますぅ」

皆、相好を崩して鍋を突き、酒を味わう。実に幸せな気分で箱根の夜を締め括った。

翌三日の朝に旅籠を発ち、五人が江戸へ戻ってきたのは五日の昼過ぎだった。年が明けて、江戸は新春の賑わいだ。三河万歳や鳥追い、角兵衛獅子に混ざって、瓦版屋も声を張り上げている。

なんでも昨年末に、江戸に〈世直し人〉なる者が現れたという。新春の江戸は、その話で持ち切りだった。

「いったいなんでえ、その〈世直し人〉ってのは?」

忠吾は瓦版屋の井出屋留吉に声をかけた。留吉は木暮と懇意の仲で、忠吾とも顔見知りである。ちなみにこの瓦版屋の留吉、強面だが情に厚い、なかなかの男前だ。

「聞いて驚きなさんな、旦那方」と留吉はかいつまんで話し始めた。

なんでも私塾の師匠たちがつるんで、同業者である師匠をいびり抜き、悪い噂を流して彼の私塾を閉鎖させ、自害に追い込んだ。追い込まれたのは、弟子には評判のよかった、優しい師匠だったという。

自害した師匠の両親は黙っておられず奉行所に届け出たのだが、直接殺められた訳でもなく、追い込んだほうの師匠たちの親は有力者が揃っていたので、そのままにされてしまった。追い込んだほうの親たちは揉み消しに走り、すべて「なかったこと」で済まされそうになっていたところ……その〈世直し人〉たちが現れたのだ。

年末のある朝、江戸の町は大騒ぎになった。虐め抜いたほうの師匠たち四人が縄でぎちぎちに縛られ、寒空の下、全裸で道端に転がされていたのだ。皆、血だらけ、傷だらけで、相当殴られ蹴られたことが窺われた。熊手のようなもので引っ掻かれたのだろうか、深い切り傷を負っている者もいた。だが、皆、命に別状はなかった。

人目を引いたのは、四人とも裸の股間の辺りに貼り紙がしてあったことだ。

《私たちは虐め抜いて師匠仲間のひとりを自害に追い込んだ、他人様に物を

教える資格などない人間の屑です。どうぞ石をぶつけてやってください》

そう書かれてあった。

そして主犯格の背中には、真紅の椿のような赤い字で《世直し人、参る》と書かれた紙が貼り付けられていったという。

「これ本当か？」

「酷え奴らだな。やっちまおうぜ」

などと皆が騒ぎ出し、本当に石をぶつける始末だ。その中には彼らの教え子たちも混ざっていた。

「あいつら嫌な奴だったもんな」

「威張ってばかりでな」

「ざまあみろ。思い知れ」

教え子たちもどさくさ紛れに石を投げつける。その呟きを聞き逃さなかった留吉は、彼らに取材を始めた。ほかの瓦版屋も聞きつけ、やってきた。騒ぎは瞬く間に広がり、闇に葬られようとしていた事件が明るみになった。

成敗された者たちの塾はやめる者が続出し、遅かれ早かれ閉鎖になるだろうと見られている。彼らが傷の癒えぬ腫れた顔で町を歩けば、ひそひそと後ろ指を差される始末で、〈世直し人〉たちは瓦版でももてはやされることと相成った。

《息子の仇を代わりに討ったは世直し人、さてその正体は如何に？》

「……という訳ですよ。正体はまだ分かりませんがね。仇討ちよくやったと、江戸っ子の心を摑んじまったようで、おかげさまでこちらも商売繁盛ですわ！」

豪快に笑う留吉に、はないちもんめたちも「ほう」と目を瞬かせる。

「へえ、面白い連中が現れたもんだね」

「なんかこう、新年早々すっきりする話じゃない」

「山の中もいいけどさ、江戸はいいよね、やっぱり！　活気があってさ」

「〈世直し人〉、どんな奴らか気になりやすぜ」

「一人な訳ありませんわな。何人ぐらいいるんでっしゃろ」

はないちもんめたちも瓦版を購入し、興味津々で目を通す。

すると、そこへ玄之助と八重が現れた。共に武家の出であり、寺子屋の師匠である二人は、静かに恋を育んでいる。一緒に恵方詣りに行った帰りのようだった。

「今年もよろしくお願いいします」

新年の挨拶を交わし、お紋は二人を眺めて目を細めた。

「世の中には悪い師匠もいるみたいだけれど、玄之助さんと八重さんは本当にいいお師匠さんだよねえ」

「同じ師匠といっても我々は寺子屋。暮らしていくのに必要なこと、してよいこと、悪いことを、しっかり教えていけばよいと思っている」

「私もそう思っております。難しいことを詰め込む前に、人としてどうあるべきかを教えなくてはいけませんのに。こういう事件を知りますと、とても残念に思います」

真顔で答える二人は、相変わらずの清々しさだ。よく晴れた正月の空には凧が上がり、椋鳥が連なって飛んでいた。

二

江戸へ戻って一日ゆっくり休み、店を開けたのは七日だった。はないちもんめたちは板前の目九蔵にも、丁寧に新年の挨拶をした。

「頼りにしておりますので、今年も私たちにお力添えどうぞよろしくお願いします」

三人に頭を下げられ、目九蔵は恐縮する。

「そないにかしこまらないでください。こちらこそよろしゅうおたの申します。精一杯、料理を作らせていただきますさかい」

深々と礼を返す目九蔵に、はないちもんめたちの顔もほころぶ。料理に対して一本気で生真面目な目九蔵に、三人は絶大な信頼を置いているのだ。お市がお土産の根付と蒲鉾を渡すと、目九蔵は何度も礼を言い、目尻を下げて喜んだ。

昼餉の刻になり、すぐにやってきたのは板元の大旦那である吉田屋文左衛門だった。文左衛門は五十九歳になる御仁で、お市を目当てに通ってくるお客の一人であり、正月にこの店に一番乗りするのが毎年の慣わしだった。

文左衛門ははないちもんめを侍らせ、目を細めた。

「皆さん、いつも素敵ですが、お正月はやはり特に麗しくていらっしゃいますねえ」

お世辞と分かっていても悪い気はせず、三人は顔を見合わせて笑みを浮かべる。今年の正月は三人とも、着物の柄を四君子文様で統一した。四君子文様とは、蘭・竹・菊・梅の四種の植物を組み合わせた吉祥文様で、春夏秋冬の植物が描かれているので季節を問わずに着ることが出来る。三人は、柄は同じでも、色を違（たが）えた着物を纏っていた。お紋は鼠色（ねずいろ）、お市は藤色（ふじいろ）、お花は青色と、それぞれ最もよく似合う彩（いろど）りだ。三人とも帯は黒繻子（くろじゅす）で、きゅっと引き締めている。〝ずっこけ三人女〟などと揶揄（やゆ）される彼女らだが、洒落た着物を纏ってかしこまっていると、なかなかどうしていい女たちだ。店に飾られた椿の花に、遜色（そんしょく）ないほどに。

お市にお酌をされて文左衛門が相好を崩していると、目九蔵が料理を運んできた。まずは〝鯛（たい）の刺身〟だ。

「目九蔵さん、今年も旨い料理をよろしく頼みます」

「こちらこそよろしゅうおたの申します」

文左衛門に盃を差し出され、目九蔵はきゅっと呑み干し、「御馳走様（ごちそうさま）です」と深々と一礼して速（すみ）やかに下がった。

酒を啜りつつ、鯛の刺身に箸を伸ばし、文左衛門は満足げな息をつく。

「身が締まって、いいですねえ。やはり刺身は鯛に限ります。この瑞々（みずみず）しく上品な味。正月に相応（ふさわ）しい。ほら、皆さんも召し上がってください」

「ありがとうございます。いただきます」

はないちもんめたちも箸を持ち、刺身を味わう。文左衛門が目九蔵に特別に料理を作らせ、はないちもんめたちに椀飯振舞するのも、正月の慣わしだった。

料理は毎年恒例の〝伊勢海老の舟盛〟〝鯛の柚庵焼き〟と続き、〝蟹鍋〟が出された。「おおっ」とどよめきが起こる。

鍋の中には捌いた蟹がたっぷりと、ほかに人参、椎茸、葱、焼き豆腐が入っている。彩り豊か、匂いも馨しく、見ただけで美味と分かる。目九蔵は椀によそい、皆に出した。

四人は早速箸をつけ、恍惚の笑みを浮かべる。そして言葉も忘れて、ひたすら食べる。蟹の身を箸で丁寧にほじり、それを味わうだけでは飽き足らず、空になった殻で汁を掬って飲む。堪らなく美味しくて、それを繰り返す。文左衛門は感慨深げに唸った。

「極上の味ですねえ、いや素晴らしい。ずっと食べ続けていたいです」

「蟹を食べる時って、押し黙ってしまうよね。身を残すのが惜しくて、貪っちまうよ」

お紋は熱心に汁を啜り、お花は大きな口を開けて蟹の脚を頬張る。

「これお花、お行儀よく食べなさい」

「ははは、お市さん、いいんですよ。正月は無礼講だ。そのほうが楽しいではありませんか」

文左衛門は笑いつつ、お市の手をそっと握(にぎ)ろうとする。この大旦那は、お市を妾にしたくて堪らないのだ。お市はその手を巧みによけ、「お剝(む)きしますね」と蟹を手に取った。

文左衛門、はぐらかされて小鬢を掻くものの、お市に殻を剝いてもらって嬉しそうだ。そんな二人を、お紋とお花は薄笑みを浮かべて眺めていた。

夢中で蟹を食べ終えると、目九蔵は一旦鍋を持ち帰り、再び運んできた。

「あまったお汁で、〝七草粥(ななくさがゆ)〟を作ってみました。召し上がってください」

文左衛門とはないちもんめは身を乗り出す。目九蔵は粥をよそい、再び銘々に出した。蟹や椎茸などの旨みが滲んだ汁で作った七草粥は絶品で、皆、感嘆の息をつく。

「七草粥とは思えませんね。七草はちゃんと入っておりますが」

「蟹の旨みという出汁(だし)が加わるだけで、別のものになってしまうね」

「七草粥であって七草粥にあらず、といった感じだ」

「美味しくて躰にもよくて、最高ね」

四人は熱々の粥にふぅふぅと息を吹きかけながら、頬張る。七草の青臭さが汁の旨みで紛れて実に食べやすく、四人はあっという間に鍋いっぱいの粥を平らげてしまった。

「ああ今年も早々から、こちらの料理をたっぷり堪能させていただきました。いずれの料理も非常に美味で、今年も幸先よさそうです」

温まったのだろう、文左衛門は額に薄っすらと汗を滲ませている。

「御満足いただけて、とても嬉しいです。私たちにまでどうも御馳走様でした」

はないちもんめは丁寧に礼を述べた。

鍋や椀が片付けられると、文左衛門はお市に酌をされながら、切り出した。

「それでですね、新年早々、またも皆さんにお願いがあるのです」

「どういったことでしょう？　今年も季節外れの怪談の会を開かれるとか？」

お市が茶目っ気混じりに訊ねると、文左衛門は笑った。

「いえいえ今年はまた違いまして。私の知り合いに札差がおりましてね。まあ、うちで出している長者番付にも載るような分限者で、その縁なのですが。その〈伊東屋〉で、御主人の還暦のお祝いがあるので、お手伝いにいっていただきたいのですよ。〈伊東屋〉にはお抱えの料理人がおりますので、少しお力添えしていただくだけでよいのですが。御礼はもちろん弾むとのことです」

〈伊東屋〉の名を聞き、はないちもんめたちはぎょっとした。箱根の旅籠で、あそこの主の横暴ぶりを見せつけられたばかりだ。

三人は顔を見合わせ、目配せする。お紋が答えた。

「御礼を弾むと言われましてもねえ……」

「おや、なにか御不満ですか？」

文左衛門は酒を啜り、怪訝な顔をする。お市が正直に答えた。

「〈伊東屋〉様とは箱根で偶然にも旅籠が御一緒だったんです。長者番付に載るような方ですので、多少横柄でいらっしゃるというのは分かるのですが……正直、私どもには手に負えないと申しますか、怖いような方でしたので」

「ああ、なるほど」

文左衛門は苦笑し、説き伏せにかかった。

「御主人は権蔵さんと仰るのですが、なに、大丈夫ですよ！　あのような風体ですし、威張るのが趣味のような人で声が大きいから、怖く見えるだけです。女人、特に皆さんのような魅力的な女人にはとても優しいですよ」

自尊心が少々くすぐられたのか、お紋は咳払いをする。お花はぼそっと呟いた。

「ただ助平っていうだけじゃ」

「ははは、それも一理あるかもしれませんが、女人に甘いという点は私が保証します。声が無駄に大きいだけで、怒っている訳ではないのですよ」

「でもずいぶん横柄な態度を取っていたけれどね」

「確かに態度は大きいですよ、あれだけの身代を成した人ですから。でも権蔵さんは気前はいいですよ。御礼を弾むと言ったら、必ずそのとおりになさいます。出し渋るなどということはありません。どうです？　悪い話では決してないとは思うのですが」

「まあ……そうなのかもしれませんが」

はないちもんめたちは何か胸騒ぎがして渋い顔をしていたが、文左衛門は押しが強く、ついには折れて引き受けることになってしまった。文左衛門はこの店の上客でもあるので、顔を立てるべきだと判断したからだ。

また、文左衛門に言われた口説き文句も、三人の自尊心をくすぐった。

――先方の御希望の料理というのが少し変わっておりましてね。そのような料理を考えついてくださるのは、江戸広しといえども〈はないちもんめ〉さんしかないと思いまして……。

三人の了解を得ると、文左衛門は頬を緩めた。

「ああ、安心しました。急な話なのに、またしてもお引き受けくださって、ありがとうございます」

「こちらこそ。お引き受けしたからには、しっかり務めさせていただきますね」

お市が笑みを向けると文左衛門は、言い出しにくそうに付け加えた。

「ただ、気になっておりますのは、権蔵さんの様子が些かおかしいことです。まあ、萬両分限者ゆえの悩みもあるでしょうから、仕方がないのかもしれませんが……。前々から時折漏らしていたのですが、ここ数か月はとりわけ頻繁に言ってましてね。誰かに命を狙われているかもしれない、と」

「そりゃそうだろうね。あれだけ威張り散らしてたら、恨みも買ってるだろうよ」

お紋は思わず本音をこぼす。文左衛門は苦笑しつつ続けた。

「権蔵さんは、いつもは御蔵前の家に居るのですが、そのお祝いは、向嶋の寮（別宅）で開くそうなんです。それで見張り役がほしいと言っているのですよ。用心棒を一人つけているのですが、お祝いには色々な人が集まるので、物騒だというのです」

「ああ、用心棒らしき人はついてきていました、箱根にも」

お花が口を挟む。お市は少し考え、答えた。

「岡っ引きに心当たりがございますので、見張り役の件、頼んでみますね」

「ありがとうございます。まことに心強い」

文左衛門はお市に丁寧に礼を述べ、紙を広げた。

「それで、先方の御希望の料理なのですが……。これらの食材の組み合わせで、何か品書きを考えてほしいとのことなのです」

はないちもんめたちは興味津々で、覗き込む。紙にはこう書かれてあった。

『一品目、〝軍鶏（しゃも）〟と〝韮（にら）〟を使った料理。

二品目、〝鴨（かも）〟と〝青葱〟を使った料理。

三品目、〝卵〟と〝青葱〟を使った料理。

四品目、〝鶏（とり）〟と〝鰻（うなぎ）〟を使った料理。

五品目、〝鯛〟と〝鶏〟を使った料理。

六品目〝真っ白な御飯にタコを載せて、御飯の中には海苔（のり）の佃煮（つくだに）を忍ばせたもの〟。

七品目〝甘味（かんみ）、材料はなんでもいい〟』

はないちもんめたちは目を丸くした。

「ずいぶん肉が多いねえ」

「やはり贅沢ねえ。さすが萬両分限のお家だわ」

「でもおかしな組み合わせだよね。鶏と鰻なんて、特に」

「そうねえ、変わっているわ」

「〆の材料はなんでもいい、ってのも何やらいい加減だ」

文左衛門は言った。

「ほかの材料を加えてくださるのは構わないそうですよ。たとえば、軍鶏と韮にほうれん草を加えて、何か一品作ってくださっても。ただ、基本の組み合わせは決して変えないでほしい、とのことです」

はないちもんめたちは、首を傾げながらも承諾した。だが承諾したものの、お祝いの日である十七日には、お市の馴染みである団体客の予約が既に入っている。それゆえその日は、お市と目九蔵が店に留まり、お紋とお花が〈伊東屋〉の寮へと手伝いにいくことになった。

「これで話は纏まりましたね。いや、ありがたい。よろしくお願いいたします」

改めて四人で盃を合わせる。

すると戸が開き、日本橋の呉服問屋の大旦那である笹野屋宗左衛門と、その妾のお蘭が連れ立って入ってきた。宗左衛門は文左衛門より一つ下で、より恰幅がよく、派手好みである。お蘭は深川遊女あがりの妖艶な三十歳で、宗左衛門に身請けされて妾暮らしを悠々と楽しんでいる。衰えを知らぬ美貌と色香が仇となり、お紋やお花に時折ちくりと嫌味を言われても、それを物ともしない天晴れな女だ。

「いやいや、今年もよろしくお願いしますよ」

「わちきも相変わらずよろしくねえ」

宗左衛門とお蘭は寄り添って座り、正月から熱々ぶりを見せつける。

続いて木暮と桂、忠吾に坪八も顔を出し、いっそう活気づいていく。〈はないちもんめ〉は今年も上々の滑り出しだ。

お市は早速、木暮に相談し、〈伊東屋〉の寮の見張り役として、忠吾と坪八を貸してもらうことにした。

木暮が快諾してくれたことを報告しにきたお市に、文左衛門は礼を述べつつも、少々複雑な顔になる。お市を巡って、文左衛門は木暮と敵対関係にあるからだ。だが、そんな大人げないことを言っている場合ではない。木暮と目が合い、文左衛門は表情を繕って一礼する。木暮も咳払いを一つして、礼を返した。

文左衛門は煙草盆に手を伸ばし、煙管を頻りに燻らす。

「板前も一緒に、早速お品書きを考えますね」

お市は嫋やかに微笑んだ。


お紋はお市とお花と一緒に朝餉を食べ、その片付けを済ますと、外に出た。五つ（午前八時）なので陽は上がっているが、冷たい風が時折吹き過ぎる。お紋は綿入れを羽織り、温石（懐炉）を懐に忍ばせ、吐く息を白く染めて、肩を竦めながら歩いた。

川沿いの道を真っすぐに行き、高橋を通り過ぎ、稲荷橋を渡るとすぐ湊神社が見える。そこで庄平は待っていた。

新年の挨拶を交わし、二人は微笑み合った。

「よかった、無事に戻ってきてくれて。箱根までは遠いから、俺、心配してたんだぜ」

「平気だよ、あれぐらいの道のり！　おかげさまで、いい湯治が出来たよ。……元気に行って戻ってこられたのも、このお百度参りの効果かもしれないね。あ

「……年末年始、少し中断しちまったけれど大丈夫かな」

　庄平は鼻の頭を擦って、笑った。

「それなら心配ねえよ。お紋ちゃんが箱根に行ってる間も、俺一人でお参りしてたから」

「ええっ、本当に？」とお紋は目を見開いた。「それは嬉しいねえ。……でも、ごめんね。師走(しわす)の忙しい時に気を遣わせちゃったね」

　お紋はありがたいやら申し訳ないやらで、胸がいっぱいになる。

「なに、俺が好きでお参りしてたんだ。お紋ちゃんが謝ることも礼を言うこともねえよ。……まあ、そういう訳でお百度参りは中断した訳じゃねえから、予定どおり今月の二十六日に終わるよ」

　お紋は腕を組んで庄平を見やり、唇を少し尖(とが)らせた。

「いや。このお百度参りは、元々、私の躰の具合がよくなるように始めたことだ。だから……申し訳ないけれど、私が箱根に行ったりして中断した十三日分は、延長させてもらうよ」

「ええ？　いや、俺は別にいいけど……。でも寒い頃だし、お紋ちゃん毎朝出てくるのたいへんじゃねえか？　これから雪の日もあるだろうし」

「ちゃんと百日お参りしなければ、私の気持ちがすっきりしないんだよ。一人でお参りしてくれたのは、本当にありがたいけれどさ。……そうだね、庄平ちゃんに迷惑かけちゃ悪いから、延長分は私一人でお参りするよ。甘えちゃってごめんね」

殊勝なことを言いながらも、お紋は膨れっ面だ。庄平は顔をくしゃっとさせて笑った。

「いい歳して拗ねるなよ。よし、十三日の延長分、俺も一緒にお参りさせてもらうぜ。お百度参りならぬ、百十三日参りだ。より御利益があるだろうよ」

お紋は顔をほころばせ、「よろしくね」と庄平に頭を下げた。

昔馴染みの二人が偶然再会したのは、昨年の恵比寿講市の日だった。恵比寿講市が開かれるのは神無月（十月）の十九日。十九日は、お紋の夫だった多喜三の月命日で、お墓参りにいった帰りだった。

お紋より一つ年上の庄平は元漁師で、多喜三が生きていた頃は、〈はないちもんめ〉によく食べにきてくれていた。その後、庄平は引っ越しをしたりして、次第に足が遠のいていってしまったが。

再会した時、二人は共に年を取り、皺が増えていたが、すぐに互いを判別できた。久しぶりに会えたことを喜び、茶屋で紅葉を眺めながら、積もる話を語り合った。

庄平の女房が五年前に亡くなったと知り、お紋は思わず涙をこぼした。庄平の女房も、店に何度か食べにきてくれたことがあったのだ。

お紋も話した。多喜三が亡くなって、今は、娘のお市と孫のお花と一緒に、店を守っていること。腕のよい板前に恵まれていること。八丁堀の旦那衆に力添えしたりしながら、女三代で楽しく賑やかにやっていることなどを。

そして……躰の悩みをも、お紋は包み隠さずに語った。

数年前、下腹に急に鋭い痛みが差し、お紋は一度医者に診てもらった。そして、腹部に大きな腫物が出来ていて余命があまりない、という診断をされたのだ。

お紋は酷く衝撃を受け、落胆した。だが、落ち込むだけ落ち込み、覚悟がつくと、気が楽になった。

——死が訪れたら訪れたで、その時だ。それまでは笑って生きてやろう——

そう思えるようになったのだ。

お紋はそれから、悔いのないように毎日精一杯仕事をし、精一杯楽しんでいた。それでも不意に不安が込み上げることがあった。

病のことはお市にもお花にも話すことが出来ず、お紋は自分の心の中だけに秘めていたが、どうしてか久方ぶりに会った庄平には話してしまった。庄平は真剣にお紋の話を聞いてくれた。

——もう一度、別の医者に診てもらうってのはどうだい？　評判のよい医者っていうけど、医者だって万能じゃねえや、誤診だったってこともあり得るんじゃないか？

庄平の提案に、お紋は頷くことが出来なかった。

——そうしようとも考えたけれど、正直、今はその勇気がないんだ。もしほかの医者に診てもらって、また同じような診断をされたら、その時こそ私は本当に倒れちまいそうな気がしてね。……分からないよ。今はその気はないけれど、そのうち、別の医者に診てもらう気になるかもしれない。でも、まだ……。

庄平は、涙をこぼすお紋の背をさすり、慰めてくれた。

——じゃあ、今日から二人でお百度参りをしないかい？　お紋ちゃんの病がすっかり治りますように、って。二人で祈れば、一人で祈るより、倍の効果があるぜ。

庄平のくしゃっとした笑顔が、お紋をどれだけ励ましてくれたことだろう。庄平のその優しい心は、お紋にとって、どんな高価な薬よりも効き目があると思われた。

こうして二人は、再会した日から早速お百度参りを始めたのだ。

庄平は店にもまた食べにきてくれるようになり、会おうと思えばいつでも会えるのだが、お紋にとってこの二人のお百度参りは、かけがえのない大切な刻だった。それゆえ、百十三日といわず、二百日でも三百日でも続けたいというのが、お紋の本音なのだ。

お参りが済むと、二人は近くの空き茶屋の床几に腰かけ、寛いだ。紅色、白色、入り乱れ、寒椿の花が艶やかに咲いている。

それを眺めながら、お紋は庄平にお土産を渡した。箱根名物、寄木細工の箱だ。

寄木細工とは色の違う木片を組み合わせて、市松や亀甲など様々な模様を作り、それらを薄く削って箱などの表面に貼って装飾したものだ。

庄平は六角形の箱を手に持ち、感嘆の息をついた。

「素敵だなあ。まさに職人芸だ。見惚れちまう」

「開けてごらんよ」

お紋に促され、庄平は箱を開けようとするも「おや？」と目を瞬かせた。

「これ……なんだか開けるのが難しいなあ。蓋はどうなってるんだ？」

箱を撫で回して苦戦する庄平を、お紋は笑みを浮かべて眺めていたが、どうやら無理のようなので助けてあげた。

「貸してごらん。これはね、秘密箱ともいって、いわゆるからくり細工なんだ。こうやって、ずらしながら開けるんだよ」

お紋は側面の木片を六回ずらして、六角形の箱を開いた。

「へえ、面白いなあ！　これなら、何か秘密のものや大切なものを隠しておけるじゃねえか」

「そうだね。へそくりか何かを隠しておきなよ」

お紋から箱を受け取り、庄平はそれをじっと眺めた。

「ありがとう、大切にするよ。何か、お紋ちゃんとお揃いのものを仕舞っておきてえな」

「そうだねえ。……ほら、お百度参りを始めた頃、一緒に買ったお守りはどうだい？」

「あのお守りは袋に入れて、こうして肌身離さず持っているよ」

庄平は懐からお守り袋を取り出し、お紋に見せた。

「私もだよ」

含羞みながら、お紋も懐からお守り袋を覗かせる。

「じゃあ、何を仕舞っておけばいいのかねえ」

「そうだな、まずはお紋ちゃんの真心を、大切に仕舞い込んでおくよ」

「照れるじゃないか」

お紋は綿入れの袖で、そっと顔を覆う。

「だって……それが一番の宝だからさ」

庄平の小声の呟きを、お紋は聞き逃さなかった。

雉鳩の囀りが、耳に心地よい。冬の空は高く、澄んでいた。

「俺さあ、組紐作りの内職を始めたんだ」

「そうなのかい？　庄平ちゃん、上手だもんね、組紐作るの。この帯締めも本当に丈夫に出来ていて、重宝しているよ。ありがとね」

お紋はお腹の辺りにそっと手をやる。帯締めとは帯が解けないように固定する紐のことで、組紐や真田紐を使う。お紋が帯締めにしている臙脂色の組紐は、庄平から贈られたものだ。お紋のお腹がよくなるようにと願いを込めて、庄平が作ってくれたのだ。

お紋は涙をこぼして喜び、お守りのように、臙脂色の組紐をいつも帯の上で結んでいた。

組紐作りの腕をお紋に褒められ、庄平は照れ臭そうに小鬢を掻いた。

「貯めた金があるし、倅夫婦と一緒だから暮らしには困らねえけど、お紋ちゃんを見てたら俺も何か仕事したくなっちまってさ。好きな組紐を作って、せこせこ小遣いを稼ぐのもいいんじゃねえか、なんて思ってね。……そうだ、そうやって稼いだ金を、この箱に仕舞っておくか。宝箱だ」

「それがいいよ。からくり箱に仕舞っておけば、泥棒に入られたって大丈夫さ！泥棒だってそう易々とは開けられないだろうからね」

「難しいもんな、開けるの。俺も、開け方を忘れちまって、仕舞ったはいいが取り出せなくなったらどうするべ」

「そうしたら、また私が開けてあげるよ」

二人の笑い声が日溜まりに響く。庄平がぽつりと呟いた。

「いつかお紋ちゃんと一緒に、箱根に行きてえな」

お紋は頬を仄（ほの）かに染めた。

第二話　宴（うたげ）の料理は奇妙かな

一

小正月である十五日は、あちこちでどんど焼きが行われる。どんど焼きとは、正月に飾った門松や注連縄を集めて焼く火祭りだ。

平安時代に禁中で陰陽師によって行われていた左義長（三毬杖）が起源とも言われている。占い師であり陰陽師でもある邑山幽斎は、あちこちのどんど焼きに呼ばれて厄除けや来福の祈禱を捧げた。

近くの広場に幽斎が来るというので、お花は胸を高鳴らせながら門松と注連縄を抱えて赴いた。

いつもは黒い着流しに黒い羽織という黒ずくめのいで立ちの幽斎だが、本日は狩衣に烏帽子という陰陽師の姿だった。その気品ある凛々しさに、お花の女心はかっと熱くなる。

燃え盛る火に向かって低い声で朗々と祈禱する幽斎を、お花は遠巻きに眺めていた。

――どんど焼きって、いい匂いだな。空気が清められて、瑞々しくて、なんだか懐かしいような――

火にくべられた松や竹、藁の匂いが混ざり合って立ち上る。どんど焼きは、これでのんびりした松の内も終わり、いつもの暮らしに戻るという区切りの儀式でもあるのだ。

響き渡る幽斎の祈禱を聞きながら、お花はしっかりと手を合わせた。

あっという間に十七日になり、お紋とお花は、向嶋は小梅村にある〈伊東屋〉の寮へと出向いた。お祝いの日だというのに生憎の曇り空で、雪でも降りそうなほどに寒い。猪牙舟で向かったが、魚たちも元気がなく、川の凍結が心配だった。

小梅村に到着したのは、八つ（午後二時）過ぎだった。忠吾と坪八は既に来ていて、寮の周りを見張っていた。予想以上に立派な寮で、周りの塀には鋭い忍び返しが張り巡らされている。

「これじゃ、不審な者など絶対に出入り出来そうもないよね。忍者だって無理そうだ」

「念には念を入れるってことだろうね」

お花とお紋はひそひそと話す。門扉には錠が下ろされており、大声を出すと、寮番らしき男が現れた。五十歳ぐらいの、大柄でのっそりした男だ。

「はい、どちら様で」

「お料理のお手伝いに参りました、北紺屋町の〈はないちもんめ〉の者ですが」

お紋が答えると、男は門の傍に立っている忠吾に目配せをした。忠吾は頷き、言った。

「正真正銘、〈はないちもんめ〉のお紋さんとお花さんです」

すると男はようやく二人を中へ通した。広い庭に桜の木が植えられ、池まであって、〈伊東屋〉が如何に羽振りがよいかが窺える。庭を横切りながら、男は挨拶をした。

「私はここの寮番を務めている吾作と申します。本日はよろしくお願いいたします」

「こちらこそ」と二人は一礼し、訊ねた。

「皆様、もうお集まりですか」

「今いるのは板前の磯次だけです。大旦那様たちはまだ到着されておりません」

「宴は六つ（午後六時）からですものね」

「ええ。まだ少し早いですね。でも七つ（午後四時）頃までには皆様お集まりになると思います」

「確か十四名ですよね」

「ええ、その中に私も入っておりますがね。お付きの下男や下女も含めて、その人数です」

　お紋とお花はぐるりと回って、裏口のほうへ通された。そこから中に入ると、すぐに板場へと繋がっている。板場には磯次という料理人が既にいて、仕込みに取りかかっていた。

　二十代半ばぐらいだろうか、どんぐり眼の小柄な男だ。磯次は、お紋とお花に丁寧に挨拶をした。少し頼りなさそうではあるが、印象は悪くなかった。

「まあ、仲よくやってくださいい」と言い残して寮番の吾作は去った。お紋とお花は風呂敷包みを解き、手ぬぐいなどを取り出して、姉さん被りに襷掛けの姿になった。そして前掛けをつけると、気が引き締まる。

　あらかじめ吉田屋文左衛門を通じて渡してあった今日の品書きを手に、磯次が話しかけてきた。

「あの食材の組み合わせから、よくこんなに美味しそうな品書きを考えましたね。感心しました」

「うちには飛び切り腕がよくて頭の働く板前がいるんでね。力添えしてもらったんだよ」

お紋が答え、お花は訊き返した。

「あの食材の組み合わせって大旦那様が考えたんですよね？　いつも料理にあんな注文をつけるんですか？」

「いえ、いつもはそれほど細かくありません。美味しければ食材はなんでもいいんです。今回は恐らく、お祝いの席の、余興のようなものではないかと。一風変わった料理を出したいのでしょう」

「なるほどね。磯次さんは、普段は〈伊東屋〉の家のほうで料理してるの？」

「はい、そうです。御蔵前のほうにいます。この寮にいつもいるのは、先ほどの吾作さんぐらいですよ。あとは……あ、まあそうです」

磯次はふと言葉を濁した。お紋とお花は、話しながらも仕込みを手伝い始める。

「私たちお正月に箱根に湯治にいったんだけれど、実はそこで大旦那様の御一行を偶然見かけたんだよ。大旦那様って怖いだろ？　怒られたりしない？」

お紋が訊ねると、磯次は苦笑した。

「確かに怖いですが、もう慣れました。十五歳の時から十年ぐらい奉公してますから」

「結構長いねえ」

「親父（おやじ）がやはり〈伊東屋〉の料理人だったので、俺が継いだんです」

「そうなんだ。お父さんは元気かい？　まだ働いているの？」

「いえ……亡くなりました、十年前に。それで代替わりに俺が入ったという訳です」

お紋とお花は一瞬、手を止めた。

「そうかい……。父の遺志を受け継いで、磯次さんが頑張（がんば）ってるって訳だね」

「今頃、空の上から磯次さんの姿を御覧（ごらん）になって、お父さん喜んでいらっしゃいますよ」

「はい。俺もそう信じて、多少怒られても気にしないで頑張ってます」

爽（さわ）やかに言う磯次に、お紋とお花は笑みを浮かべた。

肉や魚を捌（さば）いたり、野菜を切ったり、慌（あわ）ただしく働いていると、八つ半（午後三時）頃、大旦那たちが到着した。相変わらずの横柄（おうへい）な声が、板場にまで響いてくる。寮番の吾作がやってきて、伝えた。

「取り急ぎ、お茶を出してください。九つ、お願いします。あと、お水を一つ。小さい子がおりますので」

お紋とお花は慌てて用意し、運んだ。一行は、十畳と六畳の部屋が繋がった、大広間に集っていた。お紋とお花は改めて寮の広さと豪華さに驚きながら、皆にお茶を配った。

大旦那のほか、箱根の旅籠で見かけた者たちも揃っていた。お内儀、娘夫婦とその赤子、用心棒、そして白蛇の娘。

白蛇の娘……養女の小夜は水色の振袖を纏い、淑やかに座っていた。帯も簪も高価なものと一目で分かる。相変わらず人形のような美しさだが、今日はなんだか沈んだ様子だった。ずっと俯いていて、お花がお茶を出しても、目を合わせようとしない。お内儀が小夜に話しかけた。

「無理をしないでね。風邪気味なのだから、お茶を飲んだら、奥の部屋で少し休んでいなさい」

小夜は小さな声で「はい」と答え、静かにお茶を啜った。お花は思った。

――この娘、雪の中をあんな薄着で歩いていたりしたから、風邪を引いてしまったのでは――
〈伊東屋〉の者たちとは旅籠の廊下などで擦れ違っていたが、彼らがお紋とお花を覚えているかどうかは、その表情からはよく読み取れなかった。

　お茶を皆に配ると、五十歳ぐらいの実直そうな男が立ち上がり、お紋とお花に頭を下げた。

「私、〈伊東屋〉の大番頭を務めております、長兵衛と申します。本日は何卒よろしくお願いいたします」

　どうやらこの長兵衛が、今宵の宴を仕切るようだ。大旦那の権蔵は上座でふんぞり返り、その横には用心棒が座って、お茶の毒見までしていた。

　すると板前の磯次が菓子を運んできて、皆に出した。磯次、お紋、お花は並んで、挨拶をした。

「本日料理を担当させていただきます。精一杯作らせていただきますので、どうぞ御堪能くださいますよう。よろしくお願いいたします」

　深々と頭を下げ、三人は速やかに下がった。

　板場へ戻り、三人は再び仕込みに取りかかるも、お紋とお花はやはり手だけでなくつい口も動かしてしまう。到着した十人のうち、初めて会った者たちのことを訊ねると、磯次は教えてくれた。

「大番頭の長兵衛さんは四十九歳で、忠実を絵に描いたような方ですよ。十の時から丁稚奉公に上がったそうで、先代が采配を振るっていた頃からの使用人ということになります。そりゃ信頼も厚いですよ」

「先代ってのは、大旦那のお父さんかい？」

「そうです。権之助様と仰いまして、二十年前に亡くなられました。生きてらっしゃったら、八十五歳ぐらいでしょうね」

「長兵衛さんは住み込みなんですか？」

「いえ、通いですよ。おかみさんもお子さんもいらっしゃいますしね。待遇も相当いいようです。長兵衛さんは、先代の従兄弟の次男坊とのことで、親戚筋の者ということになりますしね。御実家は魚屋のようです」

「なるほどねえ。〈伊東屋〉ぐらいになると、番頭にするにも身元の知れた親戚筋のほうがいいのかもしれないね。……それで、少し離れて座っていた、無口な男と、にこにこしたふくよかな女、あの人たちも使用人かい？」

「ああ、下男の米松さんと、下女のお浅さんですね。米松さんは四十歳ぐらいじゃなかったかな。確か十五年近く奉公なさってるのではないかと。米松さんの親父さんも〈伊東屋〉で下男として働いていらっしゃったそうで、その縁のようです。確かにちょっと陰気かもしれませんが、真面目な人ですよ」

「やはり縁故がないと、使用人になるのも難しいみたいだね」

「口入屋に頼むというようなことは、ないのですか？」

「口入屋というのは聞きませんねえ。縁故か、もしくは信用出来る人の紹介でしょうね。お浅さんはそうですよ。〈伊東屋〉の顧客でいらっしゃる五百石の御旗本の紹介で、奉公することになったんです。その御旗本の御屋敷に勤める下女の従妹にあたるとのことで、ここに来る前は、お浅さんもその御屋敷で働いていたそうです。ここでも信頼されていて、若旦那様と若奥様の御子息の草太郎様の面倒をよくみています」

「お浅さんって人当たりよさそうだもんね。いくつぐらいなの？」

「確か、二十四歳とか言っていたような」

「まあ、それぐらいだろうね。で、若旦那ってのは、婿養子なんだろう？　箱根の旅籠で耳に挟んだんだけれどさ」

「そうですよ。草之助様は両替商の次男でいらっしゃったんです」

「若奥様ってのは、大旦那と前のお内儀さんとの子供なんだよね。いや、これも箱根で耳に挟んだんだけれどさ」

「よくご存じで！　ええ、そうですよ。由莉様は大旦那様の実のお嬢様でいらっしゃいます。甘やかして育ててしまわれたようで、由莉様はなかなか我儘でいらっしゃるんですよ。草之助様と御一緒になることを、大旦那様は反対してらしたんですが、由莉様は草之助様に熱を上げられて、どうしてもと押し切ってしまわれたんです」

話が面白くなってきて、お紋とお花は仕込みに精を出しながらも、はやる好奇心を抑えきれない。磯次もどうやら噂話が好きらしく、訊いてもいないことまで喋ってくれる。

「どうして大旦那は、娘さんと草之助さんとの仲を反対していたんだい？」

「詳しくは分かりませんが、草之助様って、すらりとした二枚目で、優男じゃないですか。だから、そういう男が信用出来なかったのではないのでしょうか。後々、娘が泣くことになるのではないか、と」

「娘の由莉さんは親の反対を押し切って、一緒になったって訳か。でも、仲よくやってるみたいだけれどね」

「ええ、とても仲のよい御夫婦ですよ。待望の赤ちゃんも、ようやく授かりましたしね。まあ、婿養子ですし、若奥様のお尻の下に敷かれているのかもしれませんが」

「その由莉さんと、大旦那の今のお内儀さんとは、継母娘の関係になるよね。仲はいいのかい」

「どうでしょうねえ。私の見たところ、よくも悪くもないようです。由莉様はお内儀様より、どちらかというと小夜お嬢様のことを煙たがっているのではないかと。……あ、余計なことまで話してしまいました」

磯次は思わず舌を出す。お花は笑った。

「ああ、大丈夫。そのことも箱根で耳に挟んでます」

「小夜ちゃんってのは養女なんだろ？」

「それもご存じなんですね。そうです、養女でいらっしゃいます。あのとおり美しいお方ですので、大旦那様もお内儀様も、たいそう可愛がってらっしゃいますよ。まさに目に入れても痛くないほどに。小夜様は躰が弱くていらっしゃるので、尚更大切にされてます」

やはり憚られたのだろう、小夜が捨て子だったということまでは、磯次は話さなかった。

「血の繋がりがないのに猫可愛がりされているから、本当の娘としては癪(しゃく)に障(さわ)るんだろうね。ところであの用心棒はどういう伝手(つて)で雇われてるんだい？　やはり誰かの紹介なのかね」

「小野田修鉄(おのだしゅうてつ)様ですね。なんでも、やはり〈伊東屋〉の顧客様の伝手で知り合ったようですよ。旗本の三男坊とかいう話です。大旦那様がやけに気に入られて、いつもお傍に侍(はべ)らせていらっしゃいますので、怪しい者ではないと思います。腕っぷしが強いそうで、大旦那様はそこを見込んでいらっしゃるようです」

「毒見もするぐらいだから、小野田って人、大旦那に忠誠(ちゅうせい)を誓ってるんだろうね」

　お紋が言うと、磯次は大きく頷いた。

「そうですよね、考えてみれば。私が知らないだけで、お二人は何かの縁故があるのかもしれません」

「いくつぐらいなんですか、小野田さんは」

「三十二歳とか三歳とか。それぐらいです」

「ここの寮番の吾作さんって人は、どういう繋がりなんだろう。あの人は五十歳ぐらいだよね」

「あの方も十五、六歳ぐらいからずっと奉公していて、初めは御蔵前の家で下男をしていたのですが、こちらの寮番に変わったんですよ。吾作さんも先代の時からの使用人で、なんでも先代の知り合いの紹介といいますが、どのような伝手で使用人になったのか、私はよく分かりません。歳は確か五十二歳ということは知っていますが」

「なるほどねえ。磯次さんのおかげで、どんな人が集まっているか、だいたい分かったよ。全部で十四人なら、残りはあと四名か」

「恐らく、二名ですよ。部屋に集っていたのは十名で、それに寮番の吾作さんと私が加わり、今いるのは十二名。残るは二名です。……あ、十四名というのは〈伊東屋〉に関する者たちなので、お紋さん、お花さんのお二人や、見張ってくださっている方々はまた別ということになります」

「ああ、それは分かってるよ。そうか、あと二名が来れば、揃うんだね。その二名ってのは親戚の人か何かかかい？」

「いえ……そうではなくて……」

磯次が言いにくそうにしていると、甲高い女の声が聞こえてきた。すると寮番の吾作が再び現れ、お茶を一つ持ってくるよう言った。

お紋がお茶を運んでいくと、大広間から笑い声が漏れ聞こえてきた。障子戸を開けた先には、さきほどとは打って変わって華やいだ空気が漂っていた。

新しく到着した女は、ぞくっとするほど婀娜っぽく、豊かな躰に派手な加賀友禅を纏い、大旦那に露骨に流し目を送っている。着物も派手なら顔立ちも派手、玄人上がりであろうことは一目で分かった。

お紋がお茶を出すと、女は愛想よく「ありがと」と微笑み、ずずっと啜って、息をついた。湯呑に、真っ赤な紅が移る。女は躰だけでなく、唇も分厚くぽってりとしていた。しなやかな指の先は、爪紅で艶めかしく染めている。

お紋は下がると、板場へ一目散に戻り、磯次に食いついた。

「今、凄い女が到着したよ！　なんだい、あの女はいったい？」

お紋の剣幕に、磯次はまたも苦笑した。

「凄い女のほうなら……お勢さんかな。肉感的で派手でしたか？」

「そのとおりだよ！　あれは素人じゃないね」

「柳橋で芸者をしていた方ですよ。その時に大旦那様に囲われたんです。二十三歳の色気盛りですね」

お紋とお花は目を剝いた。

「ええっ！　ってことは、大旦那の妾ってことかい？」

「お祝いに、正妻と妾を同席させたってことですか？　やっぱり横暴だ！」

殿様などにはそういう男がいると分かっていても、お紋とお花は女としてやはり腹立たしい。二人は思った。

――お内儀さんがどことなく儚く沈んだ雰囲気なのは、そのような気苦労が積み重なっているからかもしれない――と。

正妻の澄江の気持ちを思うと、二人はやるせなかった。

「あんな色気が溢れる妾と同席させられて、お内儀さん、辛いだろうよ」

「お内儀さんより年下ですよね？」

「五つ下だと思いますよ。お内儀さんは二十八歳ですから」

「お勢さんだっけ？　大旦那に色目使っちゃって、凄いよ。皆の前であんなことされちゃ、内心煮えくり返る思いだろうよ」

他人事といっても腹が立つのか、お紋は鼻の穴を膨らませる。すると再び吾作がやってきて、お茶をまた一つ頼んだ。これで十四名揃ったことになる。今度はお花がお茶を運んだ。

最後に到着したのは、折れそうに華奢な若い女だった。細面で柳腰、儚く憂いのあるところは、内儀の澄江に似ている。だが、より寂しげで、幸薄そうだった。女が纏っているのは上品な京友禅で、派手ではないが高価なものと分かる。お花がお茶を出すと、女は丁寧に頭を下げ、礼を言った。声も細く、透き通るようだ。お花は察した。

――いったいどういう関わり合いの人なんだろう。もしやお茶かお花のお師匠さんとか？　小夜ちゃんを教えているのかもしれない――

そう考えると納得がいく。その女の隣には派手な女が座っていて、威嚇するかのように頻りに咳払いをしている。

――ははあ、こいつが、婆ちゃんが言ってた女だな。お勢とかいう。なるほど如何にも妾って柄だ。こういう女を妾にするなんて、大旦那は趣味が悪いなあ。お内儀さんとは正反対の雰囲気だけれど、そこがよかったのかな――

そこで気になったのは、内儀の澄江と養女の小夜の姿が見えないことだ。

――小夜ちゃんが厠にでも立って、お内儀さんが付き添ってあげているのかな。……でも十五歳の娘に、そこまでするだろうか。とすると、お勢が現れて、気分を害してしまい、二人でほかの部屋に移ったのかな。お内儀さん、お気の毒だ――

などと考えつつ下がろうとすると、権蔵が大声を出した。

「皆揃ったし、そろそろ酒だ！　酒を運んでこい！」

その物言いにお花は一瞬むっとする。お勢が悩ましい声で合いの手を入れた。

「大旦那様、そうこなくっちゃ！」

そしてお勢は、けらけらと笑ってはしゃぐ。緋色の生地に金襴の刺繍が施された派手な加賀友禅は、衣文を大きく抜き過ぎているせいか、衿元がだらしなく開いている。今にも豊かな胸が溢れ出そうで、挑発的だ。

番頭の長兵衛が、お花に改めて頼んだ。

「お忙しいところお手数おかけしますが、お酒の用意をお願いします。この大広間で宴を開きますので、準備がありますから、私どもはそれぞれ一旦別の部屋へ移ります。お酒は大旦那様のお部屋にお持ちください。後で私が御案内いたします」

「かしこまりました」

お花は一礼し、下がる。渡り廊下を歩きながら、溜息がこぼれた。

——広いもんなあ。部屋、いくつぐらいあるんだろう。あたいなら旅籠に建て替えて儲けるけどな——

根っからの庶民であるお花は、そんないじましいことを、つい考えてしまう。何なんでも今日集まった者たちは宴の後、ここで一晩泊まり、明日帰るという。何人かは相部屋になるのだろうが、それでも十四名が泊まれるのだからそれなりの部屋数ということだ。

お紋とお花は宴が終わったら帰ってよく、駕籠を用意してくれるとのことだった。だが忠吾と坪八は、明日まで徹夜で警備を続けるという。

板場に戻って燗をつけながら、お花は磯次に訊ねた。

「最後に来た人は、どういう関係なんですか？　お内儀さんに少し似た感じの、上品でおとなしそうな人」

「ああ、お静さんですね。あの方も、大旦那様のお妾さんですよ」

お花は驚いて、指をうっかり熱湯の中に滑らせてしまった。「熱いっ」と慌てて引き抜き、水に浸ける。お紋も目を丸くした。

「なんだい？　ってことは妾を二人も呼んだってことかい？　お内儀さんがいるのに？」

「ええ、そういうことになりますね」

「それでお内儀さんの姿が見えなかったのかな。部屋を別にされてしまったとか。気分がいい訳ありませんものね……」

　磯次は苦笑いで答えた。

「お内儀様は慣れていらっしゃると思いますよ。部屋にいらっしゃらなかったのは、小夜様に付き添っているからでしょう。小夜様は風邪気味なので、途中で奥の間に移ったそうですから。横になっていらっしゃると思いますよ」

　お紋は腕を組んだ。

「そうなんだ。小夜ちゃんが病弱で、目が離せないってことか。……それは分かるとして、慣れているってことは、大旦那はお内儀さんと妾を同席させることがままあるってことかい？」

「同席させるどころか、御蔵前の家には、一緒に住まわせていますよ。一月(ひとつき)交代で、お勢さんとお静さんのどちらかと。片方が御蔵前の家にいる時は、もう片方はこちらの小梅の寮で暮らしているって訳です」

　お紋とお花は目を見開く。

「へえ、一つ屋根の下、正妻と妾を住まわせてるのか！　妾は二人いて、交代にか！　凄いねえ、分限者(ぶげんしゃ)ってのは。贅沢なもんだよ」

「殿様みたいな暮らしですね。……でも、お静さんですっけ？　あんなおとなしそうな人が、あの大旦那のお妾ってのは吃驚しました」

「私はまだお静さんを見ていないけれど、お花の話を聞くに、お静さんとお勢さんってのは同じ妾でもまるきり反対の雰囲気のようだね。名は体を表すというように、お勢という名は如何にも活発そう、お静という名は如何にもおとなしそうだ」

　磯次は頷いた。

「そのとおりですよ。お静さんは気の毒な方なんです。お内儀さんと同じく、親の借金のかたに、大旦那様が無理やり妾にしてしまったのですから」

「ああ、そうだったのかい。酷い話だね」

「でもそれを聞いて納得しました。お静さんのあの憂いは、泣く泣く妾になったからなのですね。お勢さんは好きで妾奉公しているというのが伝わってきますけれど。……もしやお静さんもお内儀さんみたいに、武家の出なんですか」

「いえ、お静さんは町人の出でいらっしゃいます。確か紙問屋の娘さんだったのではないかと。商いが傾かなかったら、よい縁談もあったでしょうに、お気の毒です。陰では、妾その二、なんて呼ばれていて」

「あら酷いね！　妾その一ってのは、お勢さんか。歳も同じぐらいかい？」

「お静さんのほうが少し若いと思います。二十一歳ではなかったでしょうか」

「お内儀さんは二十八歳、妾その一のお勢さんは二十三歳、妾その二のお静さんは二十一歳。皆二十代で、妾の二人は実の娘よりも若いときている。呆れて物も言えないよ。還暦だってのにね」

お紋はそう呟き舌を出す。お花は笑った。

「いや、還暦だからこそ、まだまだ元気っていうところを見せつけたいのかもよ。確かに呆れるけれど」

二人は相変わらず口さがない。

――お勢さんのあの態度は、お静さんを牽制していたのか。妾同士、仲がいいとは思えない。お内儀さんも含めて、内情はどろどろしているんだろうな――

お花はそんなことを考えつつ、磯次に訊ねてみる。

「大旦那様は、お勢さんとお静さんのどちらがお気に入りなんでしょうね」

「うーん、どちらなのでしょう。大旦那様にはお勢さんのほうがずっと懐いているので、やはりお勢さんが可愛いのではないかとも思いますが。……でも不思議なもので、大旦那様は御自分が豪放な方ゆえ、その反動か、非常におとなしい女人もお好みです。それで力尽くで手に入れられたのが、お内儀様とお静さんです。だから、実のところは、お勢さんとお静さんならば、お静さんのほうをより好まれているのかもしれません。……すみません、その辺りは、私の想像でしか答えられません」

「いえ。興味深いお話を聞かせてもらいました」

足音が聞こえてきて、三人は口を噤み、料理に取り組む。さすがに喋り過ぎたと反省しつつ。番頭の長兵衛が顔を出し、告げた。

「そろそろお酒を運んでくださいますか。部屋には私が御案内します。盃は五つ用意してください」

お花は「かしこまりました」と盆を持ち、長兵衛とともに板場を離れた。

連れていかれたのは、大広間の近くの、透かし彫りの欄間が麗しい八畳の部屋だった。床の間の前で、権蔵はお勢に膝枕をされて寛いでいた。

少し離れて用心棒の小野田修鉄が胡坐をかき、お静が姿勢を正して座っている。

お勢はしたたかな笑みを浮かべ、権蔵の耳掃除をしていた。お静は、その光景を見たくないかのように、俯いている。お静の顔は微かに青ざめていた。

「お酒をお持ちしました」

お花は正座をして一礼し、盆を置いて速やかに下がろうとした。すると権蔵が呼び止めた。

「酌をしていかんか」

お花は顔を上げ、権蔵を見た。でっぷりと肥った赤ら顔。髪の薄い頭は脂ぎって光っている。相変わらず、タコ坊主というのがぴったりの風貌だ。

――仕方がない――

お花は権蔵に向き合い、徳利を手に酌をした。すると、権蔵の汗ばんだ手が伸びてきて、お花の腕を握った。お花はぎょっとして徳利を落としそうになる。権蔵はお花の腕を撫で、好色な笑みを浮かべた。

「ほう、なかなかの触り心地ではないか。今宵の閨の相手は、お前にするか」

お花は手を振り払い、権蔵を睨んだ。権蔵はくっくと笑い、大声を上げた。

「お前みたいな山猿、誰が本気で相手にするか！　下がれ！」

お花は唇を噛み締め、必死で気持ちを抑える。お勢は権蔵に凭れかかって、一緒に笑っていた。

「大旦那様ったら、意地悪ねえ」

お勢の真紅の唇の横には小さなホクロがあり、濡れるように光っていた。

「失礼します」

お花は押し殺した声で言い、一礼する。障子戸を閉める時、お静が――ごめんなさい――というように頭を下げるのが目に入った。お静のその姿が、やけにお花の胸に残った。

廊下に出ると、お花は心の中で悪態をつきながら板場へ戻った。

――ちくしょう、あの助平爺い！　いきなり触りやがって、気持ち悪いじゃねえか――

権蔵に触れられたところを、お花はぼりぼりと搔く。

――どうにか堪えたけれど、仕事じゃなかったら、あのタコ坊主に廻し蹴りをかましてやったところだ！　なんだあの横柄な態度と物言いは！――

お花は憤慨して廊下を歩く。宴が開かれる大広間は下男の米松と下女のお浅が掃除をしており、娘の由莉と婿養子の草之助も手伝っていた。畳を隅から隅まで乾拭きし、障子の桟を丁寧に磨いている。

するとお内儀の澄江がやってきて、大広間へと入ったが、すぐに出てきて、奥の部屋へと戻っていった。お内儀はやはり、小夜と一緒に奥の部屋で過ごしているようだ。

大旦那たちが集まっている八畳の部屋からは、お勢のけたたましい笑い声が聞こえてくる。お花は溜息をついた。

——周りの人たちは皆たいへんだろうな。あのタコ坊主を憎んでる人はたくさんいるだろうよ。ふん、誰かに命を狙われてるって、自分で気づいているぐらいだもんな。まあ、自覚があるだけマシか——

怒りが収まらず廊下をどすどすと踏み締めながら板場へ戻ると、お紋が一人で仕込みをしていた。

「あれ、磯次さんは？」

「寮番の吾作さんと一緒に、近くまで酒を買い足しにいったよ。用意していたけれど、どうやら足りなくなりそうだからとね。あの大旦那、呑みそうだもんね。大虎だろうよ」

「ふん、虎って柄かよ、タコ坊主が！」

磯次に聞かれる心配がないので、お花はつい地が出る。お紋は孫を見やり、目を瞬かせた。

「何かあったのかい？　険しい顔して」

「まあね。帰ったら詳しく話すよ。……言えるのはさ、あの大旦那ってロクなもんじゃないってことさ。萬両分限者なんかになっちまうと、人ではない、何か別のものになっちまうのかもね」

お花は近くにあった漬物を摘まんで、ばりばりと齧る。お紋は鍋を掻き回しながら、呟いた。

「何事もなく終わるといいね」

「まあ、あれだけ厳重に見張りをしてるし、用心棒もいるから大丈夫だろ。……ところでさ、磯次さんは、いつもは〈伊東屋〉がある御蔵前のほうで賄いをしてるんだろ？　この寮にはいないのかな、賄いさんって」

「いるみたいだよ。賄いをする女中が。昨年末から里帰りして、まだ戻ってきてないみたいだ。だからこの寮に普段いるのは、妾のどちらかと、その女中と、寮番ってことだね」

「こんな広いところに三人でいるのかあ！」

「大旦那はちょくちょく来るみたいだよ。御蔵前の家と向嶋の寮と、気分によって往復して、いい御身分だよ、まったく」

「なんだか悔しいぜ」

お花は包丁を手に、ほうれん草をざくざくと刻んでいった。もうすぐ七つ（午後四時)、宴が始まるまであと一刻だ。

少し経(た)って磯次が戻ってきて、宴に向けて慌ただしくなってゆく。もう無駄口を叩いている暇もなかった。忙しいというのに、番頭の長兵衛や、妾のお勢が酒を受け取りにしばしば現れ、お紋とお花は辟易(へきえき)した。お内儀の澄江も、小夜が薬を飲むというので、水を受け取りに一度現れた。

「お忙しいところ、すみません」

正妻の澄江は妾のお勢よりずっと腰が低く、使用人に対する気遣いもあった。それだけにお紋とお花は権蔵に対していっそう憤(いきどお)りを感じた。

――こんなによいお内儀がいるのに、どうしてお勢なんていう莫連(ばくれん)に好き放題させているのだろう――

男と女の間は当人たちにしか分からないだろうが、それにしてもあんまりのような気がしたのだ。

権蔵は用心棒と妾二人を侍らせて酒を呑んで騒ぎ、番頭はあちこち動いて権蔵からの指示を言い渡す。寮番と下男と下女は寮の中と庭を隅々(すみずみ)まで掃除し、娘夫婦もそれを手伝っていた。娘婿の草之助は若旦那と呼ばれながらも、使用人と待遇はそれほど変わらないように見える。赤子の草太郎は、娘の由莉と下女のお浅が交互に見ていた。

廊下を行き交う人、部屋を出入りする人が多く、暫くばたばたしていたが、掃除も終わり、七つ半（午後五時）になる頃には静かになった。ちょうど日の入りの刻、徐々に闇が広がっていく。雲が多いので、月明かりは望めそうにないだろう。廊下のいくつかの置き行灯に、吾作が明かりを灯す。板場にももちろん灯されたが、お紋とお花は思った。

――やはりこの辺りは、江戸の中心に比べると、ずいぶん暗い――と。

六つ（午後六時）になると、皆、再び、十畳と六畳が繋がった広間に集まった。

十畳の部屋の上座には権蔵が座り、その右列には、澄江、小夜、草之助、由莉の順で座る。由莉は草太郎を抱いていた。

左列には、小野田、長兵衛、お勢、お静の順で座る。小野田は毒見の役目があるため、番頭の長兵衛よりも上座に近かった。

六畳の部屋には、吾作、米松、お浅ら、使用人たちが座っていた。

権蔵は一座を見渡し、よく響く声で挨拶をした。

「儂は今まで好き勝手やって、還暦を迎えた。これからも好き勝手やって、長生きするつもりだ。まあ、百までは全うするだろう。憎まれ者なんとやら……というからな。わはは！　まあお前らも、今宵は楽しくやってくれ」

宴が始まるなり、お勢は権蔵を熱く見つめ、大きな声を上げた。

「私が見立てたその赤い羽織、とっても似合ってらっしゃるわ。大旦那様、私からの贈り物、受け取ってくださってありがとうございました」

そしてお勢はわざとらしく、緋色の加賀友禅の袂を揺らす。権蔵とお揃いとでも言いたいかのように。権蔵は笑った。

「こういう派手な色が似合うなんて、儂もまだまだ元気ってことだ」

「あら、大旦那様は今が男盛りではないですか！」

お勢に色気たっぷりに褒められ、権蔵はいっそう顔を赤くしてにやける。

お勢の厚かましさに、権蔵以外の男たちは苦笑いを隠しきれない。お勢の隣で、お静は沈んだ顔で俯いていた。お内儀の澄江はもう慣れているのだろう、表情を変えることなく、姿勢を正して凜としている。その隣で小夜は澄江をちらちらと窺い、由莉はお勢を睨んでいた。

お紋とお花が料理と酒を運んだ。お紋は料理を簡単に説明した。

「一品目は、大旦那様御希望の〝軍鶏〟と〝韮〟を使って作らせていただきました〝軍鶏饅頭〟でございます。お酒に合うと思います。お召し上がりください」

〝軍鶏饅頭〟は湯気を立て、艶やかに油を光らせている。こんがりとした焼け目、韮の利いた芳ばしい匂いも食欲をそそった。軍鶏肉を細かく砕いて、微塵切りした韮と混ぜ合わせ、塩、醬油、酒、擂り下ろした生姜で味付けする。それを丸めて、饂飩粉で作った皮で包み、胡麻油で蒸し焼きしたものだ。

皆、軍鶏饅頭を熱い眼差しで眺めるも、すぐに箸はつけない。権蔵が食べるのを待っているのだ。権蔵は自分に出された皿を小野田に渡し、毒見をさせた。

小野田は箸で饅頭を切り、一口食べ、呟いた。

「うむ……これは旨い」

「ほう。お前が褒めるぐらいなら」

毒の心配はなさそうなので、権蔵は軍鶏饅頭に箸をつけた。ゆっくり嚙み締めて味わい、権蔵は満足げな笑みを浮かべる。

「本当にいい味ではないか。軍鶏の旨みがぎゅっと詰まって、力が漲ってくるようだ。こういうものをいつも食っていれば、病気一つせずにいられそうだわ！」

権蔵は酒を啜って高らかに笑い、一座を見渡した。

「お前らも食え！　なに、無礼講でよいぞ！　料理が出されたら、儂を待たずに箸をつけろ。酒も好きに呑め！」

　番頭の長兵衛が代表して礼を述べた。

「お気遣いのお言葉、ありがとうございます。では私どもも箸をつけさせていただきます」

　こうして皆ようやく料理に手を伸ばす。

「おおっ、これは本当に」

「韮が利いて乙な味ですね」

「お酒が進むわ」

　美味しく温かな料理で、先ほどまでの険悪な空気が一気に和む。食べるごとに、顔がほころぶ。その光景を、権蔵はにやけながら見ていた。澄江とお静も淑やかに味わいながらすべて平らげ、小夜もゆっくりと食べきった。

　お紋とお花は、一歳の草太郎には、韮の代わりにほうれん草を使って小さな軍鶏饅頭を作って出した。韮は癖があるので、少し心配だったからだ。そのような心遣いも、草之助と由莉の夫婦に喜ばれた。草太郎も笑顔で饅頭を残さず食べた。

酒が進んで、宴は徐々に活気づいていく。吾作、米松、お浅ら使用人たちも、静かに楽しんでいるようだった。

お紋とお花は二品目の〝鴨(かも)〟と〝葱(ねぎ)〟を使った料理を運んだ。

「〝鴨肉の葱ダレかけ〟でございます」

タレは、微塵切りした葱、塩、柚子(ゆず)の搾(しぼ)り汁、胡麻油、醬油を合わせて作る。それを、蒸し煮して薄く切った鴨肉にかけたものだ。

「これはさっぱりといただけるな」

「鴨肉にこのタレが非常に合っている。芳ばしさの中にも柚子の風味が利いていて、なるほど諄(くど)くない」

二品目も好評で、一同、箸が止まらない。

その光景を眺め、権蔵は何やらにやけている。その表情がどこか蝮(まむし)を思わせ、お花は背筋に冷たいものが走った。

——あの大旦那、どうしてあんなにニヤニヤしているんだろう。お祝いの宴がそれほど嬉しいのかな——

食の細そうな小夜やお静も、ゆっくりとだが残さず平らげ、男たちとお勢はますます酒が進んで賑(にぎ)やかになっていく。

三品目を運んだ時には、笑い声が廊下まで響いていた。お紋とお花が障子戸を開けると、お勢が声を上げた。

「美味しいわよ、お料理！〈八百善〉や〈平清〉みたいな料亭じゃなくても、なかなかやるもんね！」

「ありがとうございます」

お紋とお花は苦笑いしつつ、礼を言う。

「〝卵〟と〝葱〟を使ったお料理は、〝葱入り卵焼き、大根おろし添え〟にしてみました。お好みで大根おろしにお醬油をかけて、どうぞ」

分厚い卵焼きは五つに切られ、切り口に青葱が覗いている。胡麻油で焼かれた、こんがりと焦げ目のついた卵焼きに、大根おろしをちょいと載せて食べる。まさに絶品で、皆の目尻が下がった。

「この卵焼きはなかなか迫力がありますが、大根おろしと一緒だと、ぺろりといけますな」

番頭の長兵衛の言葉に、一同は頷く。

「どの料理も酒が進んでいかん。儂を酔い潰そうとでもいうのか？　まあ、儂は決して潰れんけどな」

権蔵は豪快に笑い、黄金色に輝く卵焼きを頬張る。するとお勢が徳利を手に、権蔵へといざり寄った。

「お酌させてくださいませ、大旦那様」

お勢はしどけなく権蔵に凭れかかり、酒を注ぐ。淫らに開いた胸元から、脂の乗った白い柔肌が覗いていた。

「おう、お前も呑め」

権蔵はお勢に盃を渡し、酒を注ぐ。お勢は一息に呑み干して、ふぅと悩ましく息をついた。

「大旦那様に注いでいただけて、もう、幸せ」

「そうかそうか、可愛い奴め」

権蔵は少しも悪びれず、堂々と妾のお勢を抱き寄せる。お勢は甲高い笑い声を上げ、勝ち誇ったような顔で、澄江を見やる。

だが澄江は、相手にしないといったように、黙々と卵焼きを味わっていた。その隣で、小夜は人形のように美しい顔を伏せている。男たちや使用人たちは、見て見ぬふりだ。

険しい顔の由莉の隣で、息子の草太郎が騒ぎ始めた。

「卵焼き、美味ちい。もっと」

だが由莉も、夫の草之助も平らげてしまっていたので、息子に言い聞かせた。

「もう卵焼きはないの。すぐに次のお料理がくるから、我慢しなさい」

すると草太郎は泣き始めた。「卵がいい、卵」と喚く息子に、由莉は目を吊り上げた。

「お行儀よくしなさい！　残ってないの！」

怒られ、草太郎はますます泣く。下女のお浅が立ち上がった。

「板場へ行って、お代わりを作ってもらうよう、頼んで参ります」

すると、ずっと無言だったお静が、口を開いた。

「よろしければ、私のをどうぞ。まだ一切れ残っておりますから。箸はつけておりません、綺麗ですよ」

か細いが、透き通るような声だ。お静が皿を差し出すと、由莉は「でも」と微妙な顔をしたが、草之助が口を出した。

「いただいておこう。お気遣いくださっているのだから」

そして草之助はお静に向かって、礼を言った。

「ありがとうございます」

「いえ」

お静は丁寧に頭を下げる。草太郎は泣き止み、お静をじっと見ている。

お浅がお静から皿を受け取り、由莉へと渡した。由莉が卵焼きを食べさせると、草太郎は忽ち笑顔になった。草太郎は噛み締めながら、お静をちらちらと見る。ずっと沈んだ顔だったお静が、初めて笑みを浮かべた。

「可愛いお坊ちゃまですこと」

儚げな美女の微笑みというのは、男心を惹きつけるのだろうか。権蔵をはじめ、長兵衛も小野田も、草之助も、寮番の吾作も、下男の米松も、暫し無言で、お静を眺める。

お勢の顔がたちまち険しくなった。お静を睨みつけながら、見せつけるように権蔵に凭れかかる。お内儀の澄江は、相変わらず表情を変えることなく、淡々とお茶を飲んでいた。

四品目は〝鶏〟と〝鰻〟を使った料理だった。この奇妙な取り合わせで目九蔵が考えたのは、〝鶏と鰻のネギマ焼き〟だ。

まず鶏肉を食べやすい大きさに切って、蒲焼きの味付けで焼く。鶏肉に蒲焼きの味付けは、とても合うからだ。鰻も適度な大きさに切って、白焼きにする。両方を蒲焼きの味付けにすると諄くなってしまうと考えたのだ。

そして竹串に、間に葱を挟みながら、鶏肉と鰻を交互に刺す。葱も適度な大きさに切り、焦げ目がつくほどに焼いておくのが味噌だった。

こうして現代の焼き鳥の如く、串を手にして気軽に味わえる、鶏肉と鰻の料理の出来上がりというわけだ。

「これはいいなあ！　蒲焼きと白焼きの、二つの味が交互に楽しめる」

「鶏肉に蒲焼きの味付けがこれほど合うのか。驚きだ」

「葱が挟んであるのもいいわねえ。濃厚な味とあっさりした味が交互にくるから、口直しになるのね」

やはり大好評で、お代わりを頼む者たちが現れる。権蔵は相変わらずニヤニヤしながら、串を摑んで頰張っていた。

「癖になる味だ。大盛りで持ってきてくれ！」

「酒も追加を頼みます」

お紋とお花は目が廻るような忙しさだ。二人は急ぎ足で、廊下を何度も行き来した。

板場で次の料理の用意をしていると、下女のお浅が顔を出した。

「私も何かお手伝いしましょうか」

「ああ、お気遣いなく！　番頭さんに言われているんですよ。今日は大旦那様のお祝いの席であって、御家族や使用人さんたちの労いの席でもあるから、無闇に立ち働かせないように、って。だからお部屋でお座りになっていてください」

　お紋が丁寧に断ると、お浅は肩を竦めた。

「え、でも、なんだか悪いような気がしてしまって……。磯次さんはずっと働いているのに」

　すると磯次は笑った。

「俺のことは気にしないで！　今日の分は別にお手当が出るんだから、しっかり働かなくちゃね」

「ここは私たちだけで本当に大丈夫ですから。あちらの広間で草太郎さんの面倒を見ていてあげてください」

　お花が言うと、お浅はようやく納得して戻っていった。七輪を用意しながら、お紋は磯次に話しかける。

「真面目そうな娘だねえ、お浅さんて」

「ええ、とってもいい人ですよ。明るくて、躰も丈夫で、文句一つ言わずに働いてます。草太郎坊ちゃまも懐いておられますしね」

「誰からも嫌われないよね、お浅さんみたいな人は」

「そうなんです。大旦那様はああいう御方ですから、お浅さんを山出し（田舎者）などとからかったりするのですが、大切なお孫さんの面倒を任せていますからね」

　磯次の熱心な口ぶりに、お紋とお花は顔を見合わせて笑みを浮かべる。

「おや磯次さん、なんだかずいぶんお浅さんを褒めるねえ」

「さっきの口の利き方もなにやら親しげだったし……もしや？」

　女二人に見つめられ、磯次は真っ赤になって狼狽えた。

「そ、そんな！　付き合ってるとか、そういう訳ではありませんよ！」

「ほう。付き合ってはいないけれど……仲はよさそうだねえ」

「まいったなあ。仲は悪くないです、同じ家に奉公しているんですから。……まあ、俺としてはもっと仲よくなりたいってのが本音ですが、お浅さんは真面目過ぎるっていうか、堅いんですよ」

「なかなか進展しないってことか」

　お紋の言葉に、磯次は項垂れた。

「仰るとおりです。でも、今のままでも俺はいいんですよ。お浅さんの明るい笑顔に励まされていますんで」

「まあ、そう言わずに、いい仲になれるよう頑張りなよ」

「私も応援してます」

「まいったなあ」

女二人に発破をかけられ、磯次は照れ臭そうに微笑んだ。

五品目は、〝鯛〟と〝鶏〟を使った料理で、お紋とお花は鍋と七輪を運んだ。

鶏肉のほかに椎茸、葱、人参、焼き豆腐が入った、〝鯛のあら鍋〟だ。

「火は通っていますが熱々を召し上がっていただきたいので、七輪を御用意しました。ごゆっくり御堪能ください」

色々な具材が入った鍋の匂いが漂う。

権蔵は火にかけた鍋を暫し見つめ、小野田に毒見をさせた。小野田がうなずくのを待って、権蔵は箸を伸ばした。

「うむ。鶏のコクのある旨みが、淡白な鯛に滲んで、これまた絶品だ」

権蔵は思わず相好を崩し、ちらと澄江を見た。澄江はやはり淡々と味わっている。

「寒い季節に鍋はありがたい」

「野菜もいいけれど、焼き豆腐がいいねえ。味が染みてる」

「鯛と鶏って意外に合うもんだ。コクがあるけど、さっぱりと食べられる」

盛り上がっている中……寮番の吾作が、鼻を動かしながら不意に言った。

「なんだか焦げ臭い」

長兵衛の食べる手が一瞬止まる。

「そういえば……」と顔を見合わせたところで、外から忠吾の叫び声が聞こえてきた。

「うわあっ、火事だ！　な、納屋が燃えてる！」

男たちは立ち上がる。吾作が慌てて庭に面した障子窓と雨戸を開けると、本当に離れの納屋が燃え上がっていた。

「た、たいへんだ！」

吾作、米松、お浅ら、六畳の部屋に座っていた使用人たちが飛び出す。忠吾と坪八も一緒に天水桶を運んできて、五人で消火を始めた。

突然の火事に小夜は怯え、澄江にしがみつく。澄江は小夜の細い肩を抱き締めていた。

お勢と由莉は、六畳の開け放した窓から身を乗り出し、火の様子を眺める。由莉に抱かれて、草太郎は泣いていた。お静は座ったまま、顔を青ざめさせている。

「おい、こちらの雨戸も開けろ！　様子がはっきり見えん」

権蔵が喚（わめ）くので、長兵衛と草之助は十畳の部屋の障子戸と雨戸も開けようとした。

すると……雨戸を動かした途端（とたん）、今度はいきなり行灯が倒れた。十畳の部屋と六畳の部屋に一つずつ置いてあった行灯が両方とも倒れ、畳に火が移って燃え上がる。

「きゃああっ」

「こちらも火事になるぞ！」

次々に騒ぎが起き、混乱する。草太郎がいっそう泣き出したので、由莉は抱いたまま廊下へ飛び出した。

長兵衛と草之助、小野田は座布団（ざぶとん）で叩いて、火を消し止める。早急な処置で火事にはならなかったが、部屋は一気に暗くなった。刻は既に五つ半（午後九時）、月も見えない晩、闇が訪れる。

「やだ、怖いじゃない！　どうにかしてよ」

お勢の声が響く。夜目に慣れるまでは、明かりの消えた部屋はやはり不便だ。小夜は澄江にしがみつき、草太郎の泣き声がますます大きくなる。長兵衛が言った。

「慌てて動かないでください！　部屋には七輪も置いてありますので、下手に動き回るとまた倒しかねません」

だが七輪の火は弱まってきていて、今にも消えてしまいそうだ。一方、納屋の火はなかなか収まらない。草之助と小野田は風呂場へと走った。盥に湯を溜めて運ぶためだ。磯次も板場から飛び出してきて加勢する。

長兵衛は澄江たちに告げた。

「騒ぎが落ち着くまで、お内儀様方は、別の部屋にいてくださったほうがいいでしょう。大丈夫、燃え広がるということはありません。絶対に消し止めますので」

お紋とお花も駆けつけ、女たちをそれぞれ、別の部屋へと移動させた。

澄江と小夜は、昼間もいた、奥の部屋に。お勢は、昼間権蔵たちといた八畳の部屋に。お静はその隣の三畳の小さな部屋に。由莉と草太郎は、澄江と小夜の隣の部屋に。

ほかの者たちは必死で消火に励み、権蔵は庭に出て時折くしゃみをしながら、その成り行きを見ていた。

宴が開かれていた大広間は、明かりの消えたまま、暫く放っておかれた。

皆の頑張りで火は消えたが、納屋は殆ど焼けてしまった。

ともかく騒ぎが落ち着くと、お紋とお花は大広間の行灯を元通りにして、明かりを灯した。火を叩いた座布団を新しいものに換え、部屋を片付ける。七輪の火もかなり弱まってしまっていたので、一つ一つ炭団を加えた。

お紋はお内儀たちを呼びにいき、お花は広間に戻ってきた者たちに「お疲れさまでした」とお茶を出した。

ひとまず火事が収まり、皆、ほっとしていたが、不安は残っていた。いったい何が原因で発火したのだろうか。

吾作は焼け落ちた納屋に留まり、忠吾と坪八とともに、提灯を灯して調べていた。よく見ると、蠟燭の燃え残りが転がっている。吾作はそれをまじまじと見つめ、呟いた。

「こんなところにどうして蠟燭があるんだろう」

「誰かが蠟燭に火をつけて、倒したってことか？」

忠吾と坪八は首を傾げた。ずっと見張っていた二人が、誰かが納屋に忍び込んで、そんなことをする気配を見逃すはずがない。

すっきりとしなかったが、死者や怪我人が出た訳ではないので、各々元の場所へと戻り、仕切り直しをして宴は続けられることになった。

澄江や小夜たちも戻り、皆、先ほどと同じ場所に座った。予期せぬ騒ぎが起き、いずれの顔もやはり少々強張っている。草太郎は泣き疲れて眠ってしまい、六畳の部屋、お浅の近くに寝かせられていた。

権蔵だけが相変わらずにやけた笑みを浮かべながら、声を響かせた。

「いやいや、面白い余興だったわ！　勝手に燃え上がって、儂の祝いの宴を盛り上げてくれたわい！」

火事の一つや二つびくともせずに、権蔵は高らかに笑う。長兵衛も、ここは神経質にならずに盛り上げたほうがよいと思ったのだろう、調子を合わせて徳利を傾けた。

「さすがは大旦那様！　さ、お注ぎいたします」

権蔵は呑み干し、にやりとする。

「うむ、今宵の酒は実に旨い」

するとお勢も調子を合わせた。

「どんなことが起きても、ちっとも動じない大旦那様って、本当に素敵だわあ！　いっそう惚れてしまいます」

お勢は甘えた声を響かせ、権蔵に熱烈な流し目を送る。

だが、ほかの女たちはまだ動揺しているようだ。澄江の顔は強張り、小夜は俯いたままで、お静は微かに青ざめていた。

由莉は気丈に、夫の草之助や番頭の長兵衛とともに、場を盛り上げようと明るく振る舞う。だが、お勢のことは時折睨んでいた。

お勢は、由莉の視線に気づいていないかのように、平然と酒を啜っている。

草太郎が目を覚まして愚図り出したので、下女のお浅があやしていた。

鍋が再び温まってきた。少し間が空いたからだろう、権蔵は小野田にまた鍋の毒見をさせた。豪放な割りには、そのようなところは念入りだ。

小野田には何の変化もなかったので、権蔵は鍋をゆっくりと掻き混ぜながら、再び食べ始めた。

「うむ、旨い。鯛と鶏、なんともよい組み合わせではないか」

ゆっくりと嚙み締め、笑みを浮かべて味わう。まろやかな鯛、コクのある鶏、旨みが滲んだ野菜を食み、出汁の利いた汁を啜るうちに……。

権蔵は、ぐうっという呻き声を上げて、突然倒れた。喉を搔き毟って七転八倒し、血を吐いて白目を剝く。

その凄まじい光景に、切り裂くような悲鳴が起きた。

悲鳴は板場にまで届き、お紋とお花は慌てて大広間へ駆けつけて息を吞んだ。

権蔵の近くにいた澄江は気を喪っていた。小夜は真っ青になって顔を背け、お勢は呆けたように口をぽかんと開いている。お静は小刻みに震えながら瞬きもせずに権蔵を見つめていた。

お浅は凄惨な光景を見せたくないのだろう、草太郎の目を塞いでいる。吾作と米松は、何が起きたのか吞み込めないようで、ただ呆然としていた。長兵衛、草之助、小野田は、目を見開いて権蔵を凝視していた。

誰もが驚きのあまり言葉を失ってしまっていたが、由莉が叫ぶと、一同は正気に返った。

「お父様！　誰か早くお医者を連れてきて！」

草之助と長兵衛が医者を呼びに走り、忠吾は坪八に告げた。

「番屋に行って番太郎を連れてこい。村役人もだ。あっしはここで誰も逃がさぬよう見張っている」

「合点や！」と坪八はすぐさま走った。

忠吾はお紋とお花を手招きして呼び、指示した。

「なるべく皆を広間から出さないようにしておくんなせえ。大旦那はそのままにして、無闇に動かしたりしねえように。気分が悪くなった者がいても、別の部屋に移さずに、広間の片隅にでも寝かせておいてくだせえ」

お紋とお花は頷き、言われたとおりに動いた。澄江と小夜は片隅に横たわらせ、勝手に出ていく者がいないよう目を光らせる。

草之助と長兵衛が戻ってきて、医者と番太郎、村役人たちが揃うと、坪八と見張りを代わり、今度は忠吾が木暮を呼びに走った。

権蔵の死因は、躰中が紫色になっていることや吐血したことからも、毒殺、それも無味無臭の石見銀山によるものと判断された。

毒見をした小野田も一応医者に診てもらったが、小野田には症状は何も現れていなかった。だがやはり鍋が怪しいということで、権蔵が食べていた鍋、及び呑んでいた酒は押収されて調べられることになった。

木暮はちょうどその頃、桂と一緒に〈はないちもんめ〉で和んでいた。忠吾に予め告げておいたのだ。

——もし向嶋で何か起きたら〈はないちもんめ〉に来い。あそこにいるから——と。

木暮と桂は、息せき切って駆けつけた忠吾の報告を聞き、驚いて飛び出した。毒殺らしいということを耳にして、お市も不安になった。もし料理から毒が検出されたら、お紋とお花にも疑いがかかってしまうからだ。そんなことをする二人ではないと分かっていても、あれこれ調べられるだろう。

「とんだところに手伝いにいってしまったわね」

お市はこめかみを押さえ、溜息をつく。

「大丈夫ですわ、あのお二人なら」

目九蔵はお市を励ました。

二

木暮と桂は〈伊東屋〉の寮に到着すると、忠吾と坪八に確認を取った。

「本当に、宴の間、ここに出入りをした者はいなかったんだな？」

「はい。目を光らせていやしたが、誰も出入りしてやせん」

忠吾と坪八がはっきりと答えると、木暮は唸(うな)った。

「ならば、あの中に、下手人(げしゅにん)が必ずいるってことだな」

木暮と桂は、お紋とお花と磯次も含む皆を大広間に集めて、初めに訊ねた。

「火事騒ぎが起きて、行灯が倒れたというが、倒したのは誰だったんだ」

一同、顔を見合わせる。同心に見据(みす)えられると、やはりおっかないのだろう、一様にびくびくしていた。

「正直に答えてくれんと、いつまでも帰れねえぜ。お前さんたちをここにずっと閉じ込めておくことになる」

木暮が畳みかけると、長兵衛と目配せしつつ草之助がおずおずと言った。

「あの……恐らく私と番頭さんだと思います。でも、行灯に足を引っかけたという訳ではなくて、火事の様子を見ようとここの障子戸と雨戸を開けた途端(とたん)に、急にばたんと倒れたんです。その時は動揺していて何が何だか分からなかったのですが、今にして思うと、雨戸を開けた時に何かが引っかかったような気がするのです」

「開けた時に、何かおかしな感触といいますか、手ごたえは確かにありました」

草之助と長兵衛が証言すると、お紋が懐から透き通る糸のようなものを取り出した。

「引っかかったってのは、これかね。火事が落ち着いて、お花と一緒に行灯を直した時、これが畳の上に落ちていたのに気づいたんだ。それで拾って、取っておいたんだよ」

木暮はお紋からそれを受け取り、よく眺めた。

「これはテグスですね。釣りの時などに使う」

釣り好きの桂が言うと、お紋が推測を述べた。

「このテグスの片方の先を行灯に括り付けておいて、雨戸の隙間を通らせ、もう一方の先を床下の柱にでも括り付けておけば、雨戸を開けた拍子にテグスが引っ張られて、行灯は倒れるよ。そんな細工をしていても、テグスだと気づきにくいと思う。夜、行灯の灯りだけの中では、特にね」

木暮と桂は顔を見合わせる。桂は蠟燭を手に庭へ下り、床下を熱心に探って、柱に括り付けられて途中で千切れているテグスを見つけた。

「大女将……いや、お紋さんの推測で正しいようです」

「うむ。とすると、やはり誰かが意図的に、行灯が倒れるように仕掛けたってことか。その結果、この広間は暗くなり、女人はほかの部屋へと避難し、男衆は火事でてんてこ舞い。広間には人の気配がなくなった。その隙に……誰かがこっそり忍んでいき、入れたんだな、鍋の中に。毒を」

誰もが固唾（かたず）を呑んで、話を聞いている。木暮は厳しい口調で言いつけた。

「これから一人ずつ話を聞かせてもらう。明け方までかかるかもしれねえから、覚悟しておいてくれ。話を聞くのは、こちらの六畳の部屋でだ。ほかの者は十畳の部屋で待機していてくれ」

木暮と桂は六畳の部屋に腰を下ろし、小声で話した。

「この寮の塀には恐ろしい忍び返しがついていて、忠吾と坪八がずっと見張っていたのですから、ほかの何者かが忍び込んだということはありえませんよね」

「うむ。恐らく、否（いや）、きっと、下手人はあの中にいる。……俺はそう思うが、もし万が一、ほかの誰かがどうにか忍び込んでやったことであったとしても、逃がしはしねえ。もう逃げたということはありえんだろうし、村役人と番太郎たちがこの寮を隈（くま）なく探っているからな。袋の鼠（ねずみ）よ」

「早く追い詰めてしまいましょう」

木暮たちはまず、お紋とお花から話を聞くことにした。

「まさかお前らがやった訳ではないだろうが」

そう前置きし、木暮は訊ねた。

「解せねえのは、毒見をしたという用心棒の小野田がまったく無事であったことだ。それについて、お前らはどう思う？」

お花は少し考え、答えた。

「恐らく、固めた寒天みたいなものの中に、毒を忍ばせていたんじゃないかな。火事騒ぎの時にそれをそっと鍋に入れれば、少しずつ溶けていくだろ。宴が再開された時、七輪の火が弱まっていたんで、婆ちゃんと一緒に皆の七輪に炭団を入れ直したんだ。鍋はそうして再び温められたけれど、用心棒が食べた時には、まだ溶け出してなかったのでは？　掻き混ぜたりしているうちに寒天が溶けて、毒が鍋に広がっていったんじゃないかな」

「再び食べ始めた時に、鍋の中に、寒天のような異物が入っているとは気づかなかったのだろうか？」

「その時食べていたのは、鯛のあら鍋だったんだ。あらを使うから、元々寒天みたいなとろりとした塊は浮いていたんだよ。だから寒天の塊を入れたとしても、それに紛(まぎ)れてしまって気づきにくかったと思う」

　木暮は腕を組み、大きく頷いた。

「うむ、なるほど。それで毒の謎(なぞ)は解けたか。じゃあ、その毒入り寒天を、誰が鍋の中に入れたかってことだ。それについて心当たりはないか」

　今度はお紋が答えた。

「あの時、消火で外に出ていたのは、寮番の吾作さん、下男の米松さん、下女のお浅さん、大番頭の長兵衛さん、娘婿の草之助さん、用心棒の小野田さんだったね。それから亡くなった大旦那の権蔵さんも庭に出て、消火の様子を眺めていた。板前の磯次さんも途中から火消しに加わったよ。それまでは私たちと一緒に板場にいたけれど。お内儀さんら女衆は怯えていたんで、別の部屋に避難させたよ」

「どこの部屋だ」と木暮に訊ねられ、お紋とお花はそれぞれ案内した部屋を教えた。木暮と桂は顔を見合わせる。

「消火していた者たちには、毒を入れる隙がなかったよな」

「吾作さん、米松さん、お浅さんはすぐに飛び出していって、忠ちゃんと坪八ちゃんと一緒に納屋の近くでずっと消火してたよ。長兵衛さん、草之助さん、小野田さんは風呂場から盥を運んだりして、行ったり来たりしていたけれどね」

「なるほどな。隙を見て毒を入れたとしたら……消火していた者たち以外が怪しいってことか、やはり」

お花が首を捻った。

「予めこの寮に忍び込んでいた者の仕業ってことも考えられるだろうけれど……それは無理があるかな」

「うむ、それも考えられなくはないが、忠吾も坪八も怪しい者が出入りしたのは見ていない。そもそもあの忍び返しがついていれば、この寮には忍者でもそう簡単には忍び込めんだろう」

「確かにそうだよね。忍び込むのもたいへんだし、逃げ出すのもたいへんだよね」

「今、この寮は忠吾と坪八以外にも、番太郎や村役人たちが見張っているから、逃げ出せねえよ。怪しい動きを見せた者がいたら、とっ捕まえてやる」

火事については、お紋に考えがあった。

「もう真っ暗だから見つけるのがたいへんだろうけれど、明るくなってから庭を調べてみれば、またテグスが見つかると思うよ。下手人は蠟燭にテグスを巻き付けて、テグスは戸の隙間から納屋の外まで這わせておいたんだ。そして予め蠟燭に火を点けて納屋の中に立てておき、周りに油を撒いて、頃合いを見計らってテグスを外から引っ張ったんだよ。すると蠟燭が倒れて、燃え上がるって寸法さ。恐らく、そうやって火事を起こしたんだろうよ」

「じゃあ、テグスを引っ張ったのは誰だってんだ。火事が起きた時は、皆、部屋で呑み食いしていたんだろう？」

「私たちじゃないよ、決して！　磯次さんでも！　板場で仕事してたんだから」

お紋とお花は身の潔白を訴えつつ、首を傾げた。

「そうだよね。すると、誰が引っ張ったんだろう。……恐らく、毒を盛ったのもそいつだろうね」

お紋は腕を組んだ。

「あの時、厠か何かに立った人っていなかったのかね」

「いなかったなら……やはり、忍び込んでた者がいたんじゃないかな」

木暮と桂は顔を見合わせた。

「今この寮は、中も外も見張っているから、仮に忍び込んだ者がいたとしても逃げ出すことは出来ないはずだ」

「もし不審な者が出現したら、すぐに取り押さえます。番太郎が、寮の中を隅々まで調べておりますし」

木暮と桂はいっそう引き締まった顔つきになった。

次は〈伊東屋〉の者たち個別の取り調べとなった。木暮は皆を見渡しながら考えた。

——権蔵を殺めた動機について、損得勘定の疑いを向けるなら、莫大な身代を受け継ぐ草之助がまず怪しいことになる。横暴な義父がいなければ、草之助の天下になるのであるからな。早く消えてほしいと思うこともあっただろう——

木暮は考えを巡らせる。

——また痴情沙汰の疑いを向けるなら、女たちも怪しい。今宵の祝いの席だって、内儀と妾二人が同席させられたのだ、心中穏やかではなかっただろう。傲慢な権蔵を恨んでいた者がいて当然だ。……仏さんには悪いが、殺されるべくして殺されたってとこかもな——

木暮と桂は、一人一人、聴取していった。内儀の澄江は酷く憔悴していて話を聞ける状態ではなかったので、暫く部屋の隅で寝かせておくことにし、後回しにする。

まずは番頭の長兵衛からだ。

「権蔵は、正直なところ、周りからどのように思われていた？」

木暮の問いに、長兵衛は苦虫を嚙み潰したような顔で答えた。

「このような商いをしておりますから、正直、大旦那様を恨んでいた人は少なくはなかったでしょう。私どもは正当に金子をお貸ししているだけですが、逆恨みという言葉もございますし」

今度は桂が訊ねた。

「商売上の客だけでなく、家族や妾たちの中にも恨んでいた者がいたのでは？」

「さあ、そこまでは私には分かりません。お内儀様もお妾のお二人も、複雑な思いを抱いていらっしゃったでしょうが、私などには女人の心の奥底までは測りかねます。私は大旦那様を敬い、奉公させていただいておりました。ですが、大旦那様の私的な部分には、決して深入りいたしませんよう、一線を画して接しておりましたので」

「何か最近、変わったことはなかったか？　大旦那の周り、あるいは店に関することで。何でもいいから気づいたことは話してくれ」

「そういえば……こんなことがございました。大旦那様は骨董収集に凝っていらして、それが高じて骨董品の店を営(いとな)んでおられたのです。店といいましても小さいもので、あくまで御趣味でなさっていたのですが。その店に、忍び込んだ者がいたらしいのです。二月(ふたつき)ほど前ですが」

「なにか盗まれたのか」

「いえ、盗まれたものはなかったようです。どうしてか、店の中がただ荒らされていただけで。……もしや、何かを探していたのかもしれません」

「探していたのに見つからなかったから、そのままにして引き上げたということか」

「恐らくそうなのではないかと」

　この話は妙に引っかかったので、木暮は、長兵衛の次に由莉を呼んで訊ねてみた。

「親父さんが趣味でやっていた骨董店が荒らされたってのは本当か？」

「ええ、本当です。非常に高価なものは厳重に仕舞っていましたが、店にはそこそこのものも出していたようです。それなのに何も盗(と)られなかったので、父は薄気味悪いと言っていました」

「確かにな。ただの盗人(ぬすっと)ではないようだ」

由莉は「そういえば……」と切り出した。「気のせいかもしれませんが、時々、誰かが家の中を探しているような気配を感じることがありました」

木暮と桂が身を乗り出すと、由莉は家の内情をべらべらと喋り始めた。

〈伊東屋〉は間口十五間の大店で、家も広く、妾も一緒に暮らしているという。なんでも一月交代で、お勢が御蔵前の家にいる時は、お静がこの寮で暮らし、お静が御蔵前の家にいる時は、お勢がこの寮で過ごすということまで、由莉は明け透けに話した。

「凄え親父さんだったんだな」

木暮が呆れると、由莉は「もう慣れていました」と苦笑した。

「それで、家の中を探しているのは誰か、見当はついているのかい？」

「いえ。気配を感じるというだけで、具体的には……。誰かが何かを探しているところを、実際に見た訳ではありませんし。だから尚更気味が悪くて……。幽霊の仕業みたいで」

由莉は肩を竦める。

「幽霊ねえ。もしや権蔵を恨んで死んでいった女がいたんじゃあるめえか？　現に昨今だってお内儀に妾が二人。三人とも心中穏やかではなかっただろうよ」

木暮が話を向けてみると、由莉は後妻の澄江、妾のお勢、お静の来し方についても正直にべらべらと喋った。

「澄江さんとお静さんは借金のかたにやってきたんです！　いわば身売りですよ、お気の毒にねえ。お勢さんは好きで妾奉公してたみたいですが。えげつない人ですよ、あの方、本当に」

日頃の鬱憤を晴らすかのように、由莉は目を剝き、鼻の穴を膨らませて話しまくる。そして、義妹である小夜についてよく思っていないことも打ち明けた。小夜が捨て子だったということも、由莉に隠す様子はなかった。

「澄江さんは、もうあの娘にべったりで。ほら、妾と一緒の生活を強いられたりして、やはり満たされないのでしょうね。その満たされない思いを埋めるように、あの娘にかかりきりでね。それにしても甘やかし過ぎですわ。あの娘、十五だっていうのに、まだ一緒に寝てあげているんですよ、澄江さん。まあ、躰が弱いですからね、あの娘。いくつまで生きられるのかしらねえ」

由莉の刺々しい話を聞きながら、木暮と桂は苦笑する。義妹を小夜と名前で呼ばずに、「あの娘」と言い続けるところに悪意が見え隠れするようだ。木暮は察した。

――確かに、権蔵の実の娘であれば、小夜の存在は気に食わないかもしれねえな。小夜のことは澄江だけでなく権蔵も猫可愛がりしていたと、箱根の旅籠で仲居が言っていた。すると……権蔵の身代はもしかしたら、草之助と由莉の夫婦に半分、澄江と小夜に半分がいくことになるかもしれん。正妻だった澄江はともかく、何の血の繋がりもない捨て子の〈白蛇の娘〉に四分の一を持っていかれるのは、それは悔しいかもしれんな。血の繋がった娘としては――

調子に乗った由莉の弁舌は止まらなかった。

「お勢さんと番頭さんって、デキてるみたいですよ。父は気づいていたかどうか分かりませんが」

由莉は薄い唇に、意地悪な笑みを浮かべる。どうやら人の噂が好きで堪らない性質(たち)のようだ。木暮と桂は目を瞬かせた。

「それは本当かい？　お勢ってのは、妾のうち、豊満でやけに色っぽいほうだよな？」

「ええ、そうです。妾その一、ですね」

「如何にも忠実そうなあの番頭には、似つかわしくない女人のように思うが」

桂の言葉に、由莉はくっくっと笑った。

「もう、町方のお役人様ですのに、見る目が甘過ぎますわ！　番頭さん、如何にも真面目そうですが、女にはだらしないですよ、相当。吉原にもよく遊びにいってらっしゃいますしね」

木暮と桂は顔を見合わせ、息をつく。見る目が甘いと言われたことが、何やら腹立たしい。だが由莉は、訊いてもいないことまで色々喋ってくれたので、一気に情報が増えたのはありがたかった。

「なるほど、お勢ってのは見た目どおり相当お盛んって訳だ。もう一人の、お静のほうはどうなんだい？　泣く泣く妾になったぐらいだから、男なんて信じられなくなっちまってるかもな。可哀そうによ」

「ええ。……お静さんのほうは、そうかもしれませんね」

勢いよく喋り続けて疲れたのだろうか、由莉はふと口を閉ざし、大きく息をついた。木暮は訊ねた。

「それで最後に教えてほしいんだが、火事が起きて行灯が倒れた後、お前さんも含めて女人は皆、別の部屋へ避難したというよな。お前さんが息子といたのは、確か、お内儀と小夜がいた隣の部屋だったはずだ。その時、お内儀が部屋を離れた気配はなかったか？」

　由莉は神妙な面持(おもも)ちで答えた。

「正直、気づきませんでした。草太郎がぎゃあぎゃあ泣いていてうるさかったこともありますが」

「別の部屋にいたのは、どれぐらいの間だった？」

「四半刻(しはんとき)（三十分）ぐらいです」

　由莉の聴取は終わり、木暮は次に由莉の夫である草之助に話を聞いた。婿養子の草之助は、すらりとした、なかなかの男前である。

「お内儀さんが、誰かが家の中を探しているような気配がすると言っていたが、お前さんも感じるか」

　草之助は首を捻りつつ、答えた。

「私は店に出ておりますので、あまり感じませんね」

「忙しいんだろうな。大旦那が亡くなってすぐにこんなことを訊くのもなんだが、今後は〈伊東屋〉はお前さんのものになるんだよな」

「は、はい。まだまだ未熟ですので、番頭たちに助けてもらいながら、守(も)り立てていくつもりでおります」

　責任が伸(の)しかかっているのだろう、寒い時季の夜更(よふ)けだというのに、草之助は額に薄っすらと汗をかいている。

「お前さんは婿養子になる訳だよな。正直なところ、義父にあたる権蔵をどう思っていた？　横暴でうるせえ爺いと疎んでいたんじゃねえのか？」

　木暮がにやりと笑うと、草之助は「滅相もない！」と慌てた。

「義父には商いのことだけでなく、使用人たちとの付き合い方に至るまで、実に多くのことを教えてもらいました。義父のことを横暴だと陰口を叩く者もいましたが、あれだけの身代を築き上げたのですから、多くはやっかみだったと思います。義父は確かに怖いところもありましたが、とても優しい人でもありました。草太郎が生まれると、それは可愛がってくれました」

　木暮は——予想どおりの答えだ——とうんざりしつつ、最後に訊ねた。

「宴が始まる前、この広間を、お前さんも掃除したっていうよな。その時は本当に、行灯にテグスの細工などは仕掛けられてなかったんだな？」

「は、はい。まったく気づきませんでした。その時はまだ仕掛けられてなかったと思います」

　草之助は額にいっそう滲む汗を、手でそっと拭った。

　木暮は小夜にも聴取したが、風邪気味で喉が痛いらしく湿布のような薄い布を巻いていて、話すのが辛そうだった。

木暮は箱根の旅籠で小夜をちらと見かけていたが、改めて向き合うと、怖いほどに美しい娘だ。黒目勝ちの大きな瞳、長い睫毛、艶のある黒髪、雪も欺く白い肌……。

――これが〈白蛇の娘〉なのか――

木暮は美しい物の怪を見るような目で、小夜を眺めた。

小夜は掠れる声でぽつぽつと話し、自分が養女の立場であることを正直に告げた。自分が捨て子であったことも、小夜は知っていた。

「お養父さんに可愛がってもらったかい？」木暮が訊ねると、小夜は頷いた。

「はい。……とても優しい養父でした」

小夜は答え、大粒の涙をこぼした。涙すら、真珠のように麗しかった。

次は妾その一の、お勢だった。

「こんな夜更けまで、お互いたいへんよねえ。お手柔らかによろしくね」

早速お勢は媚を含んだ眼差しを送ってきて、木暮と桂は少々たじろいだ。お勢も由莉と同じく口が達者で、柳橋の芸者から権蔵に妾奉公するまでの道のりを、色気たっぷりに話して聞かせた。

お勢が纏っている豪華な加賀友禅を眺めながら、桂が言った。

「贅沢させてもらったのだろう。いい旦那だったようだな。あのようなことになって辛いだろう」

お勢は甲高い声で笑った。

「辛くなんてちっともありませんよ。大旦那とは金だけの繋がりでしたからね。分限者じゃなければ、誰があんな狒々爺の妾なんかになるもんですか」

あまりに正直なお勢の言葉に、木暮と桂は面食らう。お勢は二人を流し目で見た。

「あら、ごめんなさい。本音を言い過ぎちゃった」

「いや、いいぜ。その調子でやってくれ」

木暮はにやりと笑う。

「さすが八丁堀の旦那、話が分かるわねえ！　そうよ、私はお仕事として妾奉公していたの。初めから割り切っていたから、大旦那に対して、好きも嫌いも、特別な感情は一切なかったのよ。あ、でも、贅沢させてくれたことには感謝していたかな。まあ、当然とも思っていたけれど。好きという感情がない代わりに、恨みとか憎しみなんてのも、まったくなかったわね。だから殺したのは私じゃないわよ」

お勢はあっけらかんと言って、小さな欠伸(あくび)をする。

「ほう、はっきり言うねえ！　でもお前さんは、お内儀の澄江や、もう一人の妾のお静にずいぶん張り合っていたみてえじゃねえか」

「ふふ、そりゃあの二人には負けたくないじゃない。大旦那のことは別に好きでもないけれど、あの二人よりは贔屓(ひいき)にしてほしいっていうこの女心、分からない？　女の意地、ってやつよ。私、今夜、お祝いの後の閨の相手に選んでほしかったの。それで大旦那に熱烈に色目を使っていたという訳よ」

お勢と木暮は互いに笑みを浮かべつつ、眼差しをぶつけ合う。

「お前さん、そのうちにお内儀を蹴落として、自分が正妻に成り代わろうなんて企(くわだ)てていたんじゃねえのかい？」

「まあ、そういう気持ちがなかったと言えば嘘(うそ)になるわね。……ふん、どうせなら私が正妻に成り代わってから、死んでほしかったわ。そうすればどれだけの身代が手に入ったことか！　ああ、残念だわあ」

よほど眠いのか、お勢は再び欠伸をした。桂が木暮に耳打ちをする。

「これだけ本音で話してくれると、不愉快というより逆に爽快ですね」

「似たもの同士で、権蔵とは気が合ってたんじゃねえか」

木暮は苦笑いしながら、お勢に番頭との仲を訊ねてみた。するとお勢は目を見開いた。

「まさかあ、御冗談でしょう！　金子の繋がりもないのに、どうして私があんな真面目だけが取り柄のおっちゃんと付き合わなくちゃならないの？　それだったらもっと若くていい男にするわよお！」

　お勢は一笑してはぐらかしてしまう。木暮は溜息をつき、ほかのことを訊ねた。

「お静はどうなんだろうな。大旦那のほかに男がいた気配はなかったか？　紙問屋の娘だったというが、権蔵に妾にされる前、許婚がいたなどという話は聞いたことはないか」

「どうなのかしらね。私はお静さんの男関係って聞いたことはないけれど。でもあの人、おとなしいけれど一癖ありそうよね。分かるのよ、女の勘で。ああいう人って、陰で巧く取り入ったりしそうじゃない？　そうやって大旦那のことを操っていたのかも。あの人こそ実は、正妻に成り代わろうと動いていたのかもよ。私、あの人のそういう狡猾そうなところを見抜いていて、それでいっそう張り合っていたの」

お勢は赤い唇を、そっと舐める。

「お静はそんな女には見えんが、まあ女ってのは分からんものだからな。ところで、火事が起きた時、お前さんら女人は別の部屋に避難したというが、お前さんの隣の部屋にはお静がいたよな？　その時、お静はずっと部屋にいたか？　厠に立つなど、部屋を出入りした気配は感じなかったか？」

「ああ。私、お酒を呑み過ぎて、あの時うとうとしてたから、よく覚えてないわ」

「火事だってのに寝てたのか？　強力な心ノ臓だな」

「だって納屋が燃えたぐらいなら、すぐに消えると思ったのよ。皆、頑張って消火してくれていたし。私は部屋で一眠りしていたという訳。疑わないでね」

お勢は嫣然と微笑んだ。

次はお静の番だったが、酷く憔悴しており、顔色が悪く、何を訊いてもぽつりぽつりとしか語らなかった。だが、権蔵の妾になった経緯はきちんと話した。

「妾にされて辛かっただろう」

木暮が訊ねると、お静は溜息をついて答えた。

「私はまだいいですよ、町人の娘ですから。お気の毒なのは、お内儀さんです。あの方は武家の娘でいらっしゃったのですもの。……お辛かっただろうと思います、私よりもずっと」

切れ長の目にうっすらと涙を浮かべるお静を見ながら、木暮は思った。

──やはりお静は、お勢が言うような女には見えんなあ。お勢の話はあまり当てにしないほうがよさそうだ──

木暮はお静にも、別の部屋に避難していた時のことを訊ねた。するとお静は黙り込み、神妙な面持ちで口を開いた。

「私、あの時、この広間のことが気になって、実は様子を見に戻ったんです。避難した三畳の部屋を抜け出して」

「そうだったのかい？」

「はい。戻ってくると、部屋は暗いままで、誰もいませんでした。でも、何やらガサガサという音が聞こえてきたんです。……ちょうど、その小さな屏風(びょうぶ)の裏から」

お静は、この六畳の部屋の隅を指した。屏風は、高さは二尺五寸（約七十五センチメートル）、幅は二尺（約六十センチメートル）足らずの大きさで、艶(あで)やかな牡丹の絵が描かれている。

「誰かが裏に隠れていたっていうのかい？　でも身を隠すには小さいぜ。大人が身を屈めて隠れても、はみ出しちまうだろう」

「ここにすっぽり隠れることが出来るのは、小柄な大人か子供ぐらいですね」

木暮と桂は、不意に顔を見合わせる。お静は息をついた。

「兎に角、屏風の裏から音がして、誰かがいる気配を感じました。私、それで急に怖くなって、逃げ帰ってしまって……。三畳の部屋に戻って、震えていました」

「見間違いだったんじゃねえのかい？　物音ってのも、風の音か何かだったのかもしれねえぜ」

木暮が言うも、お静は首を捻った。

「私も動揺しておりましたから、もしや、幻のようなものが見えたのかもしれません。……でも、確かに物音がしたのです。その、屏風の裏から」

その時のことを思い出したのだろう、お静の顔はいっそう青ざめる。木暮と桂は立ち上がり、一応屏風の裏を検めたが、特に変わった様子は見られなかった。

二人はお静に言った。

「正直に話してくれてありがたい。参考にさせてもらうよ」

お静は丁寧に一礼し、下がった。

その次は、下男の米松だ。木暮は訊ねた。

「誰かが家の中を探しているような気配は感じるか」

「いえ、私は特に感じたことはありませんが。誰かが何かを探しているというのですか？　それは家の中の者なのでしょうか。それとも……誰かが時たま忍び込んでいるんでしょうか。忍者のように」

「でも、御蔵前の家も、厳重な造りなんだろう？　この寮みたいに」

「ええ、しっかりした造りですが、ここほどではありませんよ。忍び返しがついている訳でもありませんしね」

「なのに殺しが起きちまったのがこの寮とは、皮肉なもんだな」

木暮は嘆息して質問を続けた。

「お内儀さんはああいう暮らしを強いられて、本当のところどう思っていたんだろうな」

米松は苦々しく答えた。

「内心は相当お嫌だったと思います。いつも浮かない顔をなさっていましたから」

「憎んでいただろうな。無理やり妻にされ、あの仕打ちでは」

米松は姿勢を正し、真剣な面持ちで、木暮と桂を見つめた。

「あの、申し上げておきますが。お内儀様は決して、下手人ではありませんよ。どんなに酷い相手にも、毒を盛ったり出来るような方ではありませんから！　お内儀様はいつも懸命に耐えていらっしゃって、小夜お嬢様のことも我が子のように可愛がっていらして、本当にお優しい方なんです。だから決して疑ったりしないでください。お願いします」

米松は頭を深々と下げる。

——どうやら米松は、お内儀の澄江に特別な感情を抱いているようだ——

木暮と桂の意見は一致した。

次は下女のお浅の番だった。

「お前さんも普段は御蔵前の家で働いているそうだな。誰かが家の中を探しているような気配を感じるか」

木暮の問いに対して、お浅ははきはきと答えた。

「それは私もなんとなく感じることはありました。でも、何も盗られてませんし、誰も危険な目に遭っていなかったので、気にしないようにしていたんです。御蔵前の家は、戸締まりも厳重ですし、使用人たちも目を光らせていますので」

「お前さんは、若夫婦の息子の面倒を見ることが多いのだろう？　小夜はお内儀さんが殆ど面倒を見てるのかい？」

「はい。お内儀様は小夜お嬢様を溺愛なさっていて、お嬢様のお躰が弱いということもあって、掛かり切りでいらっしゃるんです」

「なるほどな。ところでお前さんは、番頭の長兵衛とお勢がいい仲だって知っているか？」

「いえ、私はそのようなことは存じ上げません。噂ひとつ聞いたことはありません」

お浅ははっきり答えた。桂が訊ねた。

「お内儀はどういう心持ちだったのだろう。どう思うか」

お浅は心苦しそうに答えた。

「やはり……よい御気分ではなかったと思います。寂しくていらっしゃって、それゆえお内儀様は、小夜お嬢様に一心に愛情を注がれるのではないでしょうか」

お浅は女相撲が取れそうなほどに大柄で、頬っぺたが赤く、如何にも健やかな女だ。お勢やお静を聴取して気疲れしていた木暮と桂は、お浅と話しているとなんだかほっとした。

「もし御蔵前の家で何か変な気配を感じたら、教えてくれねえか」

木暮が頼むと、お浅は「はい、もちろんです」と頷いた。

次は寮番の吾作に訊ねた。

「一月交代で妾のお勢とお静がこの寮にいるようだな。お勢はここで番頭と会ったりしていないか？　正直に答えてくれ」

「いえ、そんなことはありませんよ。もしここで会っていたら、すぐに大旦那様にばれてしまうではありませんか。大旦那様は抜き打ちで、ふらりとここへいらっしゃいましたからね」

吾作はへらへらと薄笑みを浮かべながら答える。それが妙に木暮の癇に障った。

「大旦那は、ここに一月のうちどれぐらい来ていたんだ」

「ちょうど半分ぐらいですね」

「正直、お勢とお静、どちらを可愛がっていた？」

吾作は少し考え、答えた。

「どちらも同じぐらいじゃないですか」

木暮はここで質問を変えた。

「火事が起きた納屋から蠟燭の燃え残りが見つかった。納屋に仕掛けがしてあったことは、本当にまったく気づかなかったのか？」

「はい、気づきませんでした。いつの間にあんな細工をしていたやら……。あ、もしかして私、疑われてます？　私じゃありませんよ。まあ、一番仕掛けをしやすいのは、いつもここにいる私ですから、疑われても仕方ありませんがね」

吾作はまたもへらへらする。木暮は苛立ちながら最後に訊ねた。

「見張りをしていた者に聞いたが、一度、板前と一緒に外へ出たそうだな。本当に酒を買いにいったのか」

「本当ですよ。調べてくださって構いません」

吾作は買いにいった店の名を告げた。吾作が下がると、木暮は桂に耳打ちした。

「俺は駄目だ、ああいう奴は。なんだか苛々（いらいら）しちまう」

「先代の知り合いの伝手（つて）で働いている、などと言ってましたが、なにやら怪しいですね。ああいう男に寮番を任せているというのが、どうも引っかかります」

「あいつについてはもう少し探ってみる必要があるな」

するとお紋とお花がお茶と〝豆板〟を運んできた。豆板とは、炒った大豆や煮た小豆などを、溶かした砂糖で平たく固めた菓子のことで、お茶請けに最適だ。

「お疲れさま。もう一息、頑張ってね」

二人に励まされ、木暮と桂の顔に笑みが戻った。

次は用心棒の小野田修鉄だ。小野田には、毒見をした時のことについて執拗に問いただしたが、言っていることに嘘はないようだった。そこで木暮は、鎌をかけてみた。

「行灯が倒れて、部屋から皆がいなくなった時に、誰かが忍び込んで毒を入れたと考えられている。でもよ、行灯が倒れて座布団で火を消して暗くなったその隙に、入れたとも考えられねえか？　それなら、大旦那の傍にいたお前さんが一番やりやすいよな」

小野田は鼻で笑った。

「俺は座布団で消火した後、すぐに庭に出て納屋の火消しに加わったから、毒を入れる暇なんてなかった。それに、そんなことだったらお内儀のほうがやりやすかっただろうよ。ずっと大旦那の近くに座っていたからな。それに俺が大旦那を殺して何の得になるというのだ？　この用心棒の仕事はいい食い扶持だったんだ。大旦那が亡くなって、俺は仕事を失ってしまった。大損だよ」

小野田は苦々しげに顔を顰めた。

料理人の磯次には、料理を作っている時に、板場を訪れた者はいなかったかどうかを訊ねた。

「お内儀様が一度様子を見にこられました。あとは、お勢さんがお酒の追加を取りにきて、若奥様が坊ちゃん用のお食事のお代わりにいらっしゃいました。そのほか、お浅さんが食べ終えたお皿を纏めて持ってきてくれて、米松さんはふらりと訪れて燗をつけていましたね」

「米松は自分で燗をつけたのか？」

「はい。米松さんは結構呑んでいました」

最後に聴取したのは、お内儀の澄江だった。暫く横になっていたものの、酷く憔悴していることは見て取れた。

澄江は己の来し方について包み隠さず話し、大きな溜息をついた。

「もう、なんだか疲れてしまいました」

木暮は訊ねた。

「こんな時に悪いのだが、あの大身代はどう分配されるか、決まっているのか？　普通なら婿養子である草之助にいくことになると思うが」

「主人は遺言を書いて、檀那寺に預けております。主人は予て、申しておりました。自分にもしものことがあった時は、四十九日に遺言を公開して、そのとおりに動いてくれ。遺言に財産分与についてすべて書いてある。自分の手形まで押してある、と」

その話を聞き、木暮はふと思った。

――〈伊東屋〉に潜んでいたという、何かを探していた誰かさんってのは、檀那寺に預けているとも知らずに、権蔵の遺言を探していたんじゃねえかな。それとも商いが商いだけに、探していたのは何かの証文だろうか――

木暮は考えを巡らせつつ、最後に訊ねた。

「別の部屋に避難した時、小夜と一緒だったようだな。小夜はずっと部屋にいたか？　一人で厠などに行かなかったか？」

澄江は怪訝そうな顔で、すぐさま答えた。

「ずっと一緒におりましたが。あのような時に、小夜を一人にさせる訳がございません」

「……まあ、そうだよな」

木暮は大きく息をついた。

すると、廊下からお紋の声が聞こえてきた。

「小夜ちゃん、大丈夫かい？」

澄江が驚いていの一番に出ていく。木暮と桂も慌てて追いかけた。お紋は廊下の真ん中で小夜を抱き起こし、介抱していた。木暮が訊ねた。

「どうしたんだ？」

「小夜ちゃんの顔が見えないことに気づいて、探しにきたんだよ。そしたら、ここで倒れてたから吃驚しちまってさ……」

澄江は「小夜！」と叫びながら駆け寄り、お紋から奪い取るように、小夜を抱き締めた。お紋が一瞬怯んだほどの、激しい剣幕で。

「小夜、しっかりして」

澄江が声をかけると、小夜は薄っすらと目を開けた。澄江は安堵しつつ、優しく叱った。

「一人でうろうろしてはいけないと、あれほど言っているでしょう。御不浄(厠)へ行く時だって、お母様に言ってから行かなくては駄目よ」

「お母様ごめんなさい」

小夜は目を潤ませた。

なんでも小夜は厠へ行こうとして、その途中で暗闇に光る二つの目を見て、気を喪ったという。丸くて黒目がとても大きかったと、小夜は震えながら、か細い声で話した。

「それは本当かい？　その目はどっちへ行ったかな」

木暮が優しく訊ねても、小夜はまだ怯えており、ちゃんと答えることが出来ない。木暮たちは村役人を交えて再び隅々まで探索したが、不審な者などは見つからなかった。

納屋や庭も詳しく調べたかったが、深夜で何分暗く、明るくなってからのほうがいいだろうと、木暮たちは相談して一旦引き上げることに決めた。澄江をはじめ、誰しも憔悴が色濃くなってきたからだ。

「鍋や酒をまだ調べ終えてねえし、証拠だって何もねえからな。いくら怪しくたって、ここにいる全員しょっ引く訳にはいかねえもんな」

「泳がして、少し様子を見ましょうか。一人一人を調べつつ」

「一通り取り調べは終えたが、誰が下手人か正直まだ見当がつかねえからな」

木暮と桂は話し合い、そう判断した。

木暮たちが引き上げる前、番頭の長兵衛が、皆に遺言状のことを話した。権蔵は長兵衛に、遺言の公開を取り仕切る役目を頼んでいたようだ。

長兵衛は四十九日の際に遺言を公開することを告げた。

「大旦那様は、四十九日が終わるまでは今までどおり暮らし、それが済んだらそれぞれ出ていくなり留まるなり好きなようにしてほしい、と希望されておりました」

木暮は思った。

――遺言の内容によっては財産をいくらかでも貰えるかもしれないのだから、四十九日が終わるまではここにいる誰も動かねえだろう。ならば、それまでに下手人を挙げてやる――

やる気が沸々と湧いてきて、木暮は顔を引き締めた。

料理に毒が入っていたという疑いで、板前の磯次と、お花、お紋は一応番所へ連れていかれた。だが毒物を入れた証拠がなく、木暮の働きもあり、すぐに釈放された。

帰る頃には、もう明け方近く、空が白みかけていた。さすがにくたくたの体で、お花は頭を抱えて道端にしゃがみ込んだ。

「あーあ、やっぱり厄年だあ！　嫌になっちまうよ、もう」

「厄落としのためにも、真の下手人を挙げなくちゃね」

満作の黄色い花の下、お紋は孫の背中をさすり、励ました。

木暮は〈伊東屋〉を探るにあたって、忠吾に御蔵前の店のほうを、坪八に寮のほうを見張らせることにした。そして自身は用心棒の小野田修鉄について、よく調べてみるつもりだった。

医者による吟味の結果、やはり毒物は、権蔵が食べていた鍋の中に混入されていたと判った。石見銀山鼠捕りといわれる、手に入りやすいものだ。鍋からは溶け残った寒天も検出された。お花たちの推測はあながち間違っていないようだった。

第三話　柚子切り蕎麦で口直し

一

両国の広小路には怪しげで猥雑な小屋がいくつも建ち並び、連日賑わいを見せている。その中の一つ〈玉ノ井座〉は、お光太夫の新年初の軽業を観ようと押しかけた人々で、ひしめき合っていた。

口上、謡い、踊り、水芸、講談と続き、いよいよお光太夫の登場だ。熱気はますます渦巻いていく。

「待ってました！」

掛け声が上がる中、幕が開いてお光太夫が現れると、観客たちは一瞬呆気に取られてから思わず噴き出した。

文政七年、干支は甲申の今年、お光太夫は猿の衣装に身を包んで、初舞台を踏んだのだ。

お光太夫はそのすばしっこさと身軽さから、〝山猿のよう〟と形容されることもある。尻尾までついた黄色い猿の衣装は見事に似合っていて、観客たちは笑いながらも昂ぶっていく。

頰っぺたを真っ赤に塗った黄色い猿のお光太夫は、観客に向かってにっこりと微笑んだ。

「天晴れお光太夫！」

「ますます惚れちまうぜ！」

お光太夫の姿には、開き直りともいうべき潔さが感じられ、江戸っ子たちは大喜びだ。

すると猿のお光太夫はとんぼ返りで舞台を飛び回り始めた。三味線、尺八、鼓の演奏がついていけないほどの軽快さだ。猿の衣装はぴったりとしているので、お光太夫の細くしなやかな躰の線がはっきりと分かり、観客たちは見惚れる。

「本物の猿みてえだ」

「いや、猿よりも猿みてえだ」

舞台の上手から下手へとんぼ返りしながら進み、下手から上手へとんぼ返りで戻るお光太夫に、観客たちは目が回りそうになりながらも喝采を送る。

すると黒子が現れ、藁で作られた大きな輪の如きものを、舞台に設置した。

「なんだ、あれは」

観客たちがざわめく中、黒子はその藁の輪に、火を点けた。大きな輪が燃え上がり始め、観客たちはいっそうざわめく。猿のお光太夫は全身に気迫を張らせ、輪を見つめていた。

「ま、まさか、火の輪潜りをするってんじゃねえだろうな？」

「いやだ、怖いわ！」

「失敗したらどうするんだ？　やめとけ、お光太夫！」

騒ぎが大きくなるも、猿のお光太夫は火の輪を睨んだまま、舞台の上手からとんぼ返りをして突進していった。

「うわああっ」

「きゃああっ、やめてっ！」

悲鳴が上がる中、猿のお光太夫は、燃え上がる火の輪を軽々と潜り抜け、でんぐり返しをしてひょいと立ち上がり、観客に向かってにっこり微笑んだ。

観客たちは呆気に取られ、次の瞬間、小屋中に割れんばかりの歓声を巻き起こした。

「お光太夫、凄えぞ！　日本一！」

「なんだかまだドキドキしてるわ」

興奮の渦の中、幕は一旦閉じられた。裏方たちが輪に水をかけて消火し、舞台を片付ける。そして幕が再び開くと、猿は二匹に増えていた。

お光太夫の黄色い猿と、座長の息子である長作の茶色い猿だ。二匹の猿は観客たちにお辞儀をすると、演奏に合わせて、舞台狭しと、とんぼ返りで飛び跳ねた。

二匹の猿の迫力に、観客たちはいっそう高揚する。

「長作もいいぞ！」

「よくあんなことが出来るわねえ」

「本物の猿だわ」

観客たちは驚愕し、息を呑んで二匹の猿を見つめる。やがて猿たちは、舞台の両端に設置された太い棒に、それぞれよじ登り始める。まさに猿の木登りの如く、するすると。その鮮やかさに、観客たちは大いに盛り上がる。

猿たちは棒のてっぺんまで登ると、向かい合って、綱渡りを始めた。太い綱ではあるが、二匹の猿の重みで、さすがに軋んで揺れる。

「うわあっ、ひやひやするぜ！」

「見てるだけで、おっかねえ」

などと怖がりながらも、誰もが綱渡りから目が逸らせない。猿たちはへっちゃらな様子で、演奏に合わせて舞うように綱を渡っていく。お光太夫の猿などは、片足で綱に立って、飛び跳ねてみせる余裕ぶりだ。

そして二匹は綱の真ん中まで来ると、背負っていたすだれを手に取り、大きな声で唄い始めた。

「〽あ、さて、あ、さて、さて、さて、さて！　さては南京玉すだれ！」

そしてなんと、綱の上で、南京玉すだれの芸を見せていく。唄に合わせてすだれを変化させ、しだれ柳や橋などを形作るのだ。

観客たちは唖然としつつ、南京玉すだれのなんともいえぬ調子のよい旋律と、巧みな芸に大いに昂ぶり、夢中になる。

二匹の猿が持ったすだれがびよーんと伸びて、忽ち釣り竿や橋や、大きな輪っか、鯉のぼり、火の見櫓、七福神の宝船などに形を変える。

やがて観客たちも「〽あ、さて、あ、さて！」と声を合わせ、ますます沸き立つ。

「綱渡りしながらの南京玉すだれなんて、吃驚したなあ、もう！」

「こんな芸を見られて、今年も御利益がありそうだぜ」

二匹の猿は調子よく唄いながらすだれを伸ばしたり捻ったりして、最後にしだれ柳を鮮やかに形作ると、それを観客に向けて放り投げた。

「きゃあっ」

すだれを摑み取った者は、喜びの悲鳴を上げる。すると猿たちは綱からぱっと飛び上がり、今度は両手で綱を摑んで躰を揺さぶって弾みをつけ、大回転を始めた。お光太夫は前回り、長作は後回りだ。二人揃っての大回転に、観客たちの興奮も極まる。

「す、す、凄いっ！」

「長生きするとよ、いいもん見られるなあ！」

その迫力に、皆、息を呑み、瞬きもせずに見入る。誰もが手に汗を握っていた。

三十回の大回転を終えると、長作が先に綱から手を離し、くるりと宙を一回転して、着地した。観客たちが歓声を上げる中、今度はお光太夫が綱から手を離し、これまた宙を一回転して、長作の肩に乗っかるように着地した。長作に肩車され、お光太夫はにっこり笑う。

「お光太夫、長作、かっこいいぜ！」

「今年も応援するぞ！」

大喝采を浴び、二匹の猿たちは再び南京玉すだれの調子で、声を合わせて唄った。

「へあ、猿、あ、猿、あ、猿、猿、申年！　お猿の如き我々を、どうぞ皆様今年もお一つよろしくお願い申します！」

猿たちは笑顔で一本締め。嵐のような歓声の中、幕が引かれた。

このお光太夫、誰あろうお花である。店が休みの日は、こうして小屋に出て、軽業の芸を見せているのだ。いわば副業で、初めは小遣い稼ぎのつもりだったが、近頃では舞台に立つのが喜びとなっている。

舞台用の濃い化粧をして、様々な衣装を身に着け、お光太夫に化けて思い切った芸をすると、すっきりと気分が晴れるのだ。

今日もお花は大胆な芸を見せ、とんだとばっちりで番所にしょっ引かれた鬱憤を晴らした。

給金を受け取って帰る時、長作と出くわした。互いの顔を見て、思わず共に噴き出してしまう。

「お花ちゃん、猿の恰好、凄え似合ってたぜ！　可愛いの面白えの」

「長作どんもだよ！　かっこいいの面白えの」

「二枚目の恰好もいいけどさ、猿みたいな恰好も結構、気分が上がるもんだな。おいら、乗っちまったぜ」

「あたいもさ！　あたいには、やっぱり猿みたいなほうが合ってるって気づいたよ。動きやすいしね」

「お客さん、ウケてたもんなあ。お光太夫の魅力に、皆、めろめろさ！」

「いやいや、長作どんには勝てないって！」

二人は笑い合い、肩を叩き合って小屋を出た。「またね」と広小路を意気揚々と歩いていくお花の後ろ姿を、長作は笑みを浮かべて暫く眺めていた。

その帰り、お花はお滝が出ている〈風鈴座〉に立ち寄った。お花より六つ年上のお滝は、その小屋で黒猫を操る芸を見せており、婀娜っぽさと美貌も相俟って、両国界隈では人気者だ。

お滝は凄艶ともいうべき色香に溢れているのに、決して男に媚びず、凛としている。お花はそんなお滝に憧れており、「姐さん」と呼んで慕っていた。お花がいつも着ている矢絣柄の青い着物は、お滝が譲ってくれた、彼女のおさがりでもあった。

〈風鈴座〉はお滝目当てのお客たちで賑わっていたが、このところお滝のほかにも話題になっている芸人がいた。

前田虎王丸という、力自慢の、忠吾にも勝る大男である。元力士の虎王丸は、米俵をお手玉の如く扱ったり、男五人が載った戸板を軽々と頭上に持ち上げたりすることが出来る。

男十人でかかっていっても次々に投げ飛ばし、時には四、五人纏めて放り投げる怪力ぶりに、お客たちは大喝采だ。

「俺がこんなに強いのも、当たり前だの虎王丸だあ！」

という決め台詞も相俟って、前田虎王丸の名は両国に響き渡っていた。

――忠吾の兄いとどちらが強いだろう――

そのようなことを考えながら、お花も、虎王丸の力業を嬉々として楽しんだ。

出し物を一通り観ると、お花はお滝に挨拶しようと楽屋を覗いた。すると虎王丸がお滝にお茶を出したり、煙草盆の吐月峰を替えたりと、甲斐甲斐しく世話を焼いている。虎王丸のその姿を見て、お花はにやりとした。虎王丸は煎餅を皿に丁寧に盛り、お滝に出す。

「姐さんのお好きな〈伊勢崎屋〉の木の葉煎餅です。よろしければ、どうぞ」

「あら、気が利くじゃないの、虎」

などと話しているのが聞こえてくる。舞台の上ではあれほど荒くれの虎王丸が、借りてきた猫のようにおとなしくなっていた。

お滝は猫のみならずこの虎王丸をも手なずけていて、近頃では用心棒にしているのだ。強面の虎王丸だが、お滝の言うことはなんでも聞くようで、つまりは忠実な下僕ということだ。

虎王丸に守られながら広小路を颯爽と歩くお滝は、ますます女っぷりが上がったと評判だった。この辺りを仕切っている香具師たちにも一目置かれているという。

姐御・お滝と、下僕・虎王丸の遣り取りをこっそり聞きながら、お花は――さすが姐さん――とほくそ笑んだ。

お滝への挨拶が済むと、お花は薬研堀にある幽斎の占い処へと向かった。年が明けてから幽斎は多忙で、箱根土産をまだ渡していなかったのだ。

幽斎は人気占い師ゆえ、今日も長蛇(ちょうだ)の列が出来ている。お花はその最後尾に並び、おとなしく待った。近頃では、列に並ばなくとも、幽斎と会うことが出来るお花であるが、厚かましくなり過ぎてもよくないと思うのだ。

——以前は一刻(いっとき)（約二時間）以上並んで、占いを視(み)てもらうのはほんの僅(わず)かな刻だったけれど、それでも充分嬉しかったもんなあ。あの気持ちを忘れたくない。幽斎さんといくら親しくなっても——

お花はそんなことを考えながら、並んでいた。順番がきて、占い部屋に入り、お花は幽斎と向かい合った。

幽斎は相変わらず雅(みやび)やかな佇(たたず)まいだ。華奢(きゃしゃ)な躰に黒い着流しと黒い羽織を纏った彼は、男にも女にも見え、はたまた美しき妖(あやかし)のようでもある。

幽斎は優しい眼差(まなざ)しで、お花を見た。

「並んでくださったのですね。休み刻にでも来てくだされればよろしいのに」

「いえ、いつもいつもでは申し訳ないですし、先生もお忙しいようですから」

「このところ色々な場所へ呼ばれますのでね。でも来月になれば少し落ち着くと思います」

幽斎に微笑まれ、お花は頰(ほお)を仄(ほの)かに染める。お花は幽斎に会うたび、ときめくのだ。

お花は幽斎に箱根土産を渡した。包みを開け、幽斎は声を上げる。

「これは素敵だ。寄木細工の箱ですね。麻の葉と矢羽根の柄が組み合わさって、なんとも美しい」

「文箱としてお使いいただけたら嬉しいです。大きいので、書状だけでなく、矢立や筆など、書く道具もお収めいただけると思います」

幽斎はお花を真っすぐ見て、礼を述べた。

「ありがとうございます。大切に使わせていただきます。仰るように書状や矢立のほか、文献も収めたいと思います。大きい箱ですので」

「先生に、そんなふうに使っていただけましたら、本当に嬉しいです。……よかったです、受け取っていただけて」

お花は照れ臭そうに微笑んだ。

毒殺事件のことを相談したかったが、話すと長くなりそうなので、並んでいる人たちにも悪いように思われた。それゆえそれはまたの機会にして、質問を変えた。

「今年は厄年なので、厄落としのお祓いをしていただきたいのですが、御都合はいつ頃がよろしいですか」

すると幽斎は事もなげに答えた。

「今、ここでするのは如何(いかが)でしょうか。大丈夫、完璧(かんぺき)に厄落としをして差し上げます」

「え……。でも、先生はお祓いの時は、いつも別のお部屋でなさいますよね。もしくは相手のところへ赴(おもむ)かれるか」

「ええ、それゆえ割高になってしまうのですが、その心配は御無用です。こんなに素敵な贈り物をいただいたのですから、お代はいりません。まあ、その代わりといってはなんですが、この部屋で手短に済まさせていただきます。もちろん、厄除けの効果のほどはまったく変わりませんので御安心ください」

「そんな……申し訳ないです」

恐縮するお花をよそに、幽斎は祈禱(きとう)を始めてしまう。厄除けの呪文を、よく通る低い声で、額(ひたい)に青筋を立てながら何度も唱える。

お花は目を瞑(つむ)り、幽斎に向かって手を合わせる。幽斎が唱える呪文は、お花の心に沁(し)み通り、徐々に全身へと広がっていくようだ。

祈禱が終わる頃には、お花は生まれ変わったような清々(すがすが)しさを感じていた。

幽斎は右手の人差し指で、お花の額にそっと触れた。躰に何か熱いものが注ぎ込まれるような感覚を覚え、お花は微かに震える。幽斎は囁(ささや)いた。

「これで大丈夫です。厄をしっかり落とさせていただきました」

お花は目を開け、幽斎を見た。幽斎の切れ長の目の中に、お花が映っている。お花の心と躰は、解き放たれたかのように、急に軽くなった。

「ありがとうございます。先生のおかげで、一年、無事に過ごせます」

お花は丁寧(ていねい)に礼を述べ、深々と頭を下げた。

幽斎の占い処を出ると、既に日が暮れかかっていた。だが、並んでいる人はまだ多い。お花は満ち足りた気持ちで、帯締めにそっと触れる。この二色使いの帯締めは、幽斎からもらったものだ。元々文献を縛るのに使っていた組紐を、その着物に似合うだろうからと、譲ってくれた。お花は家宝とし、お守りのように肌身離さず、いつも帯の上に結んでいる。

ちなみに、深緑色の帯はお紋のおさがりで、同色の半衿(はんえり)はお市のおさがりで、皆からの貰い物で一式揃ってしまった。幽斎に言わせると、それもお花の人徳ということになるらしい。

――厄を落としていただいたから、これでもう番所にしょっ引かれることもないな――
　お花は安堵の笑みを浮かべ、温かな気持ちで家路を急いだ。

　次の日の夜、木暮と桂が〈はないちもんめ〉を訪れた。そろそろ店を閉める頃だったが、探索の進み具合を知りたがった女三人は、快く座敷へ通す。お市がすぐにお通しと酒を運んできた。

「お疲れさま。〝お揚げと葱の醤油炒め〟です。熱燗によく合いますよ」

　適度な大きさに切った油揚げと葱を胡麻油で炒めて、醤油と味醂で味付けしたものだ。簡単な料理だが、油揚げと葱の色艶と、芳ばしい香りが、なんとも食欲を誘う。木暮と桂はお市に注いでもらった酒を一口啜ると、早速箸を伸ばした。

「おおっ、これはいいじゃねえか！　油揚げと葱ってのは合うもんだなあ」

「いや、これはつい進んでしまいますね。酒はもちろん、御飯にも合いそうです」

「ああ、確かにな。これだけで飯がどんどん食えそうだ」

　お市はにっこりした。

「御飯もいいですが、お蕎麦やお饂飩に載せても美味しいですよ。一度炒めますから、きつね蕎麦や饂飩とはまた一味違って」

「ああ、それもいいな、今度出してくれ！　油揚げと葱は最強の組み合わせだ」

「まさに」

二人は目を細め、料理と酒を交互に味わう。すると戸が開き、笹野屋宗左衛門とお蘭が仲よく入ってきた。見ているほうが気恥ずかしくなってしまうほどの、相変わらずの熱々ぶりだ。

お花は板場から首を伸ばして二人を眺め、お紋にそっと耳打ちした。

「うちの常連たちってさ、店が閉まる頃を見計らってやってきて、貸し切り状態にしてゆっくり呑み食いするのを、どうも狙ってるみたいだね」

「贔屓（ひいき）にしてくれるのはありがたいけれど、ちょいと図々（ずうずう）しいよね。まあ、それを言っちゃあお終（しま）いだ。大切なお客様だからね」

お紋は舌をちらりと覗かせ、板場を出ていく。そして笑顔で宗左衛門とお蘭を迎えた。

「あら、いらっしゃいませ！　相変わらず仲がよろしいことで」

「聞いたわよお、〈伊東屋〉の事件！　たいへんだったわねえ、大女将とお花ちゃん」

「亡くなった御主人のお内儀様は、うちの反物を時々買ってくださっていたので、私も驚いてしまいましたよ」

宗左衛門の話を聞き咎め、木暮が声を上げた。

「おい、笹野屋の大旦那、それは本当かい？　なんならこちらで一緒に吞まねえか？」

「もちろんですとも！　私も事件について色々聞きたいですしな」

「わちきも！　お祝いの席で起きた殺しなんて、怖いけれど興味あるわあ！」

二人が木暮の座敷に上がり込み、いっそう賑やかになる。お紋が料理と酒を運んできた。

「〝厚揚げの鯖挟み〟だよ。これ、いけるよお。つい吞み過ぎちゃうだろうから、気をつけてね」

「きゃあ、こんがりと美味しそう！　二つに切った厚揚げの間に、ほぐした鯖が挟んであるのね」

皿を眺め、お蘭は舌なめずりする。

「そうだよ。焼いた鯖をほぐして、微塵切りした葱と混ぜ合わせて、それを厚揚げで挟むんだ。胡麻油を敷いて、醬油と味醂を回しかけながら、両面焼き色がつくぐらいに蒸し焼きして出来上がりさ」

待ちきれぬように、木暮たちは箸を伸ばす。ふっくらとした厚揚げを頰張り、皆、相好を崩した。宗左衛門が唸る。

「いやあ、うっとりするような旨さですな。味の染みた厚揚げの、軟らかな食感だけでも堪りませんのに、間に鯖と葱が挟んであるのですから、もう」

「わちき、頰っぺた落っこちそうよ。ああ、幸せだわあ」

「厚揚げとか油揚げってのは、派手ではないが実力のある食いもんだよなあ。絶品だわ、これ。厚揚げを切って挟むってのも新鮮だしよ」

「食感が凄くいいですよね。間に挟むのは、鯖はもちろん、鮭もいけるように思います」

「ああ、鮭もよさそうですねえ」

「いやだあ、お酒が止まらなくなっちゃうわあ」

事件の話はひとまず置いておき、皆、夢中で頰張る。〝厚揚げの鯖挟み〟は食べ応えもあって大好評で、はないちもんめたちも嬉しかった。

店を閉めてお紋とお花もやってきて、次の料理を待つ間、ぽつぽつと事件について話し始める。お蘭は木暮に率直に訊ねた。

「結局のところ、下手人って誰か目星はついているのお？」

「うむ。それが正直、分からねえんだ。あの時、寮に集まっていた奴らの中にいるのは確かだろうし、怪しいのは何人かいるがな。だが、証拠というか、決め手がない。怪しいのを全員引っ張ってきて、拷問を加えて吐かせるわけにもいかねえし、俺はそういうのは好かねえし、相手は〈伊東屋〉の者たちだ。〈伊東屋〉は札差で、換金だけでなく金貸しもしている。この頃は旗本や御家人だけでなく、大名貸しもしているというから、有力者とも繋がりがあるに違いない。それゆえ、後々問題となるような無謀なことは出来ねえんだ。しっかりと証拠を固めてから捕まえるべきだと俺は思う」

「木暮さんの言うとおりでしょう。怪しいと思われる者は多いので、まずは絞っていかなければ」

桂の言葉に、お市は目を瞬かせた。

「あら、疑われている人って多いんですか？」

「うむ。まずは、婿養子の草之助。殺された権蔵の実の娘の夫だ。草之助が下手人とするなら、目当ては身代だろう。権蔵が亡くなれば、草之助が莫大な身代と店の権利を継ぐことになるだろうからな」

「まあ、疑われても仕方がない立場だよね」

お紋は頷き、酒を啜る。お花が口を挟んだ。

「でも、草之助さんって、真面目で気が弱そうで、義父を殺めるなんて到底出来そうもない雰囲気だったけれどね。由莉さんだっけ？　お内儀さんのお尻の下に敷かれていそうだった」

木暮と桂は顔を見合わせ、複雑な笑みを浮かべた。

「それがよ、色々調べてみて分かったんだが、あの草之助ってのはなかなか癖のある男だぜ。あいつは、義父の妾のお静と、密かに通じ合っていたんだ。デキてたんだよ」

お花とお紋は目を見開いた。

「ええっ、お静さんと？　お勢さんではなくて？」

「お静さんって、おとなしいほうの人だよね。なんでも親の借金のかたに、無理やり妾にされたっていう。……旦那、それ何かの間違いじゃないの？」

「間違いじゃねえよ。忠吾の注進を聞いて、俺も初めは嘘だろと思ったが、聞き込みを重ねた結果、真実に違いねえ。あのお静は、とんだ食わせ者だな。おとなしそうな顔をして、自分から草之助に迫っていったようだ」

お花とお紋は言葉を失ってしまう。木暮は続けた。

「あの妾たちは、御蔵前の家と向嶋の寮に、交互に住んでいたというだろう？　お静が寮にいる時は、時折草之助が忍んできていたらしい。それは寮の近所の者たちから聞き出した。草之助は貸金の取り立てに出かけることもあるという。八王子の千人同心もお得意様で、その取り立ての際などに寮に立ち寄り、泊まっていくこともしばしばだったそうだ。権蔵の目を盗んで、巧くやってたようだぜ」

「お静さんって、あんなに楚々としていながら……。分かんないもんだねえ、本当に」

溜息をつくお紋に、宗左衛門が酒を注ぐ。お花は腕を組んだ。

「お静さん、権蔵のことが嫌で堪らなくて、その反動で若旦那に走っちまったのかな。そう考えると、少し可哀そうだ」

「まあな。だが、聞き込んだところによると、お静は実はあちらがお盛んだったようだ。権蔵ともな。つまりは好色なんだよ、お静って女は。男なしではいられないらしい」

「ええ、権蔵とも？　だって、あんなに嫌そうな顔をしていたのに？」

驚きのあまり、お花の声が上擦る。お紋も怪訝な顔で訊ねた。

「それ、いったい誰から聞いたんだい？　あの二人の閨のことまで知っているものかね」

「寮番の吾作に聞いたんだよ。金子を握らせたら、色々話してくれたぜ。お静はお勢以上にお盛んで、権蔵もへとへとだったとよ。あんなに儚げな女ががらりと豹変するところが、権蔵には堪らない魅力だったらしい。恐らく、草之助もそうだったんだろう。……お勢もお静も吾作に口止め料を握らせ、寮にいる時に密かに間男と会っていたという訳だ。お勢は番頭の長兵衛と。お静は若旦那の草之助とな」

　お蘭が呆れたように口を挟んだ。

「なんだか凄いわねえ、その妾たち！　旦那様にあてがわれている住処に間男を引っ張り込むなんて、わちきには出来ないわあ！　旦那様に失礼だと思わないのかしら、妾の分際で！」

　すると宗左衛門、お蘭の肩を優しく撫でる。

「話を聞いてて思ったけれどね、権蔵さんは私と違って、女を見る目がなかったんだよ。女を金で買っていい気になっていたのだろうけれど、実はどちらにも裏切られていたなんて、気の毒なものだ。その点、私は幸せだよ。お前みたいな女を囲えてね」

「あら旦那様、嬉しいわあ。わちきも幸せよお」

お蘭は宗左衛門の大きな躰にしがみつき、頬を摺り寄せて甘える。皆、「熱い、熱い」と呆れつつ、話を進めた。

「それなら、お静と草之助が共謀して企んだって線もあるかもね、権蔵殺しを。草之助は身代が手に入ったら、お内儀の由莉も消してしまうつもりかもしれない。そしてゆくゆくはお静を妻にするって魂胆さ」

お紋が推測すると、お花も考えを巡らせる。

「考えようによっては、権蔵が消えると番頭の長兵衛だって得をするよね。草之助があの〈伊東屋〉を切り盛りするのは、一人ではまだ到底無理だ。とすれば裏で長兵衛が実権を握ることになる。長兵衛は大きな顔が出来るし、自分の給金を自ら増やすことだって出来るよね」

お市が口を挟んだ。

「ねえ、まさか番頭さんって使い込みなんかしてないわよね」

「もしや、何かを探していた誰かっていうのは、裏帳簿を探していた権蔵なんじゃないかね」

「使い込みがバレそうになって、番頭さんが殺ってしまったのかも。お勢さんも仲間かしら」

お市とお紋は考えを巡らせる。お花は再び腕を組んだ。

「こうやって考えていくと、草之助、長兵衛、お静、お勢はやはり怪しい。……もし草之助が権蔵殺しに関わっているとして、お内儀の由莉は嚙んでいるのかな」

「由莉さんは違うと思うけれどね。まさか実の父親を殺めることに手を貸すなんて、そんなことはしないだろうよ」

「でもさあ、草之助の奴、身代を早く譲ってほしかったら、奥さんを言い包めるってことはあるかもよ」

木暮が口を挟んだ。

「草之助はちょいといい男だからな。お内儀が操られるってことはあるかもしれねえ。だいたいがあの夫婦は、由莉のほうが草之助に夢中になって、権蔵が渋ったにも拘わらず強引に押し切っちまったっていうからな」

「お内儀は、草之助とお静のことを知っているのかね」

お紋の問いに、桂が答えた。

「薄々気づいているけれど、認めたくないというところでは？　まあ、草之助と由莉が共謀してというよりは、草之助とお静が共謀して権蔵を殺めたというほうが、可能性は高いでしょう。三人で共謀してというのは、あり得ないと思いますが」

「確かに三人で、ってのはないだろうな。一人ずつ聴取した時、由莉はお勢のことを悪く言っていたが、お静のことは殆ど喋らなかった。それは、裏を返せば、亭主との仲を疑っていて、逆に話せなかったのかもしれねえ」

「あの時、由莉は小夜のことも色々言っていましたよね。あまりよく思っていないようでした」

「ねえ、その小夜っていうのが、〈白蛇の娘〉なんでしょう？」

　興味があるのだろう、お蘭は身を乗り出す。

「そうだ。小夜は一応、由莉の義妹になるのだがな。まあ、権蔵が、言い伝えを鵜呑みにして拾ってきて、猫可愛がりしていたんだ。実の子である自分を差し置いてな。由莉にしてみれば、そりゃ面白くねえだろう。ぶつぶつ言っていたぜ。澄江は、小夜が十五歳になるというのにまだ一緒に寝てあげているだの、甘やかし過ぎだの」

「相当大切にされているようですね。なんでも小夜のところには、琴・華道・書道などの手習いの師匠だけでなく、女髪結い(おんなかみゆい)を呼んで、いつも丁寧に髪を結ってもらっているそうです。権蔵は皆の前で、小夜は見事な黒髪だと、よく褒(ほ)めちぎっていたといいます」

「髪は女の命だから、いつもきちんと美しくなければいかんと、口癖のように言っていたんだとよ」

お市も箱根の宿で、小夜を目にしていた。

「あの娘(こ)、本物のお人形さんみたいですものね」

「でも躰が弱いみたいで可哀そうだよ」

お紋が同情する。木暮は溜息(ためいき)をついた。

「あの娘が来て、本当にどんどん身代が大きくなっていったっていうからなあ。小夜は権蔵にとって、まさに金の生(な)る木だったんだ。いくら大切にしても飽き足らなかっただろうよ」

酒を啜り、お紋が訊ねた。

「ところであの妾二人はどうなるんだい」

「四十九日に遺言(ゆいごん)の発表が終わるまでは、このままみたいだ。今も、十日ごとに御蔵前の家と寮、住まいを取り替えているらしい。どうやら遺言に、あの二人への言伝(ことづて)も記されてあるらしいんだよ」

「お勢とお静は、それぞれ番頭、若旦那と、これから先どうするのかね」

「うむ。……心配なのは、第二、第三の事件が起きることだ。もし権蔵を殺ったのが番頭だとしたら、草之助も邪魔だろうしな」

「草之助が亡くなったら、どういうことになるんだい？」

「遺言を開けてみないことには分からんが、草太郎が相続人となるのだろう。すると、今度は草太郎が狙われかねない」

「うわあ、泥沼だねえ。赤子までが狙われるなんてさ」

「お金持ち過ぎるってのも楽じゃないわね」

お市は眉根(まゆね)を寄せた。

そこへ日九蔵が料理を運んできた。

「〝柚子切り蕎麦、百合根(ゆりね)の搔き揚げ載せ〟です。熱いのでお気をつけてお召し上がりください」

湯気の立つ椀(わん)を覗いて、一同の顔がほころぶ。

「寒い夜には、こういうのは最高だなあ」

「柚子の香りが堪らないねえ」

「伸びちゃうから早く食べましょうよお！」

「美味しいもので、世知辛い世を暫し忘れましょう」

桂の言葉に、「そうだそうだ」と口々に椀を持ち、汁をずずっと啜る。京出身の目九蔵が作る汁は、薄めだが出汁がしっかり利いていて、胃ノ腑に優しく沁みてゆく。

柚子切りとは、蕎麦粉に、卸した柚子の皮と、柚子の搾り汁を練り込んで打ったものだ。薫り高く、味も強い。

「冬の味という感じがしますねえ。柚子切りのこのなんとも清々しい味わいは、雪景色を思い起こさせます」

「まあ旦那様ったら、巧いことを仰るわあ」

宗左衛門とお蘭は微笑み合う。木暮が頷いた。

「確かに雪見をしながらこれを食ったら、風流だろうな」

「この百合根の掻き揚げも、実に旨い！　汁が染みていても、さくさくとした歯応えが残っています」

桂が唸る。目九蔵は、百合根の皮を剝いて寄せ集め、玉ねぎの掻き揚げのようにして作っていた。ちなみにこの時代、玉ねぎは日本に伝わっていたが観賞用に留まり、まだ食べられてはいなかった。

「柚子切りに、この掻き揚げは合うね。百合根は少し癖があるけれど、揚げると甘みが出て、穏やかな味になるからね」

「爽やかな柚子切りを引き立ててくれるという訳ね」

「心も躰も温まるなあ！　風邪を引いた時にこれを食べたら、すぐに治っちまうよ」

お紋、お市、お花も夢中で柚子切りを手繰り、掻き揚げを頬張り、汁を啜る。皆、恍惚として味わい、汁を一滴も残さず飲み干し、満腹になったところで、お紋がさりげなく話を戻した。

「それで、若旦那や番頭や妾たちが怪しいってのは分かるけれどさ……あのお内儀さんは、どうなんだろうね。正直なところ」

一同、神妙な顔つきになる。澄江が権蔵に対して複雑な思いを抱いていたであろうことは、誰もがよく分かるからだ。木暮は眉根を寄せた。

「澄江は、充分、怪しいと思う。武家の娘なのに無理やり権蔵の女にされて、あの仕打ちだ。恨みという、動機がはっきりしている。探ってみたところ、澄江は妾から正妻になって、すぐに流産したようだ。躰が弱くなった澄江を見限るようにして、権蔵は新しい妾を囲い始めた。澄江が権蔵を憎んでいたとしても、当然だろう」

「気の毒な話だよねえ」

お紋はぽつりと呟き、酒を啜る。怒る気にもなれないようだ。桂は厳しい顔だった。

「確かに澄江の気持ちを慮(おもんぱか)れば同情しますが、我々は、下手人は澄江という線も捨てていません。宴の時、澄江はずっと権蔵の近くに座っていました。火事や行灯(あんどん)が倒れる騒ぎが起きた時に、どさくさ紛れに鍋に毒を忍ばせたのだとしたら、やはり澄江が最もやり易(やす)かったでしょう」

木暮は腕を組んだ。

「もしくは、こういう線もある。澄江に好意を寄せている者が、澄江を不憫(ふびん)に思い、代わりに権蔵を殺ったという線だ」

「お内儀さんに好意を寄せてるってのは、誰だい？」

お紋が身を乗り出す。皆、真剣な顔で木暮を見ていた。

「うむ。取り調べの時に気づいたんだが、下男の米松だ。父親も〈伊東屋〉の下男だったそうで、米松は二十五の時から既に十五年奉公している。四十だが、女房も持たず、住み込みで働いているようだ」

「米松って、暗い感じの人だよね？　あの人、お内儀さんに気があるんだ」

　お花は意外そうに、目を瞬かせた。

「うむ。やけに澄江を庇(かば)っていた。かといって、澄江と男女の仲って訳ではねえだろう。米松は、澄江に憧れてるんじゃねえかな。高嶺(たかね)の花ってやつだ」

「憧れの対象を踏みにじる権蔵が許せず……という動機ですか。ならば米松も怪しいということになりますね」

　木暮と桂の話に、お蘭が反応する。

「そういう真面目な男が思い詰めると、怖いのよお！　わちきが深川にいた時、ある見世(みせ)の主を殺した下手人も、そういう男だったわよ。自分のお気に入りの女郎(じょろう)に、主が冷たくあたるのが許せなかったんですって！　その男もおとなしくて、とてもそんなことをするような人に見えなかったみたいで、皆驚いて大騒ぎだったわよ、その時。純で一途(いちず)な男は怖いわよお！」

　木暮はお蘭に酌(しゃく)をし、溜息をついた。

「怪しい奴が多いなあ。権蔵が如何(いか)に疎(うと)んじられていたかが分かるぜ。権蔵を持ち上げるようにしながら、どいつもこいつも裏では舌を出してたんだろうな」

「調べてみたところ、同じ札差でも権蔵をよく思っていない者が殆どでした。近くにいた者は尚更疎ましかったでしょう」

するとと目九蔵が再びやってきて、大皿を出した。

「〝揚げおかき〟ですわ。塩のみの味付けですんで、さっぱりいけると思います。冬の夜長、積もるお話のおともになさってください」

こんがりキツネ色の揚げ立ておかきに、一同の目が輝く。

「さすが目九蔵さんだ！」

「ありがてえなあ。目九蔵さんもこっちきて、一緒に呑もうぜ」

木暮が誘うも、目九蔵は遠慮した。

「わてはまだ片付けが残ってますさかい。それが終わりましたら御一緒させていただきますわ」

目九蔵は一礼して、速やかに下がる。そのようなさりげなさが彼の魅力なのだ。

おかきを手で摑み、「熱っ」と言いながら頰張る。ざくざくと、おかきを嚙み締める音が響き、皆、笑みがこぼれる。

「殺伐（さつばつ）とした事件の話をしているのに、なんだか幸せな気分になってしまうわね」

「そこが〈はないちもんめ〉のいいところよ」

お市と木暮は微笑み合う。

お蘭はおかきにふぅふぅと息を吹きかけて宗左衛門に食べさせながら、訊ねた。

「ねえ、〈伊東屋〉に下男がいるってことは分かったけれど、下女はいないのお？」

「いるぜ。お浅という二十四歳の女が」

「ふうん。じゃあ、そのお浅さんは、大旦那の餌食（えじき）になっていなかったのかしらね」

木暮と桂は顔を見合わせ、苦い笑みを浮かべた。

「いやあ、あのお浅はそういう柄じゃねえぞ」

「お浅さんにまでは手を出してなかったと、私も思いますね」

「うむ。権蔵の好みの女は似通っていたと思われる。ぱっと見は派手でも地味でも、色気のある別嬪（べっぴん）だ。お浅は山出しの、恰幅（かっぷく）のよい大女だからな。権蔵の好みの範疇に入らんだろう」

「あら、でもそういう好色な男って、色んな女に手を出そうとしたりするわよお！」

お紋が口を挟んだ。

「色んな女を試したいってやつだね。でも権蔵に迫られても、お浅さんなら投げ飛ばしちまっただろうよ」

木暮は大きく頷く。

「確かにな。仮に権蔵がお浅に手を出そうとしたとしても、お浅は権蔵を投げ飛ばしてクビになってるぜ、今頃。易々と手籠めにされて、恨み節で泣き続けるなんて柄じゃねえ」

「あら、そんなに大きいのお？」

「うむ。下女を廃業して、女相撲でもいけるぐらいだ。権蔵は、恰幅がいいといっても還暦だ。そんな年寄りに、お浅が易々と慰みものにされる訳はなかろう」

「なるほど。じゃあ、大旦那に手を出されて、その恨みで下女が毒を盛った、っていう線はないわねえ」

お蘭は素直に納得する。おかきをざくざく頬張りながら、お花が口を出した。

「でもお浅さんって魅力がある人だよ。現に、板前の磯次さんは好意を寄せているみたいだったしね」

「ああ、褒めてたね。ちょいとからかったら、磯次さん顔を赤らめてたよね」

お紋が相槌（あいづち）を打つと、お蘭はぽんと手を打った。

「じゃあ、こういう線はどうかしらあ？　お浅さんは、手籠めにはされなくても大旦那にしつこく付きまとわれていたの。それで、そのことを磯次さんに相談していたの。磯次さんは話を聞いているうちに、自分が好いた女を苦しめる大旦那の卑劣（ひれつ）さに憤慨（ふんがい）して、ついに殺めてしまった……というのは？」

木暮は腕を組んだ。

「うーん。それならあり得なくはねえだろうが、動機が弱い気がするなあ。それぐらいのことで殺めるもんかなあ」

「磯次がお浅のことを本気で好いていた場合は、あり得るかもしれませんよ。でもまあ、すべて想像の範疇ですからねえ。権蔵がお浅に付きまとっていた云々（うんぬん）といいますのも。……お蘭さんは、どうもそういうことにしたいようですが」

桂にやんわりと睨まれ、お蘭は唇を尖（とが）らせる。

「そういうのも面白いと思ったのよ、わちき！　お内儀と妾二人、別嬪ぞろいの愛憎（あいぞう）の泥沼に、女力士みたいなのが華を添えてもいいじゃない！　男と女って意外性があるほうが面白いものよお」

　お蘭は嬉々として話しながら、おかきをぼりぼり頬張る。木暮は顔を顰めた。

「面白いか面白くないかで推測しないでほしいもんだぜ、お蘭さんよお」

　苦々しく言う木暮に、お市が訊ねる。

「毒見をしていた用心棒はどうなのかしら？　箱根にもついてきていたわよね」

「うむ、小野田も妙に引っかかるんだよなあ。調べてみたところ、三百石の貧乏旗本の三男坊というのは間違いない。よもや、親が権蔵から金を借りて、返すことが出来ずに首でも括（くく）ったかと思って探ってみたが、そのような事実はなかった。両親とも健在であるし、〈伊東屋〉から金を借りていたことがあったようだが、返済は終わっている。ならば、親の仇（かたき）で権蔵を恨んでいたということはないだろう。すると小野田には動機がない。自ら言っていたように、権蔵が死ぬと、小野田は何の得にもならず、損をすることになるんだ。用心棒の仕事はいい食い扶持（ぶち）だったそうだからな。……しかし」

　木暮は顎（あご）をさすり、目を泳がせる。

「やはり妙にキナ臭いんだ、小野田って奴は」

「探索をする者の勘ですね。この勘というのが、実は非常に大切だったりするのです」

桂はいつもながら、少しも乱れずに淡々と呑んでいる。宗左衛門が口を出した。

「お話を伺いますに、権蔵さんの周りの人は、皆さん多かれ少なかれ怪しいようですねえ。権蔵さん、好意を持たれていなかったようで、お気の毒です。まったく疑いがかからないのは、どうやら〈白蛇の娘〉さんだけのようですな」

すると木暮は顔を強張らせ、黙り込んでしまった。桂も神妙な面持ちだ。お市はおずおずと訊ねた。

「小夜ちゃんも、何か気になることがあるの？」

「うむ。……取り調べの時に、お静がこんなことを話したんだ。火事が起きた時、お静ら女たちは別の部屋に避難しただろう。あの騒ぎの最中、お静はなんだか気になって、部屋をそっと抜け出して一度広間に戻ったそうだ。広間は真っ暗だったが、何やらガサガサという音が、小さな屏風の裏から聞こえてきたというんだ。足を擦るような音で、屏風の裏に絶対に誰かいたと。恐ろしくて確かめはしなかったそうだが。その屛風は小さくて、高さ二尺五寸、幅二尺ないぐらいだ。あそこに屈（かが）んですっぽり身を隠してしまえるのは、非常に小柄な大人か、子供ぐらいだろう」

皆、顔を見合わせる。お紋が言った。

「それほど小柄な大人は、あの宴（うたげ）の席にはいなかったね」

「うむ。お静の話したことが本当だとするなら、屛風に隠れていたのは、もしかすると小夜かもしれねえ。小夜はあの時、澄江と一緒に奥の部屋に避難し、澄江曰（いわ）く、小夜は一歩も部屋から離れなかったそうだが、娘を庇っていないとは言いきれねえ」

お紋は固唾を呑み、声を掠（かす）れさせた。

「……ってことは、小夜ちゃんが毒を入れた可能性もあるというのかい？」

しん、となる。お蘭もさすがに神妙な顔つきになっていた。木暮は眉根を寄せた。

「うむ。可能性はなくはない。十五の娘といえども、疑いから外す訳にはいかんのだ。……あまりいい気持ちはしないがな」

お市は狼狽（うろた）えた。

「で、でも、小夜ちゃんがどうして毒を入れなくてはならないの？　権蔵にそれは大切にされて、可愛がってもらっていたんでしょう？　権蔵を恨む理由なんて、何もないじゃない」

　木暮はその時、お花の様子がおかしいことに気づいた。押し黙って、ぼんやりと宙を見ている。木暮はお花に声をかけた。

「おい、何か気に懸かることがあるなら、すべて話しちまってくれ。ちょっとのことでも、事件を解く鍵になり得るからな」

　お花は少し考え、切り出した。

「ねえ、箱根の旅籠の近くであった殺し。あれはこの一件と無関係なのかな？　あの時、〈伊東屋〉の面々もいたよね」

　木暮と桂は顔を見合わせる。木暮は顎をさすりつつ、呟いた。

「そうか……あれはいったい何だったんだろうな」

　お花は思い切って、ずっと気になっていたことを告げた。

「あの殺しがあった朝早く、あたい、厠へ行ったんだ。そして廊下で、目撃したんだよ。雪の中を、白い羽織姿で歩いている娘を。それが小夜ちゃんだったんだ。どうしてこんなに朝早くに一人で歩いているんだろうって、あたいなんだか怖くなっちまって、急いで部屋に戻って布団に潜り込んだんだ。……あの子、あの時、いったい何をしていたんだろう」

皆、怪訝そうに顔を見合わせる。ぞっとしたのだろうか、お蘭は宗左衛門にしがみついた。お市も肩を竦める。

「雪の中をお散歩……とも考えられるけれど、なにやら気味が悪いわね」

お紋は首を捻りつつ、お花に訊ねた。

「それって、殺しがあった日の朝だったのかい？」

「うん、そうなんだ。あの日、朝餉の頃に、騒ぎが伝わってきただろう？　男が崖から突き落とされて死んでいた、って。その崖は、〈白蛇の娘〉の言い伝えがあるところの裏だって」

「いやだ、怖いわあ！　まさか小夜って娘が突き落としたんじゃないわよね？」

お蘭は顔を顰める。木暮は苦々しげに言った。

「話してくれてありがとよ、お花。……そうだな、箱根の事件、あれはもう一度調べてみる必要があるかもしれねえ」

「もしや箱根から始まっていたのかね、今度の事件はさ」

お紋が溜息をつく。お市はまだ納得がいかないようだ。

「でも……やっぱりおかしいわよ。小夜ちゃんみたいな娘さんが、どうして人を崖から突き落としたとか、毒を盛ったとか、そんな疑いをかけられなければならないの？　だいたい、あんなか弱そうな娘が、大の男を突き飛ばすことなんて出来る訳ないでしょう」

「女将、憤(いきどお)るな。まだ小夜が殺ったと決まった訳じゃねえよ。確かに女将が言うように、動機が摑めねえもんな」

木暮は苦笑いだ。お花は少し躊躇(ためら)っていたが、「とても嫌なことを考えちまったんだけれど」と前置きして、話した。

「小夜ちゃんって、権蔵の養女になる訳だろ？　権蔵、あの子に変なことをしたりしていなかったかな？」

皆、固唾を呑む。誰もが酷(ひど)く嫌な顔をしていた。人間の最も醜(みにく)い部分を、見てしまったかのような。木暮は押し殺した声で答えた。

「まさか、と言いたいところだが、権蔵みたいな男なら、考えられなくはねえな。お浅に手をつけていたというのは考えにくいが、小夜に悪戯(いたずら)していたというのは、嫌な話だがあり得るだろう」

「華奢でおとなしく、可愛らしい。権蔵好みですよね。血も繋がってませんし、小夜が成長するにつれ、女として見るようになっていたかもしれません」

木暮と桂の話を聞きながら、お市はがっくりと肩を落とし、お蘭は宗左衛門に凭(もた)れかかって目を瞬かせる。お紋は苦々しげに言った。

「もし悪戯なんかをされたことがあったら、小夜ちゃんも権蔵に恨みを抱(いだ)いていただろうよ。もしや小夜ちゃんを権蔵から守るために、お内儀さんは一緒に寝てあげていたのかもよ」

「ああ、それは考えられるな」

木暮は大きく頷く。お市は声を震わせた。

「もしそれが本当なら許せないわ！　しかし権蔵って、色々な人から相当恨みを買っていそうね」

「憎まれ者なんとやらというが、奴(やっこ)さんは呆気(あっけ)なく散っちまったな。やはり恨みなんて買うもんじゃねえや」

一同、溜息をつく。おかきに手を伸ばしつつ、お蘭が声を上げた。

「そんなに疎まれていたのなら、案外、宴に集まった全員で殺っちまったってことはないかしら？」

木暮は酒を呑む手を止め、お蘭を見やった。

「ああ、そうか。その手があるか。皆で力添えし合って、権蔵を殺め、口裏を合わせてどうにか下手人が挙げられないようにもっていき、身代は皆で分け合う、とな」

お市は少し考え、意見を述べた。

「でも、全員で殺ったとしたら、悲鳴を上げたり、騒ぎ立てたりしなかったんじゃない？　すぐに死体を隠してしまったと思うわ。何事もなかったように宴を終わらせて、お母さんとお花、忠吾さんや坪八さんが帰った後で、皆で密かに死体を片付けてしまったのでは？　埋めてしまうと、行方知れずということになって周りの人たちが騒ぎ始めるかもしれないから、川に沈めてしまうなどして」

木暮が引き継いだ。

「うむ。重石でも括り付けて沈めちまえば、何日か経って重石が外れて浮き上がってきた時には遺体は傷んで崩れ、胃ノ腑にも水が入って、死因もよく分からなくなってしまっているよな。酔って足を滑らせて、勝手に川に落ちたってことにしちまえばいい。完全な殺しの成立だ」

「そうなの。皆で殺すとしたら、そのような手を使うと思うのよ。呆気なく町方のお役人に踏み込まれるような、そんなヘマをするはずはないわ。やはり予期せぬ出来事だったから、動揺して、悲鳴を上げたり騒いだりしたのよ」

「うむ。そうだな、やはり予期せぬ出来事だったんだ、下手人以外にはな」

お紋は腕を組んだ。

「全員で殺った説、ってのは消えたか。私が考えたのは、自害説、だけれどね」

「自害説？　権蔵は自ら命を絶ったって訳か、皆の前で」

「そうさ。権蔵の人生最後の、まさに打ち上げ花火のような、余興だったんだよ。権蔵は、誰も自分を真に好いてくれてなどいないと、知っていただろう。皆が自分にへつらうのは、ただ金目当てということにも気づいていて、世を儚んでいたのさ。横暴な態度も、寂しさの裏返しだったという訳だ。それで権蔵は、どうせなら皆の前で派手に死んでやろうと、あんなことを仕出かしたって訳さ」

お花が口を挟む。

「自害だった場合、遺言にそのことも仄めかしてあるかもしれないよね」

「うむ。遺言の内容によっては、また一波乱あるかもな。権蔵がもし誰のことも信じていなかったとしたら、誰にも相続させないってこともあるかもしれん。すると莫大な身代を巡って、泥沼になるだろうなあ」

「そういうドロドロの世界って、傍から見ていると愉しいけれど、渦中の人たちってきっとたいへんよねえ！」

お蘭は呑気(のんき)に言って、酒を啜る。宗左衛門が口を挟んだ。

「自害説というのもありでしょうが、それならば火事を起こしたり行灯を倒したりという小細工などは必要ないようにも思われますがね。自分で鍋にさっと毒を入れ、食らってしまえばよいのですから。そこで私は、狂言失敗説、というのが浮かびました」

「狂言失敗説？　面白そうだわあ！　旦那様、それどういうこと？」

お蘭はとろりとした目で、宗左衛門を上目遣いに見る。宗左衛門は少々得意げに話した。

「初めは、宴の余興としてやろうとしたことだったんです、皆を驚かせようと。こういう訳ですよ。用心棒と一緒に、予(あらかじ)め毒消しを飲んでおき、毒を少々入れた鍋を食べるのです。すると毒の症状が少し現れ、権蔵さんはばたりと倒れる。皆、当然、吃驚します。でも権蔵さんは毒消しを呑んでいるので、大事に至らず、すぐに快復します。そして権蔵さんは、ああいう方ですから、『お前らの誰かが儂に毒を盛ったな』などと恫喝(どうかつ)して、愉しもうと思ったのかもしれません。なに、それも権蔵さん一流の、盛り上げ方なんですよ。毒を飲んだのに効かなかった不死身の男を、還暦の祝いで、演じたかったのかもしれません。……まあ、こういう筋書きだったのですが、誰かが権蔵さんが呑むはずだった毒消しを、ただの風邪薬かなにかとすり替えてしまった。毒消しを呑まずに毒を飲んでしまったという訳で、あのような惨劇が起きてしまったと」

「なるほど。自分で書いた筋書きどおりにいかずに、狂言失敗か。その説ならば、毒消しを別の薬とすり替えたのは」

「はい、用心棒の小野田ということになりますね」

桂が口を挟んだ。

「以前、そういう事件がありましたよ。毒消しをほかのものとすり替えて、殺めてしまったということが。我々の担当ではありませんでしたが、印象に残る事件でした。それゆえ、その説も考えられなくはないのですが、その狂言にも、火事や行灯の小細工は必要なかったように思われます。……まあ、あの騒ぎ自体が、もしかしたら権蔵の悪趣味な余興の一環だったのかもしれませんがね」

お蘭はおかきを指で摘まんで宗左衛門に食べさせながら、にこにこしていた。

「さすがは大旦那様だわあ！　狂言失敗説なんて、わちきなんかまったく思いつかないわあ」

お花は大きく息をついた。

「誰もが怪しいっていえば怪しいし、色んな説が考えられて、絞っていくのがたいへんだね、今回は」

「全員じゃなくても、三、四人で組んで殺ったって可能性もあるわね」

「うむ。女将は、複数下手人説、か。犯行を起こすなら、三、四人ぐらいが一番やりやすいだろうな。まあ兎も角、箱根へ再び赴いて、あの時の事件をよく探ってみるか」

などと言いながら木暮が大皿に手を伸ばすと、おかきはもうなかった。不貞腐れて手を引っ込める木暮に、お市は優しく微笑む。すると目九蔵がまた大皿を運んできた。追加の酒と、自分用の盃も一緒に。

「おおっ、さすがは目九蔵さん！　気が利くねえ」

大皿には、こんがりキツネ色の熱々のおかきが再び盛られていた。

「これ本当に美味しいわねえ」

皆、飽きずにおかきに手を伸ばす。ざくざく、ぼりぼり、喧々諤々、〈はないちもんめ〉は冬の夜でも賑やかで温かだ。

二

箱根で起きた殺しが気に懸かる木暮は、再び赴くことにした。桂と共に発つ前に、忠吾が声をかける。

「そういや、箱根で死体が見つかったのは師走二十九日の朝でしたよね。死んだとみられるのは、前日から当日の早朝にかけての間とのことでした。それであっし、当日未明の九つ半（午前一時）頃、坪八と一緒に温泉に入りにいったんです。……旦那は熟睡なさっていらしたんで、起こしやせんでしたが。で、坪八と、こんな刻ならさすがにほかに人がいないだろうから貸し切りでのんびり浸かれるぜ、なんて言いながら入っていきやしたら……いたんですよ、ほかにも一人。それが、〈伊東屋〉の用心棒だったんです」

「小野田修鉄か」

「はい。あっしらが入っていきやしたら、小野田は妙に鋭い目であっしらを睨みやしてね。なんだか殺気立っているといいやすか、あっしらでも少し怖気づいてしまうような雰囲気だったんです。今にも斬りかかってきそうといいやすか」

「穏やかじゃねえな。それで小野田とは何か言葉を交わしたか」

「いえ。あっしらは軽く会釈をしましたが、小野田は無視しやして、忌々しそうに舌打ちしてすぐに出ていってしまいやした。その時は、いけ好かねえ野郎だとむかっ腹が立っただけでしたが、今にして思えば……もしや小野田は返り血を洗い流していたのかもしれやせん。後ろ暗いところがあって、それであっしらが入っていくと露骨に嫌な顔をしたのかと」

　木暮は顎をさすった。

「なるほどな。とすれば、箱根の殺しに小野田が関わっていたかもしれねえということか。もしや権蔵が命じて、小野田が殺ったってとこか」

「その可能性もありやすかと。すみやせん、温泉での一件、もっと早くお伝えしたほうがよかったかもしれやせん」

「いや、参考にさせてもらうぜ。あん時は泥酔して温泉に入り損ねたから、今度はしっかり浸かってくるわ。またも一泊しか出来ねえけどよ」

　木暮は笑顔で、忠吾のいかつい肩を叩いた。

　忠吾によれば、権蔵は半年前頃から、酔うと仲間の札差たちに「新しい金の生る木が見つかった」と話していたという。それが何を意味しているのかはっきり語らなかったが、権蔵はやけににやけていたようだ。

「新しい金の生る木、か」

木暮は呟き、眉根を寄せた。

木暮と桂は東海道を進み、三日目に箱根に到着した。早速村役人のところに赴き、色々訊ねてみる。

殺された男は、明石藩の用人の向居忠相だった。あの後、藩の者が、向居の遺体を密かに引き取りにきたという。

藩の者たちは「どうぞ御内密に」とだけ言って、詳しくは語らなかった。だから仔細は分からないとのことだ。村役人は語った。

「身ぐるみ剝がされていましたが、髷の形でお武家と察しはつきました。でも、まさか藩の御用人様とは驚きましたよ。恐らく、何かの話をつけようと、藩に遣わされてこの地にいらっしゃって、返り討ちにでも遭ってしまわれたのかもしれませんね」

「刀で斬られていたのですか」

「いえ、匕首で胸を一突きです。腕が立つ者と思われます」

「遺体に何か特徴はありませんでしたか」

「ええ、その傷口なのですが、右に深く、左に浅かったんです。それゆえ、もしや下手人は左利きの者ではないかとも思いました」

「左利きですか……」

木暮と桂は村役人に礼を述べ、旅籠で休むことにした。またも芦ノ湖近くの〈湖月荘〉、昨年の暮れに泊まったところだ。

「あの時は酷く酔っ払っていらっしゃいましたねえ」

仲居は木暮の様子を覚えていて、そんなことを口にする。

「よせよ」と頭を掻く木暮の傍らで、桂は笑っていた。「木暮さんらしい」と。

二人は夕餉の前に、富士山を眺めながら、温泉に浸かった。

「ここまで来てよかったな。村役人から聞いた話、あれは重要だ」

「まことに。江戸へ戻ったら、早速明石藩のことを調べてみましょう。表立っては難しいでしょうから、密かに」

桂は温泉の誘惑に抗えず、付け鬢をそっと押さえながらも、夕陽が落ちるまでのんびりと浸かった。

「なんだかなあ、同じ夕陽なのに、江戸で見るのとは違うんだよなあ。でっけえよなあ」

　木暮は頭に手ぬぐいを載せ、見惚れていた。

　二人はのぼせるまで温泉を楽しみ、夕餉の〝湯葉丼〟に舌鼓を打った。

　出来立ての湯葉を、適度な大きさに切った椎茸や葱と一緒に卵綴じにして、御飯に載せ、三つ葉を飾ったものだ。

「これ、旨えなあ！　ちょいと甘い出汁が利いててよ。湯葉と卵って合うじゃねえか。〈はないちもんめ〉でも出してもらいてえぜ」

「目九蔵さんに頼んだら、作ってくれるでしょう。湯葉って喉越しがいいですもんね。するする入ってしまいます」

「またこの、蕪の漬物が泣かせるじゃねえか。どうして旅先の飯ってのはこんなに旨えんだろうなあ」

「温泉に浸かった後ですと、尚更です」

　木暮と桂は〝湯葉丼〟を貪り食う。食事が終わった頃、膳を下げにきた仲居に、木暮は訊ねてみた。

「正月にここに泊まってた〈伊東屋〉の御主人が亡くなったのを知っている

か？」

　すると仲居は、膳をひっくり返しそうになるほど驚いた。

「ええっ、本当ですか！　御病気ですか？　あれほどお元気だったのに」

　どうやら詳しいことはまだ伝わっていないようだ。木暮は正直に答えた。

「殺されたんだ」

「ええっ、こっ、殺され……」

　仲居は目を剝き、口を押さえる。木暮は朱房の十手を見せ、声を潜めた。

「それで少し訊きたいことがある。あの御主人はここに到着した日の夜、どこかに出かけていかなかったか？」

　仲居は躊躇いつつも、答えた。

「はい、お出かけになりました。どちらへ、とお声をかけますと、御主人はちょっと呑んでくると仰いました。この近くには、旅人目当ての居酒屋が数軒あり、明け方まで営んでいるところもございますので」

「一人だったか？　用心棒は一緒ではなかったか」

「はい、小野田様と御一緒でした」

「何刻頃だった？」

「はい。もう遅くて、四つ半（午後十一時）頃でした。提灯を手に、お二人で出ていかれました」

「帰ってきたのは何時頃だった？」

「私は九つに寝んでしまいますので、すみません、お帰りになった時刻は分かりません。私が気づかなかったのですから、九つ過ぎだったのでしょう。遅番をしていた者は覚えているかもしれませんが」

「うむ、だいたいのことは分かった。礼を言う。それで、その翌日に、この近くで男の死体が見つかったよな。あの件で、番所の者たちはここに何か訊きにこなかったか？」

「はい、いらっしゃいました。不審な者が現れなかったかどうかなど訊かれましたが、お客さんを取り調べることなどもなく、お帰りになりました」

「ずいぶんあっさりした探索だったな」

「身ぐるみ剝がれていたということで、追剝による行きずりの事件と考えられたようです。下手人はもう逃げてしまったと思っていたのではないでしょうか。この辺りは、時たまそういうことがありますから」

「なるほどな……。少し杜撰だったようだ」

「あ、あの。もしやその事件に、〈伊東屋〉の御主人様たちが関わっていたと仰るのですか？」

「いや、はっきりと断定出来ねえが、その可能性もあるということだ」

「そうなのですか……」

　仲居は溜息をつき、顔を伏せつつ話した。

「でも、もし〈伊東屋〉の御主人様と小野田様が下手人だと分かっても、ここの役人たちは捕まえなかったと思います」

「それはなぜだ」

　厳しい顔で桂が問う。

「〈伊東屋〉の御主人様は、この地で小夜お嬢様を拾われてから身代をさらに大きくされたので、この地を大切にしてくださっていました。この村最古の旅籠を建て替えてくださっただけでなく、この村に古くから残る石仏や石塔、東光庵や阿字ヶ池弁財天の修繕費などもすべて援助してくださったのです」

「そうだったのか」

「はい。御主人様はこの地では名士扱いでございました。それゆえ、もし何か事件を起こされても、見て見ぬふり、揉み消しということになったと思います」

木暮と桂は顔を見合わせ、眉根を寄せた。木暮は最後に訊ねた。

「御主人は左利きだったということはないか？　用心棒の小野田はどうだった？」

仲居は首を傾げて少し考え、答えた。

「御主人様は右利きでいらっしゃいました。……小野田様は、刀はいつも左腰に差していらっしゃいましたが、そういえばお食事をされる時は左手で箸をお持ちだったような」

木暮と桂は、頷き合う。武士は左利きに生まれついたとしても、必ず右利きに矯正させられるので、刀は左腰に差すことになる。だが左利きに生まれついた者には、矯正させられても左手の動きを忘れず、両の手が自由に利く者もいる。小野田がもしそうであるならば、左手で人を刺し殺すことも可能という訳だ。

二人は翌日の早朝に箱根を発った。

急いで江戸に戻ると、すぐに明石藩のことを調べにかかった。すると近々、藩主・松平越前守の娘の実乃里姫が、姫路藩の藩主・酒井雅楽頭の嫡男へ輿入れするということが分かった。石高は、明石藩は八万石、姫路藩は十五万石である。

木暮と桂は推測した。

「もしや権蔵は、明石藩を強請(ゆす)ってでもいたのだろうか。〈伊東屋〉は旗本や御家人だけでなく、この頃は大名貸しもしているという。諸藩と何か繋がりがあってもおかしくはない。そしてその強請りの決め手になるものが、新しい金の生る木、ってことだったんじゃねえかな」

「強請られて明石藩は困ってしまい、どうにか話をつけようと用人を差し向けたのかもしれません。ところが権蔵が話に乗らず、あのような結果になってしまったのでは？　とすると……向居という用人を殺ったのは、やはり権蔵。いえ、権蔵が小野田に命じて、殺らせたのでしょう。向居用人を刺したのが左利きの者と察せられることにも、繋がります」

「忠吾が夜更(よふ)けの温泉で小野田に遭遇(そうぐう)したこともな。忠吾の言うように、やはり返り血を洗い流していたのかもしれん。もしくは、血、殺しの臭いをだ。……少しずつ分かってきたな。さて、権蔵殺しに、その明石藩の件が関わっているか否かだ。もし関わっているとすれば、愛憎のもつれなどということでは済まなくなるぜ」

「確かに。あらゆるところに敵がいたのですね、権蔵は」

二人は苦い顔で、天を仰いだ。

その夜、木暮は〈はないちもんめ〉に一人でふらりと訪れた。そろそろ如月（二月）、寒さはまだ続いているが、幾分和らいできたようにも感じられる。

如月は梅見月とも言われ、〈はないちもんめ〉では一足先に梅の花を飾っていた。

お市が生けた艶やかな梅の花を眺めながら、木暮は煙管に刻み煙草を詰め、火を点けて一服した。傍らには煙草盆が置いてある。

「いいなあ、梅ってのは愛らしくて。この素朴な感じがいいんだよなあ、おぼこ娘みてえでよ。俺は梅を見ると、女将を思い出すぜ」

「あら、私、おぼこ娘って歳ではないわよ」

お市は衿を正しながら、木暮を優しく睨む。

「いや、俺から見ればおぼこよ。七つ下なんだからな。おっ、女将の顔を見ていたら、久しぶりに梅酒が呑みたくなっちまった。持ってきてくれねえか」

「はい、ただいま」

お市は立ち上がり、板場へと向かう。よろけ縞の着物に包まれたふくよかなお尻に目をやりつつ、木暮はだらしなく頬を緩めた。

お市が戻ってくるまで、木暮はゆっくりと煙草を味わう。木暮がこの店で煙管を吸うのは、一人で訪れた時だけだ。お市から箱根土産で煙草入れをもらったことがきっかけである。根付で腰に下げる、木綿散縫の煙草入れに木暮はいたく感激した。お市からもらった物を、木暮は見せびらかしなどしない。誰にも易々と見せたくないほど、大切にしているのだ。

お市は徳利とぐい呑みと、お茶を運んできた。お市の島田髷に挿している簪は、昨年、木暮から贈られたものだ。高蒔絵で鶴が描かれているその簪は、お市の豊かな黒髪にとても似合っている。

お市は梅酒をお茶で割って、木暮に出した。

「これだよなあ。この店で梅酒のお茶割りなるものを知って、すっかりハマっちまった俺様さ。女将が作ってくれるからこそ、だけどよ」

「お茶割り、爽やかで美味しいわよね。私も好きよ」

「じゃあ、女将も呑めよ。俺、好きだぜ、酔ってる女将って」

「ふふ。では少しいただこうかしら」

お市が自分のぐい呑みを取りにいこうとすると、お紋が料理を運んできた。

「お待たせ。まずは〝はんぺんの生姜醤油焼き〟だよ。はい、ぐい呑み、もう一つ持ってきたよ。お市の分ね」

「あらお母さん、気が利くわねえ」

目を丸くする娘に、お紋は鼻で笑った。

「この旦那が梅酒を呑む時は、いつもお市にも呑ませるからね。さっきお前がぐい呑みを一つしか運ばなかったのを見て、足りないだろうなあって思ったんだよ。それで持ってきてあげたという訳さ。まあ、仲よくおやり」

お紋は木暮を流し目で見ると、端唄を口ずさみながらいってしまった。

「まったく、気が利いてんだか、お節介なんだかよく分からねえ婆あだぜ」

木暮はぶつぶつ言いつつも、料理に箸を伸ばす。ゆっくりと嚙み締め、目を見開いた。

「これ、旨いじゃねえか！　ふわふわとして、口の中で蕩けるようだぜ。はんぺんって、侮れんなあ」

「適度な大きさに切ったはんぺんを、お醤油とお酒と生姜汁を加えて、汁気がなくなるまで絡めるように焼くだけなの。それなのに美味しいのよね。はんぺんも実力のある食材よ」

「凝った料理もいいけどよ、こういう簡単に出来ちまうようなのが癖になる味だったりするんだ。なかなか食べ応えがあって、酒も進むしな」

木暮はぺろりと平らげ、お市が作ってくれた梅酒のお茶割りを味わいつつ、箱根で知り得たことを話した。お市は相槌を打ちながら、熱心に耳を傾ける。

「その向居さんという御用人は、よく知っていたわね。年末年始にあの場所に権蔵が行くってことを」

木暮は顎をさすりつつ、頷く。

「やはり、権蔵の近くに、明石藩に通じている者がいたんだな。〈伊東屋〉に潜んでいた、何かを探している者の気配ってのは、そいつの影だろう。明石藩の手先だ、きっと。そして探しているものってのは、藩を強請れるような何かだ。それを取り返したいんじゃねえかな」

「その人が骨董屋にも忍び込んだのかしら。忍びの者ってこと？」

するとお花が次の料理を持ってきた。〝はんぺんのふわふわ団子〟。擂り潰したはんぺん、細かく潰した鶏肉、微塵切りした椎茸と葱、生姜汁を混ぜ合わせ、丸めて作ったものだ。それを茹でて、好みで醬油を少し垂らせば、堪らぬ一品となる。鍋に入れてもまたよし、だ。

はんぺん団子のまさにふわふわの食感と、優しくもコクのある味わいに、木暮の目尻が垂れる。

「これまた、絶品じゃねえか！　はんぺんって使えるもんだなあ。目九蔵さん、よく考えるよな、本当に」

料理を貪る木暮を眺めつつ、お花が口を挟んだ。

「忍びの者がどうのとか言ってるのが聞こえたけれど……。ねえ、やっぱり宴の時、ほかに忍び込んでいた者がいたんじゃないかな。だってさ、納屋の火事は、蠟燭に括り付けたテグスを外から引っ張って起こしたんだよね？　でもあの時、皆、部屋の中にいたというし、磯次さんと婆ちゃんとあたいは確かに板場にいたし、忠吾の兄いと坪八ちゃんは確かに見張りをしていた。じゃあ、誰がテグスを引っ張ったってことになる。忍び込んでいた者がいたとしか考えられないよ、やはり」

「そうね。もう一人いたと考えるのが、最もしっくりくるわね」

「でもよ、あの時、隅々まで探したけれど、いなかったんだ。どこかに巧く隠れてたのか」

「小夜ちゃんが廊下で気を喪（うしな）っただろう？　あの娘が見たっていう、闇の中で光る目は、その忍んでいた奴の目だったんじゃないかな。小夜ちゃん、旦那にどんな目だったと訊ねられて、丸くて黒目が大きかったって答えたよね。あの娘と同じような目ってことだ。だから……忍んでいた者って、女じゃないかなと思うんだ。丸くて黒目が大きい目って、男にはあまりいないような気がするんだよね」

「そう言われてみれば、そうね。男の人の場合、赤ちゃんや子供の頃はそういう目でも、段々と変わっていくわよね」

「なるほどな。女の忍びか。小柄なら、身軽だし、動きも素早く、巧く隠れるかもしれねえ」

「お静が見たっていう、小さな屏風の裏に隠れてガサガサ物音を立てていた影ってのは、その女忍びだったんじゃないかな。小柄な女忍びなら、あの屏風の裏に身を隠すことは出来たと思う。素早く動いて、毒をさっと入れることも」

「そうか。それなら謎だったことはしっくりくるか。……でも、女忍びの仕業だったとして、本当にどこに隠れていたんだろう。床下から天井裏まで探したのだ。あるいは逃げ出したとしたら、どうやって逃げたのか。あの忍び返しを越え、見張っている者たちの目をくらまして」

「あの寮のどこかに、からくり部屋のようなものがあったとか？　仕掛けがしてあって、板を何枚かずらしたりしないと、絶対に入り口が開かないようになっているんだ。箱根名物のからくり箱みたいなもんさ。そこに忍んでいたとしたら、分からないよね」

「ならば、どうやってからくり部屋に忍び込んだのかしら。……共犯がいたってこと？」

皆、顔を見合わせる。木暮は料理を食べながらも、ちゃんと答えた。

「あの中に共犯がいるとすれば、最も疑わしいのは、寮番の吾作だ。吾作と繋がっていれば、寮に忍び込むことも容易いし、隠れることも逃げることも容易いだろう」

「でも、吾作が共犯だとして、どうして手を貸したりしたんだろう」

「あいつは金に弱いと思われる。妾二人から口止め料をせしめたりな。だから明石藩の者が密かに吾作に金を握らせ、手伝わせたのかもしれん。まさにからくり部屋をこっそり作らせていたのかもな。権蔵の目を盗んで」

「忍びの者がいたとして、御蔵前の家のほうにも忍び込んでいたのかしら」

「どうだろうな。足がついていないってことは、巧く忍び込んでいたようだ。すると、家のほうにも共犯がいたのかもしれねえな」

「やはり藩の者に買収(ばいしゅう)されたのかな」

「考えられるな。いずれにせよ、忠義面(ちゅうぎづら)していても内心は権蔵のことを嫌っていた者だろう。藩のほうに味方しようっていうんだからな」

「それで、目的のものは取り返すことが出来たのかしら。それともまだ見つからずにいるのかしら」

「どうだろうな。まだ見つけていないなら、権蔵が消えたとしても安心は出来ねえだろう。弥生(やよい)のお輿入れの前までに取り返そうと躍起(やっき)になるだろうから、必ずまた現れるぜ」

「ずいぶん厳重に隠したんだね。権蔵は隠し場所を、誰にも教えてなかったのかな。お内儀さんや番頭にも」

「うむ。教えてなかっただろう。明石藩への強請りは、相当、念入りに企んでいたと思われる。番頭は無論、お内儀もそのことを知らなかったかもしれん。用心棒は知っていただろうがな。強請りの計画を知っていたのがほかにいたとしても、二、三人ぐらいだろう。後ろにいた大物、黒幕とかな。権蔵は知っていただろうよ。危ない企ては、出来る限り少ない人数で進めたほうがいいということを。仲間が増えるほど、漏(も)れる恐れが生じるからな」

「忍びの者の仕業として、捕まえるのは難しそうね。顔も割れていないのだから」

「うむ。地道に、寮と家の見張りを続けるしかない。まだ強請りのネタを探しているなら、必ずまた姿を現すだろうからな。その時に取っ捕まえてやるぜ」

木暮は梅酒を呑み干し、苦々しい顔つきになった。

第四話　冬の鰻（うなぎ）は癖（くせ）になり

一

青空の下、お花は元気よく歩いていた。如月に入り、少しずつ寒さは和らいでいるものの、まだ羽織は必要だ。ちなみにこの時代の二月は、現代の三月にあたる。

店の休み刻、借りていた料理の本を返しに幽斎の住処兼占い処へと行ったお花だったが、残念なことに幽斎は留守だった。

二月は招福から除災への変わり目にあたり、事始めや針供養など除災の儀礼が多々行われる。幽斎はあちこちに呼ばれて多忙なのだ。

幽斎の世話をしている婆やが、お花に頭を下げた。

「八日までは休む暇もないようです。せっかくお越しくださったのにすみませんねえ」

「こちらこそ勝手に押しかけてしまって、申し訳ありませんでした。お躰にお気をつけてくださいますよう、先生にお伝えください」

お花は丁寧に礼をし、占い処を後にした。本は婆やに渡さず、持ち帰る。やはり直接幽斎に手渡したいゆえ、八日が過ぎたら出直すつもりだ。

幽斎に会えずに少々拍子抜けしつつ広小路を歩いていると、〈風鈴座〉の前でお滝と虎王丸が長作を相手に楽しそうに話しているのを見かけた。お花は大きな目を瞬かせ、犬ころのように駆け寄る。

「いいなあ、皆で楽しそうに。あたいも混ぜて！」

この界隈、小屋に出ている者同士、仲がよかったりするのだ。長作は鼻の頭を掻いた。

「いや、おいら、姐さんにからかわれてたんだよ」

お滝は艶やかに微笑んだ。

「だってすぐにむきになるから面白いんですもの、この坊や」

「ほらね。姐さんからすれば、おいらなんて〝坊や〟なのよ」

むくれる長作に、虎王丸が突っ込みを入れる。

「男として見てねえってことだ！」

「そりゃしょうがないよ」

「あっ、酷えな、お花ちゃんまで！」

「ほら、むきになる」

鼻の穴を膨らませる長作を、お滝はまたからかう。たわいもないことを言い合って、四人は広小路に笑い声を響かせた。

〈風鈴座〉では猿回しの出し物をしていたので、お花はそれを見ていくことにした。申年ということもあってか、このところ猿回しの出し物が盛んで、あちこちの小屋で催されていた。

幕が開くと、赤い羽織を着た小さな猿が、上手からちょこちょこと舞台の真ん中まで歩いてきて、お客たちに向かって一礼した。

「うわあ、可愛い！」

「凄え、二本足で歩いた！」

お客たちは歓声を上げる。お花も目を丸くして猿を見つめた。

猿は舞台を飛び跳ね、とんぼ返りをし、二本足で走り回る。すると猿回しの男が現れ、「お手！」と手を差し出した。猿はちゃんと手を載せる。その仕草がなんとも愛らしく、お客は笑い声を上げる。

猿は大活躍だった。猿回しがぽんと手を叩くと、玉に飛び乗り、転がしてゆく。「はいっ！」と声をかけると、お手玉を手に取って客席に投げ入れる。受け止めた者は大喜びだ。

お花は驚いた。

――凄い、猿って賢(かしこ)いんだなあ。二本足で歩いたり、物を投げたりしていると、なんだか人間のように見える！　あたい、なんだか他人とは思えない……。この前の舞台でのあたいも、あんな感じだったのかな――

お花に、猿に対する愛(いと)しさが込み上げる。小猿の目は真ん丸で、真っ黒で、きらきらしていて、なんとも可愛い。

お花は「あっ」と小さな声を上げた。

その夜、木暮たちが訪れると、お花は思いついたことを話してみた。

「あの毒を入れたの、もしかしたら猿かもしれない。黒くて小さい猿」

木暮と桂は顔を見合わせ、忠吾と坪八はきょとんとする。木暮は苦々しく言った。

「なんでえ、この前は〝女忍び説〟で、今度は〝小猿説〟かい！」

「ずいぶん大胆な説ねえ」

お市も酸(す)っぱい顔だ。しかしお花は怯(ひる)まなかった。

「あの寮は塀(へい)に鋭(するど)い忍び返しがついていたし、見張りも厳重にしていて、確かに人はそう易々と出入り出来なかったと思う。でも、テグスを引っ張って蠟燭を倒し、毒を鍋に入れた者がいることは確かだ。それであたい、それをやったのがあの十四人でないとしたら、忍びの者の仕業かと思った。でも……猿の芸を観て、考えを改めたんだ。猿なら出来たよ、きっと。猿って賢いんだ、とても。猿回しが手を叩いたり、声をかけたりして合図をすると、玉乗りしたり、お手玉投げたりするんだ。誰かの合図で、テグスを引っ張ったり、毒を仕込んだ寒天みたいなものを鍋に入れたりすることだって、出来るよ、教え込んだら」

皆黙って、お花の話を聞いている。お花は続けた。

「それに猿なら木を伝って、あっという間に逃げちまえる。黒ければ闇に同化して、誰にも気づかれることはない。旦那たちがいくら探しても見つからなかったのは、そういう訳さ。小猿の目は、真ん丸で真っ黒だ。小夜ちゃんが闇の中で見た目っていうのは、猿の目だったんだよ、きっと。誰かが猿を操っていたんだ」

木暮たちは神妙な顔で黙り込んでいた。お市がようやく訊き返す。

「その猿を操っていた誰かというのは、お祝いに集まった人たちの中の誰かよね？」

「そういうことになるね。蠟燭や毒を用意したのは、もちろんその人さ。で、猿にやらせたって訳。大声を出すとか、手を叩(たた)くとか、さりげなく合図を送ってね。それに猿なら、もし捕まったって、何も喋(しゃべ)らないだろ？　とても都合がよいんだ、考えてみれば」

　木暮は唸(うな)った。

「猿は確かに頭がいいというからなあ。なるほど猿を操れる者か……」

「そう、猿って躾(しつ)ければ、ちゃんと覚えるんだ。猿回しの芸を見て驚いたよ、あたい」

　桂が口を挟(はさ)んだ。

「猿を操ったのは、明石藩の手先でしょうか。藩から送り込まれた者では」

「うむ。もしくは、前から〈伊東屋〉にいた者を、藩が買収(ばいしゅう)してやらせたかだ」

「あの中で猿を操ることが出来る者って、誰がいやすかね？」

「わて、さっぱり見当がつきまへんわ」

　皆、首を捻ってしまう。木暮は考えを巡らせ、言った。

「妾(めかけ)のお勢を、もう一度洗ってみるか。芸者になる前、どこかの小屋で猿回しみたいなことをしていなかったかどうか、突き止めてやろう」

　すると通りかかったお紋が、口を出した。

「もう一人の妾の、お静ってのはどうなんだろうね。お静のほうが怖いような気がするけれどね、同じ女として。あの女、なんだか引っかかるんだよね、私ゃあ」

　すると桂が探索で聞き込んだことを話した。

「お静の家の紙問屋は、お静を妾に差し出す頃は傾いていたといいますが、羽振りがよかった頃は諸藩の御用達も務めていたといいます。もしかすると、明石藩とも何らかの繋がりがあったかもしれません」

「妾として〈伊東屋〉へ上がり、こっそり内情を探っていたというのか。お静が権蔵の妾になったのは一年少し前というから、時期も合うな。恐らくその頃から強請り始めていただろう。お姫さんのお輿入れが決まったのが、ちょうどそれぐらいだ」

　お花も考えを巡らせる。

「お静が若旦那を誑かしたのも、どうにかして強請りのネタを見つけ出すためだったのかもね。若旦那なら隠し場所を知っていると思ったのかもしれない」

「兎も角、妾二人はまだ探ってみる必要があるな」

　木暮の言葉に、桂たちは頷く。すると目九蔵が料理を運んできた。

「温まってください。〝牡蠣の味噌雑炊〟です」

湯気の立つ雑炊に、男たちの顔が緩む。たっぷりの牡蠣から漂う、磯の香りがまた堪らない。匙で掬って頬張ると、仕事の話で険しくなっていた顔も、みるみるほころぶ。

「卵まで入って贅沢だなあ。ほっこりするよなあ、こういう味って。しかし牡蠣と味噌は合うなあ」

「三つ葉の彩りもいいですね。この牡蠣がまた、嚙み締めると旨みがとろりと蕩けて、口に広がるんです」

「米一粒一粒に、牡蠣の旨みと味噌が染み込んで、最高ですぜ」

「卵も利いてますぅ。旨過ぎて、わて、気絶しそうですぅ」

がつがつと貪る男たちを眺め、お市とお花は微笑み合う。

――この調子なら、勢いよく下手人を挙げてくれるわね――と思いながら。

お勢とお静のほか、〈伊東屋〉の使用人たちや寮番の経歴についても、木暮たちは調べていった。すると意外なことが次々と明らかになってきた。

まず下男の米松は、今と違って若い頃は奔放で、旅回りの文楽の一座にいたことがあるという。堅物だった父親に反抗していたようだが、その父親が亡くなると態度を改め、跡を継ぐように二十五歳の時に〈伊東屋〉の奉公人になったということだ。

　また寮番の吾作は、どうやら先代・権之助の隠し子だったらしい。岡場所の女との間に出来た子だった。つまりは、権蔵と吾作は、異母兄弟だったということだ。権之助は吾作を息子と認めず、岡場所の女が勝手に産んだ子と見なしていた。だが女が病死し、吾作が角兵衛獅子の一座に売られたと知って、それではあまりに不憫だと、探し出して引き取り、奉公人にしたのだった。

　板前の磯次は動物好きで、小さい頃は犬の医者になりたかったという。だが十五の時に、〈伊東屋〉の家で賄いをしていた父親が亡くなり、跡を継ぐことになった。父親はどうも、激務で心ノ臓が弱っていたところ、権蔵に「味噌汁が温い」と酷く怒られたことが祟って急死したらしい。今でいう過労死であろう。〈伊東屋〉にはほかにも料理人が何人かいて、磯次は一から教えられた。父親のことがあったので、権蔵も気を遣ったのか、磯次の待遇は初めからよかったという。

　下女のお浅は、両親を事故で早くに亡くし、叔母の家に引き取られた。草太郎の世話をするために〈伊東屋〉に来る前は、叔母の娘、つまりは従姉が奉公している旗本・相沢重三郎の屋敷に共に奉公していた。相沢家は〈伊東屋〉から借金をしていたことがあったが、今は綺麗に返済しているようだ。

またお勢は、柳橋で芸者勤めをする前、両国の小屋で水芸を披露していたようだが、猿回しをしていたかどうかはまだ摑めていない。

さらに、お静の家の紙問屋は、景気のよかった頃はやはり明石藩の御用達を務めていたことも判明した。

こうして探索は一気に進んだが、奉行所で木暮は上役の筆頭同心・田之倉からお叱りを受けた。

田之倉は五十歳、金壺眼でぶよぶよと生っ白く、髭の剃り跡がやけに青々とした男だ。

「もうすぐ一月が経つというのに、まだ下手人が挙げられないのか！　宴に集まった者の中にいるに決まっているだろうが、この薄ら莫迦！　ぐずぐずしてないで早く捕まえろ、お前が怠慢だと俺まで上から怒られるじゃないかっ。胃ノ腑が痛くなるわ！」

木暮はむっとするも、田之倉の小言など聞き流すに限ると、堪える。

――じゃあお前が捕まえてみろってんだ、この無能野郎！――

心の中で文句を垂れつつ、木暮は丁重に返した。

「かしこまりました。必ず近いうちに挙げてみせますので、もう少しお待ちくださいますよう。それがし、全力を尽くさせていただきます。田之倉様の大切な御胃ノ腑に、大きな穴でも開きましたら、それはもう一大事でございますので！」

大いなる嫌味が伝わったのか、田之倉はふんと鼻を鳴らして去っていく。木暮は低頭したまま、舌をちらりと出した。

田之倉に叱られた木暮は、むしゃくしゃしながら〈はないちもんめ〉を訪れ、お市の笑顔と料理と酒で鬱憤を晴らした。

「あの野郎、人のことを薄ら莫迦なんて言いやがって！　莫迦はどっちだってんだ、こんちくしょう！」

お市は木暮に酌をしながら、「しっ」と目配せをする。

「壁に耳あり、よ。どこで誰が聞いているか分からないから、上役の悪口などは言わないほうがいいわ」

木暮はぶすっとした顔で酒を呷る。

「なんだよ、もっともらしく。女将なら分かってくれると思ったのにな。俺様の、このやるせない気持ちをよ」

お市は木暮の横顔を、優しく見つめた。

「分かってるわよ。私はただ、旦那に、奉行所での立場が悪くなってほしくないの。こんなところでうっかり口を滑らして、それが伝わって上役の人にまた睨まれたりしたら、それこそ莫迦莫迦しいじゃない。だから、上役の悪口を言う時は、せめて声を潜めるとか、もう少し気を遣ってほしいの。旦那が嫌な思いをすると、私も悲しいから。ね？」

お市に微笑まれ、木暮は項垂れてしまう。まるで母親に優しく叱られた息子のように。

「分かった。女将を心配させるようなことは、言わねえようにする」

「よかった、分かってくれて」

お市のふくよかな頬に、えくぼが出来る。木暮の顔の強張りも、ほぐれてきた。酒を啜りつつ、〝竹輪と昆布の煮物〟を摘まむ。

「うむ。こういう料理は、酒が進む。昆布の旨みが竹輪に滲んで、堪らん。竹輪もまた万能だな。煮ても焼いても、揚げても、そのままでも旨い」

「本当に、そうね。竹輪って役に立ってくれるわ」

ゆっくりと味わいながら、木暮は「おっ」と目を瞬かせた。

「この竹輪、青くなってるところがあるぜ」

「大丈夫よ。昆布と竹輪を一緒に煮ると、竹輪が青く変色することがあるの。目九蔵さん曰く、昆布に含まれる何かが、竹輪の澱粉と反応して色が変わるんですって。面白いわね。だから食べても何の問題もないわ」

「へえ、そういうことか。青い竹輪なんて、ちょいと粋じゃねえか」

木暮は笑みを浮かべ、色が変わった竹輪を頬張る。お市に酌をされ、料理を摘まみ、煙管を吹かすうちに、木暮の心はすっかり晴れていく。すると、店を見回す余裕も出てくる。

「相変わらず繁盛しているなあ。いいことだぜ。……お花はお滝さんをもてなしてるのか。おっ、連れもいるようだな」

目を凝らす木暮に、お市が教えた。

「お滝さんの芸人仲間みたいよ。かっこいいわね、お滝さん。男二人を従えて」

「ずいぶんデカい男がいるなあ。忠吾よりデケえんじゃねえか？　もう一人は細長い若造か」

ちなみにデカい男とは前田虎王丸、細長い若造とは長作のことである。お滝とその二人は、木暮と少し離れた席で、お花も交えて賑やかに呑み食いしていた。

虎王丸と長作は豪快に呑みながら、豪快に〝鯖焼き饂飩〟を貪る。

「いやあ、これ滅茶苦茶いけてるわ！　饂飩を焼いたってだけで、こんなに旨くなるものとは、当たり前だのことなのかあ？」

「凄え旨いっすよね！　焼いた饂飩って初めて食ったような気がするけど、感動の味っすよ！　驚きっすよ！」

あっという間に一皿平らげ、お代わりをする虎王丸と長作に、お滝とお花は目を丸くして大笑いだ。

「見事な食べっぷりねえ、虎も坊やも」

「焼いた鯖をほぐして、饂飩を焼きながら混ぜ合わせて、醬油と酒と味醂で味付けしただけなのに、それほど喜んでもらえると、こちらも嬉しいよ！」

「いや、旨いのなんのって！　驚き、桃の木、饂飩焼き、ですわ！」

「虎の兄い、上手いこと言いやがる。お花ちゃん、おいらも嬉しいよ。ようやく、お花ちゃんのお店の料理を食べられて。それが期待以上の味だったんだ、おいらもう今夜は感激で眠れねえよ！」

虎王丸と長作は思い切り呑み食いしているせいか、この時季だというのに汗を搔いて、袖を捲り上げている。小屋では力業が得意な虎王丸も、軽業が得意な長作も、褐色の逞しい腕だ。

お紋が〝鯖焼き饂飩〟のお代わりを運んできて、二人に出した。

「はい、たくさん食べてねえ。あんたたち、いいねえ、快活で！」

お花がお紋を二人に紹介した。

「あたいの婆ちゃんで、この店の大女将さ」

「よろしく頼んます！　虎いいます！」

「長作です。料理、滅茶苦茶絶品で感激してます！」

虎王丸と長作はお紋に丁寧に礼をする。いかつい割に素直な二人に、お紋は顔をほころばせる。すると木暮が割って入った。

「楽しそうですなあ！」

お滝は振り向いて会釈し、木暮に二人を紹介した。

「虎は、一緒の小屋に出ている芸人で、私の用心棒もしてくれておりますの。長作は、小屋は別ですがやはり芸人で、二人ともなかなかの人気者なんですよ。こちらのお料理が美味しいとかねてから噂をしていましたら、二人とも是非食べたいと申しますので、連れてきたんです」

虎王丸と長作は、よろしくというように木暮に頭を下げる。お花が小屋で軽業を見せていることは母親や祖母には内緒とのことなので、どうも一人では行きにくかった長作が、お滝に願い出て、こうして連れてきてもらったという訳だ。

念願叶って長作はいい気分でつい呑み過ぎ、既に顔が真っ赤だった。虎王丸もお滝と一緒なのが嬉しいのだろう、凄い勢いで呑んでいる。

「お前さん、虎ってのは、大虎の虎ってことかい？」

木暮が訊くと、虎王丸はわははと笑った。

「さすが旦那！　大当たりでごぜえます！」

「でもよ、お前さんは酒が強そうだから、ウワバミじゃねえのかい？　酔っても乱れなそうだぜ」

「はい、暴れるなんてことは絶対ありません！」

二人の遣り取りに、お滝はくすくすと含み笑いをする。お滝はいつものように黒猫を撫でながら、ゆっくりと料理を摘まみ、酒を味わっていた。お滝が食べているのは、饂飩ではなく、〝鯖の南蛮漬け〟だ。

「これ、脂が乗った鯖なのに、さっぱりいただけるわねえ。お酢が利いているせいかしら」

「板前はその南蛮漬けを、揚げずに作っているからだと思います。鯖に片栗粉(かたくりこ)を塗(まぶ)して、焼いてるだけなんですよ。それにお酢の効果も加わって、諄(くど)くなく召し上がれるのではないかと」

お花が説明すると、お滝は目を瞬かせた。

「工夫なさってるのねえ、目九蔵さん。私、目九蔵さんのお料理、本当に好きなの。どれも私好みの味なんですもの」

「姐さんのお言葉、板前、本当に喜ぶと思います」

お滝の膝の上の黒猫も、にゃあと啼(な)き声を上げる。お滝は、ふふと笑った。

「この子も美味しい、って言ってるわ。目九蔵さん、いつもこの子にまで気を遣ってくださって。ありがたいわ」

黒猫は、目九蔵に出してもらった、ほぐした焼き鯖を堪能(たんのう)していた。お花は心の中で、思う。

——目九蔵さん、お滝姐さんのこと、お気に入りみたいだからな。お滝姐さんが来ると、にこにこしてるんだよね、なんだか。だから、姐さんに出す料理にも、いっそう力が入るんだろうな——

目九蔵は、いつか言っていた。色々苦労したであろうお滝が頑張って生きている姿を見ると、応援したくなる、と。そしてそれは、お花も同じだ。しっかり者のお滝を応援したいなど烏滸がましいのかもしれないが、そう思わせてしまうところが彼女の魅力だ。そして……虎王丸もまた、お滝を支えてあげたくて堪らぬ者の一人なのだろう。

酒を鱈腹呑んで酔いが廻った虎王丸は、正座をして、お滝に頭を下げて懇願し始めた。

「姐さん、わっしを『下僕ちゃん』と呼んでくださいませんか」

虎王丸は目を潤ませるも、お滝は冷たく言い放つ。

「いやよ。気持ち悪いじゃない、そんな呼び方。虎みたいないかつい男を、ちゃんづけするなんて」

「そこをなんとか……。姐さんにそう呼ばれたいんです、わっし。なんでも言うこと聞きますんで、どうか」

虎王丸は深々と頭を下げるも、お滝は睨みつける。

「聞き分けのない男は嫌いよ、私」

「意地悪言わないでください……姐さん。後生ですから」

そして虎王丸は、しくしく泣き始める。

お花はじめ一同が呆気に取られていると、長作が教えてくれた。

「酔うと泣き落としにかかるんだよ、虎の兄い。兄いはどうしても姐さんに『下僕ちゃん』って呼んでほしくて堪らないんだってさ」

お花は思わず絶句する。巨体を震わせてさめざめと泣く虎王丸を眺め、木暮は溜息をついた。

「デカい男ってのは、変わった趣味なのが多いのかね」

「忠ちゃんはおかま系で、虎ちゃんは下僕系か。酔うと本性が露わになるっていうのも似てるね。普段は強い分、その反動なのかね」

お紋も首を傾げる。

虎王丸は泣き濡れながらも、お滝のことを、媚を含んだ甘えた上目遣いで見つめている。

その姿を眺めながら、お花は肩を竦めた。

二月も半ばになり、坪八から「えらいこっちゃ」と慌てて注進があった。

「御蔵前の家を見張ってましたら、小夜はんがお琴の稽古をしている間に、お内儀の澄江はんが頭巾を被りはって、外に出ましたんで、こっそり尾けていったんですぅ」

坪八は出っ歯を剝き出し、鼻息荒く続けた。

「澄江はんは途中で辻駕籠を拾って乗っていってしまったんですぅ。それでわて、慌てて追いかけていきましたら、なんと向かった先は不忍池近くの出会い茶屋でしたんや！」

「なに、出会い茶屋だと？」

木暮は思わず身を乗り出した。

「へえ、そうですぅ。身を隠してじっと待つこと一刻や。先に澄江はんが出てきはって、少し遅れて頭巾を被った二本差しが出てきはりました。わて、すかさず二本差しの後を尾けていきましたが……バレてしまったんですぅ。怒鳴りつけられ、刀を抜かれそうになりまして、慌てふためき逃げ出してしまいましたぁ！恐ろしかったですぅ！」

そして坪八は「すみませんでした」と涙目で頭を下げた。木暮は苦笑いだ。

「まあ仕方ねえよ、二本差しが相手じゃな。しかし、驚いたなあ。あんな貞淑そうなお内儀がねえ。女ってのは本当に怖えや」

木暮は忌々(いまいま)しそうに顔を顰(しか)め、呟(つぶや)いた。

「しかしその武家って、いったい誰だろう」

木暮から内儀の話を聞き、はないちもんめたちは驚いた。お紋が眉を顰(ひそ)める。

「お内儀さんも怪しいねえ。そうするとさ」

「澄江さん、相当鬱憤が溜まっていたでしょうしね。権蔵亡き後、店は草之助さんが継ぐとしても、後妻だったのだから、それ相応の金子(きんす)は貰(もら)えるはずだもの。それなら権蔵がいなくなってくれたほうが都合がいい訳だし」

お市も澄江を疑う。お花は勘を働かせた。

「もしや、そのお武家が黒幕なのかな？　黒幕のお武家と澄江は以前から密(ひそ)かに通じ合っていて、その二人が共謀(きょうぼう)して権蔵を消したという線は？　強請りのネタは自分たちのものになるし。大名相手の強請りなら、身代(しんだい)以上に魅力があるのかもね」

「小夜ちゃんを溺愛(できあい)している、いいお母さんとばかり思っていたのに」

お市は溜息をつく。木暮たちは〈はないちもんめ〉で一杯やりながら、〝鯊(はぜ)の天麩羅(てんぷら)〟と〝春菊(しゅんぎく)の天麩羅〟を堪能していた。

鯊の天麩羅はふんわり、身もしっとりして、乙な味。春菊のそれは、さくさくとほろ苦くて、粋な味。どちらも酒との相性は最高だ。

それを頬張りつつ、忠吾が口を挟んだ。

「その小夜ですがね、ちょいと気になることがありやして。小夜の髪を結いにきていた女髪結いの姿が、最近とんと見えないんです。ついこの間までは毎日のように来ていやしたのに」

「お内儀さんがクビにしたのかね」

お紋が首を傾げる。お市が訊ねた。

「今はお内儀さんが結ってあげているのかしら」

「そのようですぜ」

はないちもんめたちも気に懸かった。木暮は「そういや」と思い出す。

「数日前に身元不明の女の溺死体が揚がっただろう。辻斬りに殺られて川に流されたと思われた。顔は半分ぐらい崩れちまっていたが、あれは……もしや、ってことはねえかな」

一同、顔が強張る。

「その女髪結いはどこから来ていたか分かるか？」

「はい。確か、元鳥越町の十軒長屋だと。お露と呼ばれていやした」

「よし、一応確かめてみるか」

木暮は顔を引き締めた。

次の日、木暮は早速、元鳥越町に赴いた。何やら、やけに胸騒ぎがしたのだ。お露が住んでいた長屋に行き、隣近所に訊ねてみたが、誰もが「近頃まったく見かけない」という。

――やはり、身元不明のあの溺死体がお露なのでは――

木暮は大家と五人組に頭を下げ、早桶に入れて寺に預けておいた溺死体を確認してもらうことにした。すると、年恰好は合っているとのことで、着ていた着物やどうにか判別出来る顔からも、どうやらお露本人で間違いないようだった。

――〈伊東屋〉に関わる者で、権蔵に続き二人目が殺害されてしまったな――

木暮は重々しい気分で、眉を顰めた。

事件がなかなか解決出来ず、気落ちしている木暮を、お市は優しい笑顔で慰めた。

「はい。〝ふわとろ鶏豆腐〟よ。温かいうちに召し上がれ」

出されたお椀を覗き、木暮は「おおっ」と小さな声を上げた。おぼろ豆腐と、細かく潰した鶏肉が混ざり合い、小口切りの葱が散らされ、生姜が香り立っている。よく炒めた鶏肉を、豆腐と混ぜ合わせたものだ。

「見るからに、ふわり、とろりとしているじゃねえか。どれ」

木暮は匙で掬い、頬張る。目尻が垂れ、口元が緩んだ。

「うむ。蕩けるぜ、舌も心も。豆腐と鶏肉って合うもんだな。生姜と醤油と胡麻油の風味が絡んで、なんとも乙な一品だ。軟らかくて食いやすいし、生姜の効き目で躰が温まってくる。精もつくようで、長寿料理に加えたいぜ」

「絶賛してくださって、ありがとうございます。板前も喜ぶわ」

「これは淡口醤油を使っているんだろう？　味はしっかりついているのに、豆腐の色が損なわれていねえ。見た目も美しく仕上げるのは、さすが目九蔵さんだ」

淡口醤油というと味が薄いように思われるが、味はしっかりしていて、色が薄いものだ。それゆえ食材本来の色艶を引き立たせたい時に、淡口醤油は重宝する。

今夜は木暮一人なので、お市に甘えたいようだ。お市は匙で鶏豆腐を掬い、木暮に食べさせてあげた。

「旨えなあ。まさに蕩けちまうぜ。まろやかで優しい味だ。鶏肉を使っているのにな」

木暮はいっそう恍惚（こうこつ）として、満面に笑みを浮かべる。お市は思った。

——たまには事件のことなど忘れて、和（なご）むことがあってもいいわよね。うちは気取らないお店ですもの——

お市は淑やかに酌もした。単純な木暮は、すっかり機嫌（きげん）がよくなる。

「しかし、どうして消されちまったんだろうなあ。髪結いまでもよ」

「〈伊東屋〉の何か秘密を知ってしまったのかしらね。もしくは下手人に気づいてしまったとか」

「まあ、そんなところだろうなあ」

木暮は溜息をついて酒を啜り、付け加えた。

「遺体は傷（いた）んでいたが、よく検（あらた）めて分かった。殺ったのは侍（さむらい）だ。逆袈裟（ぎゃくけさ）斬りの一太刀（ひとたち）、相当の腕前だろう」

逆袈裟斬りとは、相手の右脇腹から左肩へと一文字に斬り上げる、なかなか腕のたつ者でないと出来ない斬り方だ。お市は目を瞬かせた。

「ええ？　では、もしや用心棒の？」

「いや、あいつは恐らく、矯正したといっても左利きの癖が残っているだろう。恐らくは違う、少しのぶれもない、右利きの遣い手だ。とすると……坪八が見たという、内儀の澄江が会っていた男が怪しい」

　お市は固唾を呑んだ。

「その男が黒幕で、権蔵亡き後、秘密を握って牛耳っているのかもしれないわね」

「うむ。……澄江からは目が離せねえな」

　木暮は眉根を寄せつつ、酒を呑み干す。お市は酌をしながら訊ねた。

「亡くなった髪結いは、いくつぐらいの人だったの？」

「五十近かったという話だ。十年前頃に離縁してからはずっと独り暮らしで、廻り髪結いをして生計を立てていたそうだ。腕はよくて、〈伊東屋〉からも手間賃を結構もらっていたらしい」

「小夜ちゃんの髪を任されていたのですもの、気に入られていたのでしょうに。どうしてなのかしらね」

「〈伊東屋〉とは関係のない者に殺られたとも考えられるが、お露は恨みを持たれるような女ではなかったそうだ。余計なことは何も喋らず、他人様に迷惑をかけず、黙々と働いていたというからな」

「そういう人が理由もなく殺められるなんて、許せないわ」

お市の顔が曇る。するとお花が料理を運んできた。

「〝ぜんざいに蓮根の漬物添え〟だよ。甘いものを召し上がって、世知辛い世の中を暫しお忘れくださいな」

「おっ、京風の丸餅が入ってるじゃねえか。俺、丸餅も好きなんだよなあ。つるんと食えてよ」

木暮は早速、箸を伸ばす。粒餡がたっぷり絡んだ餅を頬張ると、まずは弾力のある軟らかさにうっとりとする。次に、焦げ目のついた餅の芳ばしさと、餡の甘みが混ざり合って、口の中に広がる。すると、もう止まらない。

「やっぱり丸餅はいいなあ。弾力があるのに喉越しがいいから、どんどんいけちまう」

夢中で食べる木暮を、お市とお花は笑みを浮かべて眺める。

「目九蔵さんが言っていたけれど、京をはじめ上方で丸餅が食べられるのは、公家の文化の名残なんだって。角が立たずに円満に過ごせるように、という意味を籠めての丸餅みたいだよ。対して江戸や東のほうは、武家支配の名残で、伸し餅を四角く切ったのを食べるんだって。戦を前に敵を伸す、という験担ぎの意味が籠められているようだね」

　お花の蘊蓄を聞きながら、木暮は大きく頷いた。

「なるほどな。俺が丸餅を好むのは、俺という人間が公家風だからなのかもしれん。穏やかで気品ある暮らしのほうが合ってんだよ、俺には！　奉行所で能無しの上役にがみがみ言われる暮らしなどではなくてな」

「旦那はそうかもしれないわね。穏やかなほうが似合ってるみたい」

「さすがは女将、分かってくれてるじゃねえか」

　お市と木暮は微笑み合う。お花は「仲よくしてねえ〜」と二人をからかい、去っていった。

「まったくよ、いい雰囲気でいると必ず邪魔が入るんだ、この店は」

　拗ねる木暮を、お市は優しく睨む。

「甘いことばかり続くと、甘さに慣れてしまって、その美味しさが分からなくなってしまうでしょ？　だから……ほら旦那、蓮根のお漬物を食べてみて」

「これか？」と指で摘まんで齧り、木暮は目を見開いた。

「おおっ、こりゃいいじゃねえか！　よく漬かってるぜ、ちょっと辛くて、酸っぱくてよ。思ったより硬くもなくて、絶品だ。蓮根は茹でてるよな？」

　ぽりぽりと食む木暮に、お市は微笑む。

「さっと茹でた蓮根を、目九蔵さん特製の出汁に漬け込むの。出汁は、鰹節と昆布、淡口醤油、味醂、お酢、お塩、唐辛子などを併せて作るのよ」

「なるほど、ぜんざいの箸休めにはぴったりだ。甘ったるいぜんざいに、こういう漬物が添えてあると、めりはりがついて最後まで旨く食べられるって訳か。甘いのと、塩っ辛いのが交互にきてな」

「お仕事もそういうものじゃない？　塩っ辛いことがあるから、いっそうやり遂げた時の甘美さが胸に沁みるのよ」

　木暮はお市を見つめた。行灯の仄灯りに照らされ、丁寧に化粧を施したお市はなんとも悩ましい。

「男と女ってのも、そういうもんかな……」

　木暮が手を伸ばし、お市のしなやかな指に触れようとした時、お紋が咳払いをしながらぬっと現れた。

「そうさ。人生も仕事も、男と女の間も、甘くもあり、塩辛くもあり、苦くもあり、酸っぱくもあるんだ。そう簡単に甘いものばかり求めてはいけないってことだよ」

「なんだってんだ！　どいつもこいつも、どこからともなく現れやがって！」

お紋は腕を組み、木暮を見据えた。

「なに吃驚してんだよ。甘いもんばかり食べると虫歯になるだろ。甘いものは美味しいけれど御用心さ。お市だって福々と優しそうに見えるけれど、ヤキモチ焼きで、いけずなところがあるかもしれないよお。女は優しい顔していても怖いもんだって、何度学んだら分かるんだろうね、このすっとこどっこいは！」

お紋はけたたましく笑いながら、去っていく。その後ろ姿を、木暮は呆然と見送った。

「なんだあれは」

「放っておきましょうよ。仲がよさげな男女を見ると、いけずを言いたくなる悪い癖なのよ。そうじゃなかったら、旦那のことが愛しいあまりに、その裏返しで意地悪しちゃうのかも。女の性ね」

木暮は苦虫を嚙み潰したような顔になる。

「やめてほしいぜ、そういうのは。迷惑だからよ！……まあ、女将に意地悪されるのは嬉しいけどな」

「あら、踏みつけたりしてもいいの？」

お市は木暮に嫣然と微笑む。

「いいってことよ、女将なら。思い切りやってほしいぜ！　なんなら縛ってくれても構わねえ！　ついでに蠟燭を垂ら……んぐぐ」

でれでれとする木暮の口に、お市はぜんざいを匙で掬って詰め込む。

「もう、このお茶目さん！」

そう言ってお市は、木暮の膨らんだ頬を、指で突いた。木暮は目を白黒させつつ、嬉しそうだ。

こうして甘く切なく、ちょっぴり苦しい夜は更けていく。

寒さも和らぎつつある今日この頃、お花は往来に立ち、引き札を配った。

「北紺屋町の料理屋〈はないちもんめ〉だよ！　この時季、鰻はまだまだ食べ頃、ふっくら肥って美味しいよ！〈はないちもんめ〉の鰻料理で精をつけて、残る寒さを乗り切ろう！　さあさあ、どうぞ！」

すると引き札をもらいに、老いも若きも男も女も、寄ってくる。お花はよく引き札を配っているので、顔見知りが多かった。

「おっ、今日も頑張ってるねえ」

「食べにいくわよ！　今を逃すと、鰻は夏まで食べられないものね」

「お待ちしてます！」

お花は威勢よく返事をする。お花が笑顔で配ると、引き札はあっという間になくなった。

引き札の甲斐(かい)あって、〈はないちもんめ〉は昼も夜も、鰻を食べにくる人で賑わった。

夕餉(ゆうげ)の刻に庄平がふらりと訪れると、お紋は嬉々として迎えた。

「いらっしゃい。よく来てくれたねえ」

おぼこ娘のように頬を染めるお紋を、お市とお花は微笑んで見守る。

庄平は隅の席に座り、燗酒(かんざけ)と〝鰻と牛蒡(ごぼう)の炊き込み御飯〟を頼んだ。お紋がいそいそと運ぶと、庄平は丼(どんぶり)を眺め、顔をくしゃっとさせて笑った。

「いい匂いだなあ。三つ葉も載って、彩りもいいしよ」

庄平は喉を鳴らし、早速一口頬張る。

脂が乗った鰻は、こってりと蒲焼(かばや)きにされていた。その濃厚なタレが滲(にじ)んだ御飯はふっくらと黄金色だ。牛蒡にも味が染み込み、なんとも軟らかく、香り立っている。それがすべて合わさり、三つ葉も利いて、濃厚でありながら、さっぱりとした味わいだ。

庄平は顔をさらにほころばせ、唸った。

「旨えなあ！〈はないちもんめ〉の料理はやっぱり最高だわ。こんな料理を食ってれば、俺、絶対に長生きする！　自信が湧いてくるぜ」

お紋も目尻に皺を寄せ、にっこりする。この二人は皺すらも魅力に変える、なんとも粋な爺婆だ。

「よかった。庄平ちゃんに褒めてもらえると、本当に嬉しいよ。こっちも自信が湧いてくる！　ありがとね」

「なに、本当のことを言ったまでよ、礼なんかいらねえ。こんなに脂の乗った鰻を、蒲焼きの味付けで、さっぱりと食わせるなんざ、名人芸だ。なんだか、昔以上の活気を感じるぜ、この店には」

庄平は丼を摑み、勢いよく掻っ込んでいく。そんな庄平を眺めつつ、お紋は真に嬉しそうに微笑んでいた。

——庄平ちゃんにたっぷり食べてもらいたいから、特別に丼で出してよかった

——

などと思いながら。お紋の酌をする手も、心なしか色づいていた。

ちなみにこの〝鰻と牛蒡の炊き込み御飯〟、ほかのお客には丼ではなく飯椀で出している。つまりお紋は庄平を贔屓したということだ。

鰻の匂いが満ちる〈はないちもんめ〉に、またふらりとお客が入ってきた。

「いらっしゃいませ」

お花はそのお客を見て、ぎょっとした。〈伊東屋〉の用心棒、小野田修鉄だったからだ。お紋も庄平をもてなしつつ、小野田を見やって——おや——という顔をした。

小野田は相変わらず不愛想で、お花が席に案内しても、押し黙ったままだ。

——この人、あたいのこと覚えているのかな。うちの店って知っていて来たのだろうか？　それともたまたま入っただけかな——

そんなことを考えながら、お花は酒を運んだ。それを啜りながら、小野田はぽつりと言った。

「あの時の、鶏と鰻の料理って、おかしな組み合わせだったよな」

そして小野田は、薄い唇に皮肉な笑みを浮かべる。お花は思った。

――やはり、うちの店って知っていて、食べにきたんだ――

小野田は酒を食らい、〝鰻の酒蒸し〟を頼んだ。

何か不穏なものを感じたのだろう、お市もほかのお客をもてなしながら、ちらちらと小野田の様子を窺っている。

お花が料理を運ぶと、小野田は皿を眺めて、くっくっと笑い始め、やがて莫迦笑いを響かせた。ほかのお客たちも驚いたように小野田を見やる。小野田の奇妙さに、お花も顔を強張らせた。

笑いが鎮まると、小野田は大きな口を開けて、鰻の酒蒸しを頬張った。蒲焼きを酒蒸しすると、いっそうふっくらとした味わいになる。小野田はくちゃくちゃと音を立てて食べ、酒を食らう。小野田はここに来る前から、既に呑んでいたようだ。

小野田は鰻を見つめ、唇の端を歪めて笑った。

「ところでこの鰻は、オスかい。それともメスかい？」

小野田は声を張り上げ、お花に訊ねる。お花が答えられずにいると、小野田は再び莫迦笑いをした。ほかのお客たちはぎょっとしたように肩を竦め、目九蔵も何事かと板場から出てきた。小野田は野太い声で喚いた。

「鶏と鰻を使った料理だってよ！　わはは、莫迦莫迦しいにもほどがある！　知ってるか？　鰻ってのは、成長する環境によってオスになったりメスになったりするんだぜ。成長してからオスメスが決まるんだってよ。莫迦げてるぜ、まったく！　鰻ってのは気味が悪い、本当にな」

小野田はそんなことを言いつつも、鰻の酒蒸しを貪り食う。

「まったく気味が悪い。なのに癖になる味だ、鰻は。……一度味わったら、やめられんのだ、きっとな」

小野田はにやけた笑みを浮かべ、鰻をがつがつと平らげる。その姿を、お花は息を呑んで眺めていた。

小野田は酒を鱈腹呑み、〈はないちもんめ〉を出た。夜はまだ冷える。亀島町(かめじまちよう)河岸通り(かしどおり)を歩きながら、小野田は尿意を催し、裏道に逸(そ)れて立小便をした。月には靄(もや)がかかっていて、どこからか犬の啼き声が聞こえてくる。

頭巾を被った男が近づいてきて、小野田があっと思った時にはもう遅かった。小野田は逆袈裟斬りに斬り捨てられた。無頼(ぶらい)の用心棒の、呆気ない最期(さいご)だった。

弥生に入り、権蔵の四十九日、遺言の公開日が迫ってきた。今日は三日の雛の節句だ。はないちもんめたちは店に桃の花を飾り、蛤とサザエの料理、白酒でお客をもてなした。

十一歳になりめっきり娘らしくなってきた寺子屋の寺子お鈴とお雛も、家族の皆と一緒に〈はないちもんめ〉を訪れ、雛の節句を祝った。

「この〝サザエ御飯〟、味が染みていて、ふっくらと、とても美味しいわ」

「〝蛤の潮汁（お吸い物）〟も、いいお味。さっぱりとして、蛤の味が生きているの」

二人も、雛の節句の今日はおめかしをして、澄ましている。いつもの稚児髷ではなく桃割れに髪を結い、振袖を纏って、なんともお淑やか。寺子屋の師匠の玄之助をめぐって恋敵である二人も、親の前ではさすがに派手な喧嘩は慎むようだ。

――巧く化けたもんだ――

しれっとした顔で料理を味わう二人を眺め、お花に笑いが込み上げる。

お鈴が言った。

「雛の節句にサザエや蛤を食べるのは、女として幸せになれますように、という意味があるんですって」

「貞節、つまりは女の美徳を表すんですってね。ふふ、雛の節句って、まるで私のためのお祝いみたい。同じ〝雛〟だし」

　お雛が含み笑いをすると、お鈴がぽつりと突っ込む。

「名前負けしてるって訳ね」

「ふん、負け惜しみは醜いわ」

　険悪になりそうな気配を感じ、お花は二人に甘酒を出した。

「まあまあ、せっかくそんな振袖を着せてもらってるんだから、今日ぐらいはしおらしく過ごしなよ。これでも飲んで、落ち着きな」

　白く蕩ける甘酒に、お鈴とお雛は目を奪われる。二人はそれを啜って、感嘆の息をついた。

「さっぱりした甘さで飲みやすい！」

「躰が温まっていくわ。元気が出るみたい」

「よかったねえ」と二人の親たちも目を細めている。お花は礼を言われた。

「うちの娘にいつもよくしてくださってるようで、ありがとうございます。お転婆だから、御迷惑おかけしていないかと心配なのですが」

「いいえ、そんなことありませんよ」

そう答えつつ、お花は——やはり少しは心配しているんだ——と、なんだか感慨深かった。

お市は別の席で、木暮と桂をもてなしていた。二人もサザエ御飯に舌鼓を打っていたが、どこか浮かない顔だ。

ちなみにサザエ御飯は、熱々の御飯に、薄切りにして甘辛く煮たサザエを混ぜ合わせ、絹さやを飾ったものだ。生姜の利いた汁が染みて、堪らぬ美味しさである。

「〈伊東屋〉に関わる者たちで、三人も殺られちまったな。四十九日までの間に下手人を挙げたかったのだが」

「遺言が公開されたら、もう一波乱ありそうですね」

節句の料理を堪能しながらも、忸怩たる思いが迸るのだろう。

二人は苦々しい溜息をつく。

お市はそんな二人を、優しい眼差しで見守っていた。

二

再び向嶋の寮に集められた一同の前で、遺言が公開された。預かっていた菩提(ぼだい)寺(じ)の住職が、公事師(くじし)も同席のもと、読み上げる。木暮と桂も立ち会っていた。

《地所、家作を含む身代の四分の一を、娘・由莉とその嫡子(ちゃくし)・草太郎に、四分の一を妻・澄江と養女・小夜に譲るものとする。残りのすべてを、妹・露に譲るものとする》

　そこまで読まれると、どよめきが起きた。お露……殺されたあの女髪結いは、権蔵の妹だったのだ。そしてそのことを、娘の由莉、内儀の澄江すら今まで知らなかったようで、酷く驚いていた。

　住職は続けた。

《勢、静にはそれぞれ二十両を譲るものとし、暇(いとま)を申し渡す。番頭の長兵衛には百両、ほかの使用人たちにはそれぞれ三十両を今までの礼金として譲るものとし、今後も働いてもらって構わないとする。もし相続人の誰かが死亡した場合、その分は、ほかの相続人たちで等分することとする》

草之助は、真っ青になって唇を震わせていた。彼は察したのだ。

——義父は、自分とお静とのことに気づいていて、一生、娘婿として由莉に頭が上がらないように仕向けたのだろう——

そう思うと情けないやら悔しいやらで、草之助は目に涙を滲ませた。

内儀の澄江はずっと俯いたままで、神妙な顔をしていたが、微かな笑みを浮かべたのを、木暮は見逃さなかった。

住職が読み終えると、暫しの沈黙があった。沈黙を破ったのは、お勢の甲高い笑い声だった。

「二十両、二十両だって？　それでお払い箱かい、あの狒々爺！　それしか貰えないのに、私ゃあ三年も妾奉公したってのかい、あんな老いぼれに！」

するとお静も引き攣った笑顔で、今まで誰も聞いたことがないようなドスの利いた声を出した。

「なにが萬両分限だ。ふざけんじゃないよ、助平爺が。莫迦にしやがって、畜生め」

お静の変貌に、草之助はもちろんのこと、皆、呆然とするのだった。

——これが本性なのか——と。

その夜、木暮と桂は〈はないちもんめ〉を訪れた。

「お疲れさまでした」

お市は二人に酌をし、労った。

「しかし、遺言の公開とか、ああいう場ってのは嫌だなあ。人間の醜さというか、本性が露わになってよ」

「確かにそのとおりですね。立ち会っただけで、なんだかどっと疲れました」

ぶつぶつ文句を言う二人に、お市は苦笑いだ。

「それでどうです？　もう一波乱ぐらいありそうかしら」

木暮は遺言の内容をかいつまんで話し、溜息をついた。

「お露が権蔵の妹だったってことには驚いたな。恐らく、吾作と同じく、異母兄妹だったのだろうが」

「全財産の半分を残そうとしていたのですから、お露のことは吾作よりもはるかに信頼していたと思われます」

「そのお露さんが亡くなってしまわれたのだから、その分は、由莉さん、草太郎さん、澄江さん、小夜ちゃんにいくってことよね。四分の一ずつ」

「そういうことになるな。仮にその四人のうち、また誰かが亡くなったとしたら、残りの三人で等分ということになる」

お市は考えを巡らせる。

「ねえ、お露さんって、やはり財産分与の件で殺められたのかしら？　お露さんが権蔵の妹だって、気づいていた者がいたのでは」

「うむ。それで、財産分与で面倒なことになる前に、消されちまったってのはあるだろうな。お露を殺ったのは侍だ。とすると……出会い茶屋で侍と忍び会っていた澄江が、やはり怪しい。権蔵が消え、お露が消えれば、澄江に財産が転がり込むからな。その侍と愛欲の日々を始められるという訳だ」

「共犯という訳ね。権蔵に自ら、あるいは猿か何かを使って毒を盛ったのは、澄江。お露と小野田を斬ったのはその侍。でも、小野田はどうして斬られたのかしら」

「恐らく、澄江と侍が下手人ということに気づいたからではないでしょうか。それで、もしや二人を強請るかして、返り討ちに遭った、と」

桂の意見に、木暮は大きく頷いた。

「それがしっくりくるな。家の中を探していたのは、澄江だったのかもしれねえ。探していたのは、明石藩を強請るネタだ。澄江は恐らく、権蔵からその隠し場所を聞いていなかった。あるいは強請りの計画自体を聞いていなかったかもしれねえ。だが、多分その侍から聞いていたんだ。その侍と権蔵はどこか表で繋がっていたので、悪巧み(わるだくみ)は澄江にも筒抜けだった。しかし、その侍もネタの隠し場所を知らず、密かに澄江に探させていたのだろう。……考えてみれば、内儀の澄江なら家のあちこちを見ていたって、別に不自然ではないから、怪しむ者もいない。最も探しやすい立場ということだ」

「澄江さんはもう見つけたのかしら。明石藩を強請るネタを」

「どうだろうな。見つけ出したら、その侍と一緒に、それでまた一儲け(ひともう)けする算段だろう」

木暮は忌々しい顔をする。お市は目を瞬かせた。

「大名を強請れるというならば、その侍はなかなかの大物ってことよね。後ろ盾があるのかしら」

「〈伊東屋〉が札差(ふださし)ということを考えれば、勘定(かんじょう)奉行とか金座(きんざ)の役人とかだろう」

桂が声を潜めた。

「実は勘定奉行に、疑わしき者がいるのです。その者は、逆袈裟斬りを得意としているのですが」

「まあ……」

お市は固唾を呑む。木暮は顔を顰めた。

「でもよ、勘定奉行だと、そいつが共犯と分かってても、俺たち町方じゃ捕まえられねえんだよ。澄江を引っ張ることは出来てもな」

「その疑わしき男の伯父上（おじうえ）というのは、大目付（おおめつけ）なんですよ。その伯父上の名を出せば、恐らく、大名でも震え上がってしまうでしょう。大名を監察しているのは大目付ですからね」

「なるほど……。その勘定奉行がついていれば、大名を強請ることも可能という訳ね」

お市は頷き、溜息をつく。

「大目付が伯父上となれば、もはや我々は手も足も出ねえ！　悔しいがなあ」

木暮が再び文句を言い始めると、お紋が料理を運んできた。

「まあ、そうかっかせずに、これでも召し上がってよ。〝湯葉（ゆば）の衣揚（ころもあ）げ（唐揚（からあ）げ）〟さ。お好みで、塩、もしくは山葵（わさび）醤油で、どうぞ」

皿に盛られた、キツネ色の衣揚げに、木暮と桂は目尻を垂らす。

「へえ、湯葉かあ。そういやこないだ箱根に行った時、食ったよな、湯葉丼」

「ああ、あれもよかったですねえ。こちらもまた、からっと揚がっていて、そそられます。では」

二人は早速、まずは塩を少しつけて、頬張る。衣はさくさく、中はふわっ、とろっ。湯葉の爽やかな甘みが口に広がって、二人は目を細めた。

「なんだか、仕事のことで怒っているのが阿呆らしくなるよな、こういうものを食うとよ」

「まことに。美味なるものは、偉大であります。食べる者の心を穏やかにし、幸せをもたらしてくれます」

どうやら湯葉の衣揚げは、桂を悟らせるほどの味わいのようだ。お紋は笑った。

「旦那方、今日は四十九日の集まりに立ち会ったそうだから、精進料理を出そうと思ってね」

「なるほど、よい気遣いじゃねえか。湯葉は食い応えがあるから、衣揚げにしたりすると、ちょいと獣肉風にもなるよな」

「私も思いました。むちむちとした食感で、かといって獣肉のように胃ノ腑にもたれず、さっぱりといただけます」

「塩もいいが、山葵醤油もいけるぜ。酒が進んで止まらなくなるわ」

二人は相好(そうごう)を崩しつつ、ぺろりと平らげてしまった。

次の料理は、お花が運んできた。

「〝独活(うど)のきんぴら〟だよ。春の訪れを感じつつ、召し上がれ」

木暮と桂は、香りを吸い込み、笑みを浮かべる。

「独活は香りがいいよなあ。野山の匂いだ」

「清々(すがすが)しいですよね」

箸をつけ、目を細める。

「この歯応えがなあ。しゃきしゃきしつつ、軟らかなところもあって、いいんだわ」

「皮は歯応えありますが、茎や穂先は軟らかですよね。様々な食感が混ざり合って、堪りません」

「牛蒡のきんぴらもいいけどよ、独活も旨いよなあ。牛蒡は味が一本調子だけれど、独活は皮とか茎とか、部分によって味に変化があるからな」

「きんぴらの味付けがまた合うんですよね」

二人は香りを吸い込みながら、独活を頬張る。あっという間に皿を空け、二人は酒を啜った。

「いやあ、魚や肉を使わなくても、旨い料理ってのはあるもんだなあ」

木暮はしみじみしながら店を眺め回し、お市に告げた。

「そろそろ店も仕舞いだろ？　次の料理は大皿で持ってこいや。皆で食おうぜ」

「旦那、いつもありがとうございます」

お市は丁寧に頭を下げ、嫋やかな笑みを浮かべた。

お紋とお花も呼ばれ、銘々〝車麩の天麩羅〟を摘まみながら、事件の話を続けた。ちなみにこの天麩羅、水で戻した車麩を、水気がなくなる程度に煮て、それに衣をつけて揚げたものだが、塩で食べても汁で食べても、病みつきになる味わいだ。

お花はさくさくと食べながら、木暮から今日あった遺言の発表の様子を聞き、考えを巡らせた。

「ふうん。権蔵は結構、色んなことに気づいていたんだね。妾たちが自分を裏切っていたことにも、草之助が誠実な夫ではなかったことにも」

「権蔵は自分が狙われているということも、分かっていたのですものね」

「初めは色々な人が怪しく思えたけれど、その後の展開によって、お内儀の澄江が最も疑わしくなってきたってことだね」

お市とお紋も推測する。

「うむ。澄江をしょっ引いて強引に吐かせようとも思うが、決め手になるような証拠がねえんだよな。それに澄江についているのが大物の場合、無理なことをすると、後々（のちのち）こちらが危うくなりかねないからな」

「それで手をこまねいているという訳です」

木暮と桂は暗い顔になる。そんな二人に、お市は酌をした。木暮は一口啜り、熟柿臭（じゅくしくさ）い息をつく。

「推測は色々出来るが、証拠がない。何か動きがあれば、しょっ引けるんだがな。たとえば、澄江が由莉に襲いかかるとかさ。あの二人は継母と継娘の間柄で、元々血の繋がりなどないからな。由莉が消えれば、その分、澄江はまた遺産の取り分が増えるんだ。何か企（たくら）んでもおかしくはないだろう」

お花は油のついた指を舐（な）めつつ、ぽつりと言った。

「権蔵に毒を盛ったのは、本当に澄江だったのかな」

「そう考えるのが一番妥当ってことだな」

お紋が口を挟む。

「お花さあ、あんたが言ってた猿がどうしたってのは、あれはやっぱり考え過ぎだったんじゃない？ あの時、暗くなった隙に、傍に座っていた澄江がさっと鍋に入れちまったってだけのことだったんだよ」

「火事や行灯の細工も、澄江がしたってこと？」

「そういうことになるな。隙を見て、素早く仕掛けたんだろう。テグスを結んで引っ張ったりするだけだから、誰にも気づかれず、さっさと出来たんじゃねえか」

「じゃあ、テグスを引っ張ったのは？ 宴の時、澄江はあの部屋にずっといたようだけど」

一同、考え込んでしまう。お紋が苛立ちながら言った。

「いいよ、そんな些細なこと！ 兎に角さ、捕まえることのほうが先だよ。白状させちまえばいいんだからさ。そしたらその謎だって解けるよ！」

「婆ちゃん、いい加減だなあ」

「お前が細か過ぎるんだよ。だからいつまで経っても胸がそんなに小さいんじゃないのかい？」

「どうしてあたいの胸が出てくんだよ！　この話に何の関係があるってんだ！」

いがみ合う祖母と孫に、木暮は「まあまあ」と割って入る。お市は溜息をついた。

「お花はなんだか、しっくりこないみたいね」

「うん。……なんか、引っかかるんだよな。澄江が身代目的っていうだけで、あるいは強請りのネタを自分のものにしたいってだけで、権蔵を本当に殺したのかな」

「殺すには充分な動機だと思うがな。それに澄江は権蔵を憎んでいただろうしよ」

お花は考えを巡らせる。

「色々推測しただろう？　藩の手先とか、忍びの者がいたんじゃないか、とか。でも、毒を盛ったのが澄江、強請りのネタを探していたのも澄江となると、そういう手先とか忍びの者は、いなかったってことだよね」

木暮は腕を組んだ。

「まあ、そういうことになるだろうなあ」

「じゃあ、お静が見たっていう、屛風の裏でガサガサ動いてたのは何だったんだろう」

「お静の勘違いだったんだろうよ。それにあんな女だぜ。適当に出鱈目言ったんじゃねえか、今にして思うと」

「じゃあ、小夜ちゃんが見たっていう、暗闇に光る目は？」

　天麩羅を摘まみながら、お紋が口を挟んだ。

「それも何かの見間違いだろうよ。もしくは幽霊でもいたかだ」

「じゃあ、明石藩に情報を流していた者はいなかったのかな？　権蔵が正月に箱根に行く、とか」

「お前もしつこいねえ」

　怒りそうになるお紋を、木暮は「まあまあ」と宥め、お花に答えた。

「まあ、いたかもしれん。だが、権蔵を殺した訳ではなかったんじゃねえかな。……やはり権蔵殺しは、莫大な身代を早く譲ってほしい者の仕業だったってことだ。そう見るのが、妥当だろう」

「それで一番疑わしいのが、今のところ澄江ってことなんだ」

　桂が答えた。

「二番目に殺されたのが権蔵の妹だったことによって、この一連の事件の目当ては、身代ということでほぼ確定されたと思われます」

「ふうん、そうかあ。……そんなに簡単なことだったのかなあ」

お花はぽつりと呟く。そして、あの宴に集まった者たちの顔を、一人一人思い出していった。

――あの時、料理を運んでいくたびに、権蔵はやけにニヤニヤしながら、料理と交互に、皆の顔を眺めていた。あの笑い方は、なんだかとても妙だったんだ。あの変な笑いには、何か意味があったんだろうか……――

お花は立ち上がって板場へ飛んでいき、片付けをしていた目九蔵に、勢い込んで訊ねた。

「ねえ、あの宴の献立(こんだて)を記した紙か何か、まだ残ってる？」

「へえ、残ってますわ」

几帳面(きちょうめん)な目九蔵は、料理帖(りょうりちょう)を作っており、考えた品書きなどはすべて記しているのだ。目九蔵はその料理帖を戸棚から出し、お花に渡した。

「ありがとう」

お花は笑顔で礼を述べ、それを抱えて、座敷に戻った。目九蔵の料理帖を熱心に眺めるお花を、誰もが怪訝そうに見る。

お花は、権蔵に希望された食材の組み合わせを改めて眺め、ふと思いつき、声を上げた。

「そうか！　もしやこの変わった組み合わせって、権蔵を取り巻く人間関係を表してたのかな」

皆、顔を見合わせる。お紋は目を瞬かせた。

「どういうことだい？」

「こういうことさ！　一品目の〝軍鶏〟はお勢、〝韮〟は番頭だ。強気なお勢は軍鶏に、一見青々として真っすぐだけれどクセがある番頭は韮に喩えたんだよ。そして軍鶏と韮が合わさった料理とは、お勢と番頭の関係を表している。権蔵はさりげなく伝えたかったたんじゃないかな。お前らの仲を知っているんだぞ、って。……だから権蔵は、あたいたちが料理を運んでいくたび、料理と皆の顔を交互に眺めては、ニヤニヤしていたんだよ」

お紋は思い出したように頷いた。

「ああ、そういやあの大旦那、確かにおかしな態度だったよね。そうか、料理にそんな意味を籠めていたから、食材のおかしな組み合わせになったってことか」

お市も身を乗り出す。

「すると……二品目の〝鴨〟はお静さんね。軍鶏より上品でおとなしいけれど味は一癖あるわ。〝青葱〟は若旦那の草之助さんのことかしら。一見すらりとして見栄えがいいけれど、独特の臭みとやはり癖があるわ」

料理に関することとなれば、お紋も負けじと頭を働かせる。

「三品目の〝卵〟ってのは由莉さんか。〝青葱〟が草之助さんなら、これはまあ正しい関係を表してるね。夫婦ってことで」

「四品目の〝鶏〟ってのは……内儀の澄江かな。妾二人をそれぞれ軍鶏と鴨とするなら、正妻は鶏か。母親が鶏なら、継子であっても由莉さんが卵というのも分かるね。ならば〝鰻〟は……小夜ちゃん？　小夜ちゃんは〈白蛇の娘〉だ。蛇と鰻、ぬるぬると細長いところが似てなくもないか」

お花は話しながら、ふと思い出した。

——小野田はオスとかメスとか喚いていたな。鰻は成長してからオスメスが決まるとかなんとか。……あれは何を言いたかったんだろう——

もやもやしたものが込み上げ、お花は口を噤む。お紋が続けた。

「五品目の〝鯛〟は権蔵自身のことかね。タコ坊主みたいなやつに限って自分を美化したりするもんだからね。〝鯛〟は権蔵で〝鶏〟が澄江なら、これも正しい関係だ。……でもこの食材を使った〝鯛のあら鍋〟が仇となって逝っちまったってのは皮肉なもんだね」

　お花は料理帖をじっと見つめ、言った。

「大騒ぎになってあの時出せなかった六品目の料理。〝真っ白な御飯にタコを載せて、御飯の中には海苔の佃煮を忍ばせたもの〟は、いったい誰を表していたんだろうね」

　皆、顔を見合わせる。すると目九蔵が、料理を運んできた。出すことが出来なかった幻の六品目だ。

「タコを使いましたから精進料理ではなくなってしまいましたが、味わってみてください」

　仄かに桜色のタコの薄切りが載った熱々の御飯に、皆の目が潤む。椀を持ち、早速頬張った。

「タコを煮た汁が御飯に仄かに染みて、美味しいわあ」

　お市は思わず声を上げる。一同、大きく頷き、言葉も忘れて味わう。うっとりしながらタコを嚙み締め、御飯を食べ進めると、やがて海苔の佃煮に到達する。

味わいが途中でがらりと変わり、一品で二つの味が楽しめて、それがまたよい。

あっという間に平らげ、満足げな息をついた。

「食べるのに夢中で、推測が中断しちまったな」

「腹が減ってはなんとやら。しっかり食べないと、頭も働かないさ」

お花はお腹をさすり、お紋は首を傾げる。

「どういうことなんだろうね。ほかほかの白い御飯の中に、海苔の佃煮って。味はいいけれど腹黒いってことかい？　いったい誰のことだろう」

「秘密を隠し持っている、とか？　もしやこの料理が指し示す人が、下手人なのかもしれないよ。権蔵は気づいていたんだよ、何もかも。自分を狙っている、真に腹黒い者のことも。儂はお前らのことをすべて分かっているんだ、そういう思いで、にやけていたんだ」

木暮は顎をさすった。

「ってことは、軍鶏や鴨や鶏、青葱や韮や卵、鰻などで表した者たちとは、別の誰かってことか？」

「そうなんじゃないかな。これだけちょっと変わった表現だし」

お茶を運んできた目九蔵が口を挟んだ。

「タコも海苔も、明石でよう獲れますわ」

お花は身を乗り出した。

「そうか！　この料理が指し示しているのは、明石藩の手先なんだよ。藩の差し金で、藩にとって大切な何かを探していた人で、かつ権蔵を殺めた人なんだ、きっと。権蔵は、その人が手先だと気づいてたんだ。気づかないようなふりをしていたかもしれないけれど」

「お前はどうしても、権蔵は身代目的で殺されたのではないというんだね」

お紋に問われ、お花は力強く頷いた。

「うん、あたいはそう思う。そのほうがしっくりくるんだ、あたいは」

皆、顔を見合わせる。木暮は眉根を寄せた。

「七品目の〝甘味、材料はなんでもいい〟というのは、それ以外の毒にも薬にもならぬ者たちということだろうな。さて、六品目は誰のことだろう」

お紋が意見する。

「もしや、小野田って用心棒だったのかね。忠実そうに見えて、実は腹黒かったんだ。権蔵を殺っちまったのでもう用がなくなり、藩に消されちまったとか？」

お市は首を傾げた。

「でも……あの用心棒は、〝真っ白な御飯にタコの薄切り〟って柄ではなかったわよね」

お花は暫し黙って考えていたが、小さく呟いた。

「ああ、真っ白な御飯にタコか……分かったような気がする。あの人か」

お市は不安げに、木暮に言った。

「ねえ、また誰か危ない目に遭うかもしれないわ」

「ああ、百も承知で、忠吾と坪八に見張らせているから大丈夫だ。二人に頼んで、下っ引きも数名つけている。何か異変があったら飛び込んでいくだろう」

お紋は腕を組む。

「その、真っ白な御飯にタコって人は、藩を強請るネタを、まだ探し出せていないのかね。いったいどこに何を隠しているっていうんだろう」

お花はふと、箱根の宿で、権蔵が喚いていたことを思い出した。権蔵はあの時、金柑の甘露煮に文句をつけていた。

――桃を出せ！　桃はいいぞ。桃太郎だって桃から生まれて、鬼退治に行って、自分を育ててくれた爺さん婆さんに財宝を持って帰ったんだ。桃の中には、金の生る木が入っているんだ！　桃だ、桃を出せ！　わはは……。

お花は唾を呑み込んだ。

「ねえ……小夜ちゃんの髪型って、あれ〝桃割れ〟だよね。あの桃割れをいつも結わせていたのが、権蔵が信用出来る実の妹だったんだよね」

皆、顔を見合わせる。木暮と桂は立ち上がった。その時、お紋が叫んだ。

「あっ！　小夜ちゃんって、あの子、もしや……」

第五話　めでたや桜饂飩（さくらうどん）

一

その頃、御蔵前の〈伊東屋〉では、奥の閨で、澄江が小夜の髪を優しく撫でていた。

「小夜の髪は、本当に綺麗ね。柔らかくて細くて、濡れているように艶やかで、真っ黒」

澄江の指が、小夜の華奢なうなじに触れる。

「お母様……いや……くすぐったい」

小夜は白い頬をほんのり染めて、恥じらった。

「まあ、可愛いお声を出して」

澄江は小夜に微笑みかけ、そっと抱き締める。

「お母様……いい匂い……」

小夜は澄江の胸に顔を埋め、頬擦りする。

すると障子戸の向こうから、下女のお浅の声が聞こえた。

「夜分遅く申し訳ございません。いつものようにお水を用意しておきました」

「ありがとう。お疲れさま。ゆっくり休んでちょうだい」

「はい、おやすみなさいませ」

お浅は障子戸の向こうで丁寧（ていねい）に一礼し、速（すみ）やかに下がった。

澄江は戸を開けて盆を中に入れ、湯飲みに注（つ）がれた水を、小夜に口移しで飲ませた。

「美味（おい）しい……」

うっとりとする小夜の唇（くちびる）をそっと指で撫でて、澄江は囁（ささや）いた。

「いいのよ。私と二人きりの時は、無理して声を作らなくても。〝声変わり〟の時期なんですもの」

「はい、お母様」

澄江は再び水を口移しで飲ませ、二人は抱き締め合ったまま、床へともつれ込んだ。

四半刻（しはんとき）後。二人はぐっすりと眠り込んでいた。障子戸に何者かの影が映っても、まったく気づかない。

何者かは戸をすっと開け、閨に忍び込んだ。手には剃刀（かみそり）を持っている。

その者は二人に忍び寄り、小夜に向かって剃刀を振り翳した。

その時、忠吾と坪八が飛び込み、その者を押さえつけた。闇の中で木暮が叫ぶ。

「手ぬぐいを嚙ませろ、舌を嚙ませるな！」

桂が翳した提灯に照らし出された怪しき者の顔は……下女のお浅だった。

こうしてお浅は縛られた。しかし、強情でなかなか口を割らない。そこで木暮と桂が、今まで調べたこと、内儀の澄江を聴取して分かったことを話して聞かせながら、確認を取った。

「お浅、お前さんは明石藩に遣わされた、いわゆる隠密だな？　権蔵が隠し持っていた、藩主を強請るネタになるものを、探し出すために。お前さんは旗本の紹介で奉公にきたという話だが、その旗本と藩主が知り合いであれば、その伝手で経歴を巧く偽装して、下女として潜り込むことも可能だ。旗本の相沢重三郎を調べてみたところ、藩主の松平越前守と昌平坂学問所で同時期に学んでいたことが分かった。その頃から見知っていたのだろう」

お浅は顔を伏せ、身動き一つせずに、木暮の話を聞いている。

「恐らくお前さんは、動物、特に猿を扱うのが上手だったんじゃねえか？　隠密は、それぞれ、得意技を持っているものな。小猿を操って、権蔵を殺めたのだろう？　隙を見てお前さんがテグスなどの仕掛けをして、合図を送って、小猿に引っ張らせたり、毒を投げ込ませたりした。……そういうことじゃねえのかい？　あの寮をもう一度、目を皿にして隈なく探ってみたら、床下や廊下の隅から、黒く硬い毛を見つけたぜ。調べに回したら、猿のそれだと確認された」

　お浅は唇を噛み締め、ひたすら俯いている。木暮は息をついた。

「お前さんは、強請りのネタを必死で探したが、なかなか見つけられなかった。そうこうするうち藩のお姫さんのお輿入れが近づいてきて、切羽詰まった。そこで、ネタが見つからないのなら先に、権蔵だけでもどうしても始末しておきたかったという訳だろう。それに加えて、恐らくお前さんは、権蔵がお前さんの正体に気づいていると悟ったんじゃねえのか？　あるいは権蔵に、それとなく言われたか。お前さんはきっと、強請りのネタを取り戻したいだけで、権蔵を殺めたくはなかっただろう。しかし権蔵が気づいてしまったなら、話は違ってくる。そうなれば殺るか、殺られるかだ。権蔵が小野田に命じれば、すぐさまお前さんは斬られちまうだろうからな。それでお前さんは、ネタを見つけるより先に、権蔵を片付けることにしたんだ」

　お浅の額には汗が滲んでいた。

「だが、権蔵殺しは、意外と実行しにくかったのだろう。権蔵の傍にはいつも小野田がいるし、店の使用人たちも出入りしているし、下男や下女もいる。おまけに権蔵は御蔵前の家と向嶋の寮を気まぐれに行き来していて、居場所が掴みにくかった。つまりは、あの宴の時というのが、最もよい機会だったんだろう。権蔵の居場所が定まっていたし、お前さんの得意な猿を操ることも出来たしな」

　お浅は頷くこともなければ否定することもなく、ただ黙って聞いている。木暮は溜息をつき、続けた。

「……では、権蔵はどうやってその藩が秘密にしておきたいものを手に入れたのか。それが、恐らく、骨董だったのだろう。流れ流れて権蔵の手に渡った骨董、恐らくは壺、あるいはからくり箱のようなものの中に、それは偶然入っていたという訳だ。……お前さんが熱心に探していたのは、これだろう」

　木暮は、手に入れた〝明石藩が秘密にしたい文書〟を、お浅に突き出した。

「権蔵は強請りに使うこの大切な手紙を、小夜の髪の中に隠していたんだ。小さく畳んで、和紙に包んでな。小夜の桃割れ髪を解かせてもらって、分かったよ。

白蛇の娘……金の生る木に、強請りの決め手を隠していたって訳だ。権蔵らしい思いつきだな」

　木暮は苦い笑みを浮かべ、続ける。

「そのことにようやく気づいたお前さんは、小夜と澄江を薬で眠らせ、忍んでいき、剃刀で小夜の髪を切ろうとしたんだろう」

　お浅は唇を嚙み締め、項垂れている。明るい笑顔を見せていたお浅とは別人のようで、木暮はやるせない。

　藩が秘密にしておきたかったもの。それは、明石藩主の娘である実乃里姫が、小松金十郎という若侍へあてて書いた、熱烈な恋文だった。その手紙だけでは詳細は分からないものの、二人の仲がただならぬ関係だったことは窺い知れる。金十郎は明石藩の上屋敷に勤める若党だったがゆえ、許されぬ過ちということになるだろう。

　木暮は言った。

「この文面から察するに、実乃里というお姫さんは、なかなかお転婆のようだな。若き日の、燃えるような思いの丈ってやつを、素直に綴っている。これを書いたのが町娘っていうならお笑い種で済むが、大名家の姫ならばそういう訳にはいくめえ。明るみに出ればお輿入れは台無しになるだろう。本人は無邪気に書いちまったんだろうがな。八万石の明石藩なら十五万石の姫路藩へ嫁（とつ）がせるのは、申し分ないだろう。それを台無しにする訳にはいかねえ。お前さんたちが必死になったのも分かるぜ。恐らく小松って侍は、お姫さんに本気で惚（ほ）れられて、その熱い気持ちに戸惑（とまど）いながらもやはり嬉しくて、見つかったら危ないと分かりつつこの恋文を捨てることが出来なかったんじゃねえかな。それで壺の奥に隠しておいた。ところがその壺が何かの拍子（ひょうし）に流出し、辿（たど）り着（つ）いたのは運悪く権蔵の手中。それがこの事件の発端（ほったん）だったんだ」

　木暮は澄江を取り調べ、真相を聞き出していた。小松金十郎は恋文を壺の中に隠していたが、落馬が原因で急死してしまったという。姫の婚礼が正式に決まったことも遠因としてあったと思われた。やはり動揺を隠し切れず、眠れぬ日々が続いて、うっかり落馬してしまったようだ。

　恋文は小さく折り畳んで壺の底に押し込んであった。その壺にはからくりがあって、底が二重になっていた。金十郎は恋文をそこに挟んであったゆえ、遺品を整理する際に誰も気づかなかった。壺はなかなか高価なもので、懐（ふところ）が侘（わび）しかった金十郎の弟が黙って売ってしまったのだ。

そして壺は、骨董収集が趣味の権蔵のもとへと渡ってしまった。骨董に詳しい権蔵は、底のからくりにすぐ気づき、恋文を見つけたという訳だ。

明石藩の内情を知った権蔵は、その秘密の恋文をネタに、強請り始めた。

「白を切ると仰るなら、お相手の姫路藩にお頼みして、姫様の筆跡の鑑定をしてもらいましょうか」

権蔵はそのように脅かしたという。

権蔵の裏についているのは、勘定奉行の岩舘謙之助だった。そして岩舘の伯父は、大目付である。権蔵は岩舘だけでなく、その伯父の名前まで出して、明石藩主を怖がらせたのだ。譜代大名であればこそ、体裁を気にして狼狽えてしまったという訳だ。この強請りの一件は、権蔵、岩舘しか知らなかった。

しかし岩舘は澄江と密かに通じ合っていたので、澄江も薄々知ってはいた。

権蔵は恋文の隠し場所については、岩舘にも決して話していなかった。権蔵が心から信頼出来た者は、結局、妹のお露だけだったのだろう。

お露は先代の権之助の妾の子で、権蔵とは異母兄妹ということになる。お露は一度嫁にいったが出戻り、それからは髪結いをしながらひっそりと暮らしていた。口が堅く、黙々と働くお露を、権蔵が最も信用していたことは、遺言書の内容からも窺える。

それゆえ大切なネタである恋文の在処(ありか)はお露にしか告げず、誰も気づかぬ隠し場所として、小夜の桃割れ髪の中に忍ばせた。権蔵が、小夜の髪をお露にしか結わせなかったのは、このような訳だった。

お露は、小夜に言い聞かせていたという。

――御髪(おぐし)が崩れてしまいますから、決して御自分で乱暴に触れてはいけませんよ。

木暮は小夜にも話を聞いたが、小夜自身、多少の違和感を覚えつつ、自分の髪の中にまさかそのようなものが隠されているとは夢にも思わなかったという。

権蔵が死に、恋文の在処を知らされていなかった澄江と岩舘は、どうしてもそれを探し出したかった。その恋文さえあれば、藩を相手に強請り続けることが出来ると踏んだからだ。もし明石藩が渋ってきたら、輿入れ先の姫路藩に矛先(ほこさき)を向けることも出来るのでは、と。澄江は、藩を強請るのは危険過ぎるように思い、正直気が引けたが、岩舘に巧く言い包(くる)められていたようだ。身代(しんだい)の大方は草之助に渡るだろうから、藩からなるべく多く頂戴したほうがいいと、岩舘は澄江をそそのかしたという。

だが……どうしても見つからない。まさか小夜の桃割れ髪の中に忍ばせてあるとは、澄江ですら、なかなか気づかなかった。

そんな折、澄江はふと、お露について気になり始めた。権蔵が亡くなってから、お露の様子がどうもおかしかったからだ。

――主人はやけにこの女を贔屓(ひいき)にしていたが、いったいどのような者なのだろう――

お露の正体が気になり始めたのだ。

そこで岩舘に相談すると、岩舘は手下を使ってお露の身元を探った。そして正体が分かったという訳だ。お露が権蔵の妹であると知り、澄江は驚いた。

――妹ならば、恋文の隠し場所を知っているかもしれない――

岩舘と澄江は考えた。そして岩舘はお露を待ち伏せし、迫った。

――お前は手紙の在処を知っているのではないか。正直に教えろ――

だが、お露は頑(がん)として「存じません」で押し通した。

そこで、岩舘は決断した。

――権蔵と血の繋(つな)がった者で、家にも出入りさせていたのなら、消しておいたほうがいいかもしれん。後々(のちのち)、相続などで、面倒なことになりかねないからな――

そして岩舘はお露を斬り捨てた。

死体の始末は手下がした。重石(おもし)を括(くく)り付けて川に沈ませたが、割とすぐに浮き上がってしまい、顔は判別出来るほどの崩れ方だった。

こうして、小夜の髪は澄江が結うことになったが、中から手紙が現れた時、澄江は腰が抜けるほどに驚いたという。と同時に、なんとよい隠し場所なのだろう、とも思った。そこで澄江は、今までと同じように、小夜の髪の中に手紙を隠し続けることにした。この隠し場所のことは、岩舘にもまだ秘めていたという。

権蔵を殺めたのは、お浅であったが、お露を殺めたのは岩舘だった。

では、用心棒、小野田修鉄を殺めたのは誰であろうか？　またなにゆえに？

小野田が殺められたのは、この萬両分限(まんりょうぶげん)の家に宿る秘密を知ってしまったからだった。

その秘密とは、娘として育てられていた小夜が実は〝息子〟、つまり男であり、それゆえに養母の澄江はいっそう溺愛(できあい)し、いつしか密かに通じ合う仲になっていたということだった。

なぜ小夜が娘として育てられたか。それは〈白蛇の娘〉の言い伝えを、権蔵が無闇に信じたがためだ。

権蔵は確かに十五年前、箱根の温泉宿の近く、大きな杉の木の下で、白蛇に包まれた赤子を拾った。

――この子を育てれば、いっそう金持ちになれるって訳だ。萬両分限を手に入れたも同然だ。

権蔵は大喜びした。

……しかし、言い伝えと一つ違っていたのは、捨てられていたのは女の子ではなく男の子だったということだ。

それが唯一引っかかったが、権蔵は赤子を連れて帰り、育てることに決めた。〈白蛇の娘〉の言い伝えは根強く残っているが、そう簡単に、白蛇に包まれた捨て子に遭遇するということはない。万に一つの確率であろう。

権蔵は考えた。拾ったのは男の子であるが、ここはひとつ、言い伝えに則って、娘として育てればよいのではないかと。

幸い、赤子は小さく、骨も細く、気をつけて育てれば、娘でも通用するように思われた。

金の亡者である権蔵は、赤子の行く末を案ずるよりも、〈白蛇の娘〉の言い伝えに則り、いわば験を担ぐつもりで育て始めたのだ。

権蔵にとっては、人を育てるというよりは、金の生る木を育てるという目論見だったに違いあるまい。

娘として育てられた小夜は、病弱であったが、色白で華奢で淑やかで、娘以上に娘らしく、あたかも人形のように美しく成長した。

小夜が男であることを知っていたのは、前妻亡き後は権蔵と澄江のみで、誰の目をも欺いていた。……だが、十五になり、少しずつ声変わりが始まって、喉仏も目立つようになってきた。

それゆえ「風邪がなかなか治らない」などと理由をつけ、澄江はこの頃、小夜を引っ込ませておいたのだった。

お紋が語ったことによると、寮の廊下で倒れた小夜を抱き起こした時、何か得体のしれぬ違和感を覚えたという。

「後になってみれば、やっぱり女の子の骨格ではなかったんだね。なんとなく、変な感じがしたんだ。華奢というより、ごつごつしていたんだよね、意外にも。あの時、お内儀が小夜ちゃんを、私から奪い返すように引き離したのは、そういうことに気づいてほしくなかったからかもしれないね」と。

澄江が家に来て小夜と一緒に暮らすようになったのは五年前だが、当時はその愛らしさにひたすらうっとりとして、性別など関係なく、慈しんだという。

その後、澄江は流産したり、権蔵の横暴で妾と一緒に住まわせられたりと、心身ともに疲弊してしまった。やりきれなくて、泣き濡れる日々が続いた。

その澄江の背を、小夜は「お母様、泣かないで」と、そっとさすって慰めてくれた。小夜のそのような優しさが、傷ついた澄江を励ましてくれたという。

小夜を溺愛することが澄江の生き甲斐となり、澄江の小夜に対する思いは、やがて、子供へのそれではなく、異性へ向けるものとなっていった。

そして、ある時、ついに超えてしまったのだ。養母と養子の関係を――。

取り調べの時、澄江は木暮に正直な思いを語った。

――私は〈白蛇の息子〉に取り憑かれてしまったのかもしれません。

澄江は岩舘とも通じ合っていたが、岩舘とは、いわば悪巧みを共にするような仲で、そのついでに色欲がついているようなものであったという。

だが、小夜との仲はあくまで純粋なものと澄江は思っており、二人の秘密の暮らしを永く続けるためにも、多くの金子が必要だと考えていた。

そして小野田はその〈白蛇の息子〉の秘密を知ってしまい、澄江を強請ったという。澄江に相談された岩舘によって、小野田は始末されたという訳だ。もちろん、澄江は岩舘に、小夜との関係を正直に話した訳ではない。

――あなたとの仲を知られてしまい、強請ってきたので、小野田を消してほしい。

澄江は岩舘にそう頼んだという。

遺言が公開され、予想以上に遺産が手に入ることが分かると、澄江は藩を相手の強請りなどには興味を失ってしまった。だが、岩舘にはその気持ちを正直には告げなかった。裏切者と思われ、手討ちにされるかもしれないと危惧(きぐ)したからだ。

それゆえ小夜の髪の中から手紙が現れても、岩舘には、まだ見つからないと白(しら)を切り続けた。

澄江は岩舘の目を晦(くら)まし、そのうち遺産を持って、小夜と一緒にどこか遠いところへ逃げ、二人で新しい人生を始めることを思い描いていたという。

だが……それも叶わぬ夢となってしまった。

小野田が〈はないちもんめ〉を訪れた時、鰻を食べてオスメス云々と喚いていたのは、小夜のことを暗喩したのだろう。

お花たちが推測したとおり、権蔵が希望した品書きは、〈伊東屋〉に蠢く、爛れた人間関係を暗示していたのだ。

権蔵はすべて知っていたのだろう。また、己の強欲さも充分に承知していたに違いない。

――儂がこのような人間だから、ロクでもない者しか集まってこないのかもしれんな――

権蔵はそんな自虐めいたことを考えつつ、皆のふしだらさや謀を一段高いところから眺め、ニヤニヤと嘲笑っていたに違いない。

爛れた人間関係を宴の品書きに託したというのは、大した余興でもあるだろう。

――俺は知ってたんだぞ、お前らのことを。まあ、こんな俺に長い間付き合ってくれたのは確かに御苦労だった――

権蔵には、そのような思いがあったかもしれない。

番頭や娘婿のことを知っていながらも、遺言に「引き続き働いてくれて構わない」と記したのは、これから先も店をやっていくには彼らの力が必要だと分かっていたからだろう。

妾たちはお払い箱にしたが、小夜との仲を知りつつも澄江には充分な財産を残そうとした。権蔵は澄江に対して、心のどこかで、苦労をかけたな、という思いがあったのかもしれない。

澄江もそのことは気づいていたようで、木暮に語った。

「私は主人を正直、憎んでいました。傲慢で、色好みで、意地汚くて、とんでもない男でしたから。……でも、不思議なことに、殺してやりたいと思ったことはなかったんです。信じてもらえないかもしれませんが、本当に。……それはどうしてかといいますと、私は気づいていたからです。主人が時折、無性に寂しげな顔を見せることに。この人はいくら金があっても、何もかもを手に入れても、誰も信じられず、寂しい人なのだと思っていました。現に私にだって、裏切られていたのですから。だからでしょうか、主人のことを憎んではいても、憎みきることは出来なかったのです」

そして澄江は、初めて涙をこぼしたのだった。

身内の中に蠢くふしだらな関係を料理の品書きで表そうとしたのは権蔵の悪趣

味であるが、そのいずれをもすこぶる美味な料理に仕立てた目九蔵は、やはりさすがの料理人ということだろう。

お浅は牢の中で、舌を噛んで死を遂げた。何も喋ることなく、隠密としての勤めを立派に果たしたという訳であった。

澄江は遠島となった。直接手を染めることはなかったが、間接的にでも、死者を二名出したということで、罪を免れなかった。

番頭の長兵衛と、娘婿の草之助はお叱りを受けたが、それのみで済んだ。事件が一段落し、二人は誓った。

――心を入れ替え、皆で力を合わせて店を守り立てて頑張って参ります。

お勢とお静はさんざん悪態をつき、ぷりぷり怒りながら出ていった。

「なに、あれぐらい元気がよけりゃ、またすぐにどこかの狒々爺を引っかけるだろうよ。心配はいらねえ、二人とも」

と木暮は苦笑した。ほかの者たちはこれまでどおり淡々と働いている。板前の磯次はお浅のことで暫く気落ちしていたようだが、思いを振り払うが如く、いっそう料理に打ち込み始めたという。

小夜は寺へ引き取られることになった。美しい髪を剃り落とし、寺小僧の姿になった小夜を見て、木暮は目を瞠った。

「なかなか凛々しいじゃねえか」

和尚は言った。

「まずは躰を鍛え、少しずつ、普通の男子に戻していってあげたいと思います。新しい名前は小庵です」

「やっぱりそういう姿のほうがいいぜ」

木暮が言うと、小夜改め小庵は照れ臭そうに微笑んだ。小庵は庭を箒で掃き、桜の花びらを集めている。

木暮は、小庵に訊ねた。

「箱根の宿に泊まった時、お前さん、朝早くに白襦袢に羽織の姿で、雪の中をうろうろしていたんだってな。いったい何をしてたんだい？」

小庵は答えた。

「ただの散歩です。……といいますか、自分が捨てられていた場所を見たくて、明け方にそっと抜け出したんです。いつも養母がつきっきりで息苦しさを感じることもありましたから。あんなふうに、雪の中を自由に歩いてみたかったんです。雪と戯れながら」

木暮は微笑んだ。

「これからは息苦しいことも減ってくると思うぜ」

「はい。丈夫になれますよう精進します」

小庵は箒を持つ手を休めず、はきはきと答えた。

木暮は、常盤橋御門近くの明石藩の藩邸に赴き、恋文を返した。家老は礼を述べ、町方役人の木暮に、丁寧に頭を下げた。

お転婆な姫君の若き日の情熱が、幾人もの大人たちを振り回したということであった。

二

弥生も半ばを過ぎ、めっきり暖かくなってきた。事件はひとまず落着し、木暮たちは〈はないちもんめ〉で寛いだ。お市は笑顔で料理と酒を運ぶ。でも男四人、どこか浮かない顔だ。お市は励ますように元気よく言った。

「まずは〝人参と春菊の白和え〟です。皆様、お疲れさまでした。たっぷり召し上がれ」

小鉢に入った白和えからは、春の香りと彩りが感じられる。一口味わい、男たちは目を細めた。

「人参の甘みと春菊のほろ苦さが、まろやかな豆腐と溶け合って、なんとも穏やかな味だ」

「胃ノ腑に優しいですね。口の中で蕩けて、するっと喉を通ります」

「こういう料理を食べやすと、なんだか上品になったような気がしやすぜ」

「白胡麻も利いてますぅ。薄味ですがまったく飽きまへん。京の香りを感じる一品ですぅ」

いつもは貪るように食べる四人だが、風流な白和えなどは、酒を啜りつつゆっくり味わう。

「春菊は少々癖があるが、旨いよなあ」

「きりっとした味わいで、酒に合いますよね。歯応えもいいですし」

春菊が好評のところへ、お紋が次の料理を運んできた。

「お待ちどお。〝焼き鰆の春菊添え〟だよ」

醤油、味醂、酒を合わせたタレを絡めながら焼いた鰆の匂いに、男たちは喉を鳴らした。春菊にもタレが滲んで、艶々と誘っている。四人は早速頬張り、顔をほころばせる。木暮は思わず声を上げた。

「脂の乗った鰆ってのは、くーっ、旨えよなあ！」

「まことに。鰆自体、味が濃厚ですが、このタレが染み込んで、いっそう味わい深い」

「春菊も一緒に食いやすと、さらにいいですぜ！　こってりの鰆と、さっぱりの春菊が、口の中で溶け合って絶品ですや」

「わて、鰆って滅茶好きですぅ。食うたびにこないに旨い魚ってあるもんやと、感激しますぅ。この鰆は饂飩粉塗して焼いてまっしゃろ？　だからいっそう芳ばしくて、堪らないですぅ」

四人は今度は豪快に、あっという間に平らげてしまった。お市に注いでもらった酒を啜って、息をつく。

「鰆と春菊って合うもんだなあ」

お市は微笑んだ。

「春菊って結構、何にでも合わせやすいんです。今の味付けで、春菊だけ御飯に載せて食べてもいけますよ」

「あ、あっし、それ食いたかったですぜ！」

「親分なら丼三杯ぐらいはいけるちゃいまっか？」

「莫迦言え！　あっしなら五杯は軽いぜ！」

そんなことを言って笑っていると、お紋が再び料理を持ってきた。

「御飯がほしくなった頃だろ？　〝椎茸の握り寿司、蕪の漬物付き〟だよ。ちょっと変わった握り寿司をどうぞ」

男たちは目を瞬かせ、椎茸が種の握り寿司を眺めた。酒、味醂、醬油で煮染めた椎茸が、酢飯の上にふっくらと載っている。それを摘まんで頰張り、四人は目を見開いた。

「おっ、これはなかなか」

「思ったよりもずっといけます」

「なんだかこうして食いやすと、椎茸が貝にも似た食感と味わいになりやすぜ」

「味の染みた甘辛い椎茸に、山葵がまた合いますぅ。酢飯も合いますぅ。この三つが合わさると、驚きの旨さですぅ」

予想外の味わいに、男たちは椎茸握りをがつがつと食む。ちなみに握り寿司に山葵が使われるようになったのは、この文政年間である。

「本当だ。椎茸、酢飯、山葵、この三つが絶妙に合ってるぜ」

「止まらなくなりますね」

一皿ぺろりと平らげ、口々にお代わりを頼む。再びお紋が運んできて、食欲旺盛な男たちを眺めて笑みを浮かべた。

「よかったよ。皆さん気分が晴れたみたいで」

木暮一同、苦笑しつつも食べる手は止まらない。

「浮かない顔をしていたってのか、我々は」

「勘定奉行の岩舘が黒幕だったのに、捕まえられないのがねえ。すっきりしないっていうか、悔しいよねえ」

お紋は溜息をつく。事件が一段落したというものの、そのことが誰の胸にも引っかかっているのだ。

「仕方ねえよ、相手が勘定奉行なら、町方の出る幕はねえや」

「下手なことをしたら、こちらの首が飛びますからね」

木暮と桂は顔を顰める。忠吾と坪八も神妙な面持ちだ。するとお花が顔を出し、訊ねた。

「結局、下手人はお浅と澄江ってことになったの？　岩舘はどうなるの？」

木暮はいっそう顔を曇らせた。

「うむ。……有耶無耶になっちまうだろうな。上役はそうしたいみたいだ。お浅のこともなかったことにして、権蔵とお露を殺ったのが小野田で、小野田は辻斬りに殺られたというふうにな。澄江は岩舘様とではなく小野田と通じ合っていたということにされて、遠島になったからな」

お花は目を剝き、憤った。

「そんな……澄江は包み隠さず話したのに、真相ってそこまで作り変えちまえるものなの？　何の罪もないお露を斬り捨てたのは岩舘なのに。逆袈裟斬りの斬り方っていう、証拠もあるのに！」

「お花、そんなに怒るなよ。俺だって悔しいんだ。……でも、仕方がねえんだよ。小野田の仕業だったことにするのが、確かに都合はいいからな。御公儀にも明石藩にも傷がつかずに済むんだ」

「……不公平だと、あっしも思いやす。悔しいです、あっしだって」

「わてもですわ。でも、わての力ではどうにも出来まへん。……力がある人いうのは、ホンマに守られてる思いますわ」

「そういう方々には、だからこそ、正しい政をしてほしいのですがね」

それぞれ忸怩たる思いがあるのだろう、木暮たちは沈んだ顔になってしまう。

お市は皆に酌をしながら、優しい笑顔で言った。

「全部が全部上手くいかないのが人生ってものではありませんか？　事件はひとまず落ち着いたのだから、よかったわ。それに……私、思うの。悪いことをしている人というのは、いくら偉くても、力があっても、いつか罰を受ける時が必ずくる、って。天罰って言葉があるじゃない。だから、今回は有耶無耶にされてしまうかもしれないけれど、いつかきっと、別の誰かが罰してくれるはずよ。そう信じているの、私は」

皆、俯き、押し黙っている。

「そうだね……私も信じているよ」

お紋が娘に同調すると、ほかの者たちも頷いた。そこへ目九蔵が料理を運んできた。

「まあ色々ありますが、これでも召し上がって、和んでください」

椀の中には、飴色の餡がたっぷりかかった〝みたらし団子〟が入っている。なんとも懐かしいような色合いに癒やされ、皆の顔に笑みが戻った。匙で掬って頬張り、男たちは目尻を垂らす。

「この甘過ぎず、でも甘いってのが、みたらし団子のいいところだな。人生もそうであってほしいぜ」

「この団子、軟(やわ)らかいですねえ。ふわふわです」

目九蔵はにっこりした。

「へえ、上新粉(じょうしんこ)に豆腐を混ぜてますさかい、口当たりがええちゃうかと」

「豆腐を混ぜると、こんなにふっくらするんですかい？　この味、食感、和みやすわ」

「この餡、黒糖(こくとう)も使ってますぅ？　コクがあって、団子にまったり絡んで、もう感激ですぅ。世知辛(せちがら)い世のことなど忘れますぅ」

相好(そうごう)を崩してみたらし団子を貪る木暮たちを見ながら、お市は安心した。

――不平や不満をこぼしつつも、こんなに幸せそうな顔で食べられるんですもの。やっぱり皆さん逞(たくま)しいんだわ――

木暮が言ったように、岩舘には何のお咎(とが)めもなく、その辺りは有耶無耶にされてしまうようだった。

ただお花はやはりどうしても諦めきれず、本を返しにいった時、幽斎に相談をしてみた。事件の顚末をすべて話し、真剣な面持ちで助言を仰いだ。

「悔しいから、どうにかして勘定奉行に仕返し出来ないでしょうか」

幽斎は大きく息をついたが、何も答えない。お花は続けた。

「おっ母さんと婆ちゃんとも話していたんです。木暮の旦那たちは逃げ腰だから、だったらうちらだけでやっつけてやろうか、って。おっ母さんも婆ちゃんも、あたしも、悪い奴はいつか誰かが罰してくれるって信じているけれど、いくら待ってもなかなか現れてくれないこともありますから。それなら、あたしたちがやってやろう、って。……あ、もちろん今回も先生にお手伝いいただきたいなんて、そんな大それたことはまったく考えてません！　やるなら、自分たちだけでやります。だから、お知恵だけでも貸していただけませんか」

お花は「お願いします」と、幽斎に深々と頭を下げる。幽斎はようやく声を出した。

「勘定奉行が相手なら、早まらないほうがよいと思います。もし捕まえられてしまったら、死罪は免れない。もしくはその場で斬り捨てられてしまうでしょう。話を伺うに、その奉行は腕がとても立つようですし、供の者も従えているでしょう。太刀打ち出来ないと思います。悪いことは申しません。そんな無謀な真似はおやめなさい」

幽斎に見つめられ、お花は項垂れる。

「はい……やめておきます」

お花は素直に頷いた。幽斎が心配してくれていることが、分かったからだ。しかし……やはりお花は納得出来ない。口ではやめると言ったものの、心の中では岩舘を成敗したい気持ちが熱く滾っているのだ。

幽斎は、唇を尖らせているお花を、じっと眺める。

――この娘のことだから、分かったようなことを言いつつも、諦められないのだろう――

とでも思ったのだろうか、幽斎はぽつりと言った。

「それほど成敗なさりたいのなら、知恵を貸して差し上げてもよろしいですが」

「ええっ、本当ですか！」

お花は顔をぱっと明るくして、飛びつくように身を乗り出す。そんなお花に、幽斎は――やはり――と苦笑いだ。

幽斎はお花に教えていった。

「まず、お花さんは武器であるまな板を、お母様は菜箸を、よく磨いてください。そしてお祖母様は、目潰しの七味唐辛子がもっと強力になりますよう、色々混ぜ合わせていただいて」云々。

お花は真剣な面持ちで聞き、大切なことは紙に書き込んだ。そして幽斎は「決行の日時」を占いによって決めた。

「明後日の四つ（午後十時）が決行の刻です。吉相が出ておりますので、この日時を守れば、必ず相手を倒すことが出来ます。いいですか、明後日の四つですよ。それを守らなければ失敗します。分かりましたね」

幽斎は切れ長の目を妖しく光らせ、念を押す。お花はしっかりと頷いた。

「はいっ、明後日の四つですね！　必ず守ります！　それまで、先生が仰ったとおりに準備をしておきます！　先生の言いつけを守れば、鬼に金棒です！　ありがとうございました」

お花は幽斎に厚く礼を述べ、全身にやる気を張らせ、喜び勇んで帰っていった。

お花が帰って少し経つと、幽斎は不意に立ち上がった。

「ちょっと出かけて参ります」

幽斎は婆やに告げて、外へ出ていった。

空は薄墨を塗ったように夜が広がってきていたが、夕焼けがまだ残っていた。

薬研堀の小さな稲荷で、二つの影が揺れていた。

「頼みましたよ」と黒ずくめの男が言った。

「承知いたしました」と黒ずくめの女が答えた。


次の日の夜。

勘定奉行の岩舘謙之助は二人の供を連れて、桜を眺めつつ夜道を歩いていた。月は丸みを帯びてきているが、雲が多いせいか、今宵は殆ど隠れている。

木挽橋の上、前から三人連れがやってきた。見上げるほどの大男がいるが、二本差しではない。その者たちはよけもせずに、岩舘たちの前に立ち塞がった。

暫し、睨み合う。殺気を感じたのだろう、岩舘の供の一人が「無礼者!」と叫んで刀を抜いた。

すると大男は素手であっという間に刀を振り払い、「ぐわあああっ」と喚きながら、供の者を抱え上げて、川へ放り込んでしまった。

その怪力ぶりに、もう一人の供の者は「ひいいっ」と叫んで腰を抜かしそうになる。

「なにをやっている、早く倒せ！」

岩舘が急かすも、供の者はすっかり腰が引けてしまって向かっていくことが出来ない。

大男はもう一人の供の者も抱え上げ、ぐらんぐらんと揺さぶり、お手玉のように軽々と、これまた川へ投げ捨ててしまった。

「ば、化け物！　だ、誰か、誰かおらぬか！」

岩舘が悲鳴を上げると、今度は別の男が向かってきた。躰のしなやかさから、まだ若い男と分かる。

岩舘は刀を抜いて振り翳すも、若い男は闇の中をとんぼ返りしながら刀から逃げる。驚愕するほどの身軽さだ。

そのとんぼ返りの鮮やかさに、目が廻りそうになって、刀を握る岩舘の手が緩んだ。

いつの間にか若い男は、橋の欄干の上にいた。そして飛び上がり、岩舘の顔目がけて蹴りを入れた。血を噴き出して岩舘が倒れる。若い男は地に落ちた刀を蹴飛ばし、岩舘の躰に蹴りを入れ続けた。

「ぐううっ、ぐおおっ」

血を吐くような呻きが、岩舘の口から漏れる。

その時、低く妖しい声が、闇の中で響いた。

「もうその辺でいいわよ、坊や」

女は胸に抱いていた黒いふわふわしたものを〝坊や〟に渡すと、懐から鋏を取り出した。

そしてそれを、倒れ込んで呻いている岩舘に、そっと近づけた。

はないちもんめたちは朝から張り切っていた。

「今日はいよいよ討ち入りの日だね！」

「店を閉めたら、直ちに向かうよお！」

「幽斎さんの仰るとおりにすれば必ず上手くいくわよね。菜箸、もう一度磨いておかなくちゃ」

朝餉は、納豆御飯に浅利の味噌汁、卵焼きに目刺しまで揃えた。力をつけようと、三人は朝から三杯飯を頬張り、はしゃぐ。

「討ち入りなんて赤穂浪士みたいだ！」

勘定奉行の岩舘を倒すという使命感に女三人は燃え上がり、やる気満々で声を張り上げるのだった。

「今日はやったるぜ！」

すると……早朝から何やら表が騒がしい。

「どうしたんだろう？」

障子窓を開けると、「てえへんだ、てえへんだ！」という叫び声が聞こえてくる。

「何かあったみたいだね」

気になった三人は、慌てて飛び出していった。

その頃、木暮は役宅で鼾をかいてまだ寝ていた。そこへ忠吾と坪八が駆け込んでくる。

「たっ、たいへんだあ！」

にわかに騒がしくなり、木暮は眠い目を擦りながら出ていった。

「どうしたんだ、いったい」

「旦那、きっ、来ておくんなせえ！」

「勘定奉行の岩舘様がえらいこっちゃあ！」

「なに、岩舘様が？」

慌てて着替え、木暮は飛び出す。桂も叩き起こして、四人で向かった。

岩舘はまさに「たいへんなこと」になっていた。血だらけの全裸で縛られ、中ノ橋近くの道端に晒されていたのだ。周りには人だかりが出来て、大騒ぎとなっている。

その人だかりをかき分けて、木暮と桂は「ああっ」と叫び、呆然とした。

岩舘は髷をちょん切られ、落ち武者のようなざんばら髪になっていたのだ。

全裸の股間には貼り紙があった。

《私は己の欲のために人を平気で斬り捨てる、役人の屑、人間の屑です。どうぞ石をぶつけてください》

この時代、髷を切られるというのは、武士としては大失態である。武士にあるまじきことと、面目は丸潰れ、切腹ものだったのだ。武士にとって髷を取られることは、命を取られるのも同然だった。

岩舘の傷だらけの背中にも、大きな貼り紙があった。それには椿色の赤い文字で〈世直し人、参る〉と書かれていた。

「おい、世直し人が、また何かやったみたいだぞ！」

「今度はお奉行様だってよ」

「そりゃどういうことだい？」

「お上の横暴、許せねえ！」

「石をぶつけようぜ！」

「やろう、やろう！　せっかく《石をぶつけてください》って書いてあるんだからよ」

騒ぎはますます大きくなり、人がわらわらと集まってくる。瓦版屋も飛び出してきていた。

木暮と桂は顔を見合わせた。

「下手すると、切腹、お家取り潰しにまでいきますね。これは」

「ただじゃ済まねえだろうなあ、こうなれば。……まあ、天罰ってことか」

二人の顔に思わず笑みが浮かぶ。だが、すぐに町方の顔に戻り、忠吾と坪八も一緒に、一応は取り締まった。

「ほら、騒ぐな、騒ぐな。見せもんじゃねえぞ」と。

そして……人だかりの後ろでは、はないちもんめたちが呆然と佇んでいた。

「なんだい？〈世直し人〉ってのに、先を越されちまったってことかい？」

「あーあ、折角やっつけるつもりでいたのになあ。一日遅かったぜ！　くそっ」

「朝から気合い入れてたのにねえ。がっかりだわあ」

ずっこけ三人女は、またしてもずっこけてしまったようだった。


岩舘は切腹こそ免れたが、目付が素行を調べると悪事が次々に明るみに出て、有耶無耶にしようとしていた一件も問題視され、お役罷免、お家は取り潰しとなった。

「お前を襲った者に心当たりがあるか」という問いに、岩舘は答えた。

「まったくございません。三名とも頭巾を被っており、黒装束でありました。大男と若い男と……女が一人いたように思います」

「女？　それははっきりしているのか」

「激しく蹴られて虫の息でしたが、女の声がうっすら聞こえたのと、女の匂いがしました。なにやら妖しい香りがしたのです」

岩舘は、髷を切ったのはその女であったとは、言えなかった。髷を切られただけでも震えるほど悔しいのに、女にやられたとあっては耐えられぬ屈辱だからだ。

女に髷を切られたという事実を、岩舘は墓場まで持っていくつもりだった。

三

これで気分も晴れ、木暮は笑顔で〈はないちもんめ〉へと向かった。

「旦那、なんだか御機嫌ですねえ！　これからお愉しみですかい？」

「まあな、旨いもん食って呑んで、いい女でも眺めてくるぜ！」

「へっ、それは〈はないちもんめ〉の大女将で？」

「殴るぜ、この野郎！」

夜鳴き蕎麦の親爺とそんな遣り取りをしつつ、ばら緒の雪駄で道を急ぐ。

その途中で、木暮はお滝にばったり出会った。お滝は相変わらずの婀娜っぽさで、腕には黒猫を抱いていた。

「あら、こんばんは」

「おや、今宵はあの用心棒と一緒じゃねえんですかい」

お滝は微笑んだ。

「あんなむさ苦しいのがいつも一緒じゃ、鬱陶しくて堪りませんもの」

「はは、そりゃそうでしょうな。可愛い黒猫さんと一緒に夜のお散歩ってほうが、お似合いですぜ」

「ふふ、これから一緒に湯屋へ行くんです。あそこの〈春の湯〉は、二階でこの子を預かって洗ってくれるんですよ」

「ほう、それはいいですな。まだ夜は少々冷えますんで、お気をつけて。湯冷めしないように」

会釈を交わし、木暮はお滝と擦れ違った。その時、妖しい香りがふわりと漂い、お滝の腕の中の黒猫が、にゃあと小さく啼いた。

木暮は、四、五歩進んだところで、振り返った。

黒猫が、お滝の肩越しに顔を半分覗かせていた。闇の中、翡翠色の丸い目と、尖った爪が光っている。

木暮が瞬きをして再び目を凝らすと、黒猫はもう顔を引っ込めていた。

お滝の白いうなじが、木暮の目に焼き付く。

その時木暮の脳裏に、見知らぬ男の顔がふと浮かんだ。だが、それが誰であるか、木暮は分かるような気がした。会ったことはないが、昨年の夏の事件で知り得た、お滝の父親だ。いわゆる義賊であった――。

黒い着物に黒い羽織を纏ったお滝は、黒猫を抱き、妖しい香りを残しながら、闇の中へすっと溶けていった。

〈はないちもんめ〉に入ると、旬の浅利をたっぷり使った〝深川飯〟の匂いが漂ってきて、木暮は思わず顔をほころばせた。桂、忠吾、坪八は先にきて、木暮を待っていた。

店にはほかにも、八丁堀を守る百組の火消したちや、本所の大工たちがいて、好きに呑み食いして盛り上がっている。顔見知りの彼らと会釈を交わしながら、木暮は座敷へ腰を下ろした。

「旦那、お待ちしておりました」

嫋やかなお市に酌をされ、木暮は笑みを浮かべた。

「うむ。今宵の酒は一段と旨い」

店にはまだ桜が飾ってある。そろそろ見頃は終わりだが、行灯に照らされた桜はやはり艶やかで美しい。木暮をはじめ、誰もが満足げな笑顔だ。

「お疲れだった。改めて、今宵はぱっといこう」

木暮が言うと、皆、大きく頷く。そこへお紋が料理を運んできた。

「まずは〝たらの芽と油揚げの煮びたし〟だよ。召し上がれ」

小鉢に盛られた料理に、男たちの目尻が垂れる。早速箸で突き、感嘆の息をついた。

「この時季しか食えないものってのは、やはりいいなあ」

「たらの芽のほろ苦さと、油揚げの甘みが溶け合って、いや絶品です」

「これは危ねえほどに酒が進んじまいやすね」

「おいおい忠吾、お前、酒はほどほどにしておけよ」

木暮は苦笑いで忠告する。

「出汁がよく染みてますぅ。たらの芽、軟らかく煮てますが歯応えも残って、しゃくしゃくと旨いですぅ」

出っ歯を剝き出し、坪八も夢中で食む。桂がしみじみと言った。

「旬のものをいただきますと、元気が湧いて参りますね。それだけ生命の力が宿っているということなのでしょう」

「こんな小さなたらの芽にもな。ありがてえことだ」

男たちは旬の食べ物に感謝しつつ、綺麗に平らげた。

すると戸が開き、笹野屋宗左衛門とお蘭が仲睦まじく入ってきた。二人は目ざとく木暮たちを見つけ、にっこりと会釈をする。いい気分で酔っている木暮は、二人を手招きした。

「どうせなら一緒に呑みませんか！」

「あらあ、嬉しいわあ。折角そう言ってくださるのですもの、いいでしょう、旦那様あ」

お蘭の上目遣いに、宗左衛門は頬を緩める。

「いつもお邪魔しては悪いような気もするが、皆で食べるほうが料理も旨いからな。お言葉に甘えさせてもらおうか」

「御遠慮なさらず、どうぞ！」

「そうねえ、多いほうが楽しいわ」

ということで、宗左衛門とお蘭も加わり、ますます賑やかになる。お花が料理を運んできた。

「お待ちどお。〝筍と烏賊の木の芽和え〟です。こちらも旬の味をお楽しみください」

木の芽の爽やかな香りに、皆、顔をほころばせる。木の芽とは山椒の葉のことで、擂り潰すといっそう香りを増すのだ。

それを頬張り、さらに破顔する。お蘭はにんまりと笑みを浮かべた。

「木の芽と白味噌が利いていて、美味しいわあ。筍と烏賊に絡んで、なんとも優しいお味よお」

「白味噌を使っているからでしょうか、目九蔵さんらしく、京を感じさせる一品ですね」

「木の芽と白味噌ってのは合うな。木の芽の爽やかだけれど癖のある味が、白味噌の甘さで薄められて食いやすい」

「筍のしゃきしゃきとした歯応えが堪りませんね。筍にも仄かに味がついているので、木の芽と白味噌と相俟って、尚更旨い」

「この、木の芽を擂り潰して白味噌と併せたのだけでも、酒が進みやす」

忠吾はあっという間に平らげ、皿に残った木の芽味噌を箸で摘まみ取って舐めている。

「烏賊も軟らかくて旨いですぅ。筍の歯応えとまた違うて、むちっとして、よろしゅうおますぅ。両方とも木の芽味噌によく合うて、口の中が春の風味でいっぱいですぅ」

「坪八、お前、なかなか乙なことを言うじゃねえか」

木暮が笑う。お紋が次の料理を運んでくる頃には、ほかのお客たちは帰り、木暮らはいっそう寛いでいた。酒が進む料理のおかげで、誰もがいい気分で酔っている。お蘭は宗左衛門に凭れかかりながら、目を瞬かせた。

「あらあ、今度のお料理は薇と竹輪ねえ！　懐かしい匂いだわあ」

「そうさ。これまたお酒に合いそうだろ？　お蘭さん、駄目だよお。酔っ払ってそれ以上お色気出しちゃ、大旦那様の躰に毒だからねえ！　気をつけて召し上がれ。〝薇と竹輪の煮物〟、白滝も入ってるよ」

湯気の立つ煮物に、ほくほくの笑顔で箸を伸ばす。

「こういう味はほっこりするなあ」

「筍、木の芽の次は薇ですか。寒い時季に別れを告げ、新しい季節の訪れを感じますねえ」

「味がよく染みてやすわ、白滝にまでも！　おっと、酒が進んで、あたしもそろそろ危なくなりそうだわ」

「忠吾、お前、気をつけろ！　もう既に少々危なくなってるぜ！」

　木暮の顰め面に、皆、笑う。

「薇の煮物ちゅうとお揚げが定番と思ってましたが、竹輪も合いまんなあ！　甘辛い味付けで、七味唐辛子がかかってるっちゅうのが憎いですわ！　酒も確かに進みますが、これで御飯だって何杯でもいけるんちゃますぅ？」

　坪八の昂ぶる発言に、宗左衛門はぽんと膝を打つ。

「確かに！　これを御飯にかけて食べたら最高でしょう！　男ってのはこういう懐かしいような味を好くものです。お蘭、今度お前もこういう煮物を私に作っておくれ」

　宗左衛門が笑顔で頼むも、お蘭は唇を尖らせる。

「でもお、わちきが頑張って作っても、旦那様、いつも残しちゃうんですものお。わちきがお料理下手って言ってるようなものじゃないのお！」

　可愛い妾にお尻を抓られ、宗左衛門は慌てる。

「痛っ！　そ、そんなに怒りなさんな。お前、以前は下手だったけれど、最近はそうでもないよ。この頃は、私が残す量も減っているはずだ」

するとお蘭、宗左衛門をきっと睨んだ。

「もう、褒めてるんだか貶してるんだか、よく分からないこと言わないでよお！旦那様の意地悪ぅ！」

そしてお蘭、宗左衛門の大きな手を摑み、八重歯を覗かせがぶりと嚙みつく。

「いっ、痛いっ！　やめなさい！　皆さんが見ている前で、ほら……痛いいっ」

お蘭はすっぽんのように、宗左衛門の指に喰らいついて離さない。じゃれ合う二人に、一同、大笑いだ。

「日本橋の大店の大旦那も、お蘭さんにかかっちゃ敵わねえな」

「本当ね。……面白い組み合わせだわ」

木暮とお市は顔を見合わせ、くすりと笑った。

店を閉め、お紋とお花も加わって、酒を酌み交わす。盃を合わせ、改めて事件の解決を祝った。

「人生色々あるけれど、生きてれば楽しいことってあるもんだよなあ」

木暮がしみじみ言う。

「こうして気の合う仲間と」

「旨い料理を味わいやして」

「酒も一緒に呑めますわ！」

桂、忠吾、坪八に続いて、お紋も微笑む。

「世の中捨てたもんじゃないよね」

「あたいたちが天誅を下せなかったのはちょいと悔しいけれど、ともかくすっきりしたしね」

お花も晴れやかな顔だ。すると目九蔵が、大きな鍋を運んできた。一同、それを覗き込んで、相好を崩す。味噌仕立ての汁の中には、たっぷりの葱、春菊、人参、饂飩、そして薄く切った桜肉が入っていた。桜肉とは馬肉のこと、よく煮込まれ、桜色から白褐色に変わっている。桜肉の旨みが汁に溶け、隠し味の生姜や大蒜とも相俟って、なんとも芳ばしく香り立っている。

「〝釜揚げ桜饂飩〟ですわ。桜肉と饂飩はなかなか合いますさかい。皆さん仲よくお召し上がりください」

ちなみに、茹でた後に水で締めずにそのまま食べる饂飩を、釜揚げ饂飩という。

目九蔵は一人ずつ椀によそっていった。それが行き渡ると、木暮が言った。

「目九蔵さんも一緒に突こうぜ。片付けは後でいいだろ」

「使ってない盃、ここにあるよ」

　お紋が目九蔵に渡す。恐縮しつつ目九蔵が受け取ると、お市が酒を注いだ。

「ありがとうございます。いただきます」

「おう、お疲れさん」

　目九蔵は木暮と盃を合わせ、一息に呑んだ。

　温かな鍋を突き合い、舌鼓を打つ。

「この桜肉、軟らかくて、味が染みてて旨えなあ！」

「躰がぽかぽかしてくるね」

「お野菜も美味しいわあ。お肉の旨みが溶けてるのお」

「肉と饂飩を一緒に食うと、いっそう力が湧いてきやす！　まさに馬力が出やすぜ」

「いやあ、私もますます精力がついてしまうなあ」

「いやだあ、旦那様ったらあ。助平ねえ」

「お蘭はんは、必ずそっちにいってしまいますさかい！」

「これ、餅を入れてもよさそうだねえ」

「ああ、ええですな。饂飩なくなりましたら、餅を少し入れてみまひょか。……

皆さんのお腹が大丈夫でしたら」

目九蔵が言うと、一同、笑顔で答えた。

「大丈夫！　餅は別腹！」

夜更けの〈はないちもんめ〉に、笑い声が響く。仲間で喧々と突く鍋は、まことに美味だ。

事件を振り返り、明石藩の実乃里姫が無事にお輿入れしたこと、小夜が小庵として新しい人生を歩み始めたことなどを喜んだ。

「ずっと娘として育てられて、歪んじまったかと心配したが、小庵はなかなかしっかりやってるぜ。寺の暮らしにも馴染んできているようだ」

「よかった。あたいも心配していたんだ。あの子、まだ十五歳だもん、やり直せるよね」

「そうよ、いくらでもやり直せるわ。若いのですもの」

お市が娘に微笑みかけると、お紋が口を挟んだ。

「歳は関係ない。老いも若きも、やる気があればやり直せる。やる気がなければ無理、ってことさ」

「大女将が仰ると、なかなか含蓄がありますね」

桂は肉を頬張りつつ、頷く。目九蔵に注がれた酒をきゅっと呑んで、お紋は息をつく。そして店に飾られた桜に目をやり、しみじみと言った。

「桜を眺めながらの桜饂飩か。風情があるじゃないか。私、桜って花は他人とは思えなくてね。昔からよく桜に喩えられたからね、私ゃあ」

するとお花は、また始まったというように、ふふんと笑う。お紋は孫をじろりと見やった。

「おや、お花。なんだい鼻を鳴らしたりして。お前は私がよく、八重桜のようだと言われていたことを知らないね」

「知るか！　そんなこと初めて聞いたわ」

「じゃあ、耳の穴をかっぽじって、よーく聞いてよーく覚えておくんだよ。私は娘時代からよく言われたものさ。お紋さんはまるで桜のようだ。気高く、美しく、淑やかで、ほんのり色づいている。昼に見れば楚々として、夜に見れば妖しさもある。花びらが重なり合って咲くような、華やかさもある。お紋さんを花に喩えるならやはり桜だ、八重咲きの、とね」

「八つ裂きさ」

「なにをっ」

「なんだとっ」

いがみ合う二人に、饂飩を啜りながら木暮と桂も合いの手を入れる。

「八つ裂きねえ……。釜茹で、という手もあるな」

「牛轢き、という手もありますね」

「なんだい、あんたたちまで！　そんなに私を拷問にかけたいっていうのかい？」

お紋は憤り、鼻の穴を膨らませる。すると坪八、出っ歯を剝いて口を挟んだ。

「まあまあ、大女将、そう声を荒らげんと。仲よお、釜揚げ饂飩を食べましょ！」

「〝釜揚げ饂飩〟と〝釜茹でお紋〟か」と木暮。

「〝釜茹で饂飩〟と〝釜揚げお紋〟って、うっかり言っちまいそうですぜ」と忠吾。

「あら、大女将は饂飩と一緒ってことお？」とお蘭。

言いたい放題を聞きながら、お紋はぶすっとして饂飩を啜る。

「ふん、私がこうして饂飩を食べると共食いってことか」

「あら、お母さん、いいじゃないの。白くてもっちりしているってことよ」

するとと坪八、またも出しゃばった。

「親分が釜揚げ饂飩を食べても、共食いでんがな」

「あっしも白くてもっちりしてるってことか。……ふふ、照れるぜ」

「いえ、〝おかま〟っちゅうことで！」

一同、食べる手が、一瞬止まる。坪八が気まずい空気を察知した時には、もう遅かった。

「あ……わて、余計なこと……」

慌てて口を押さえる坪八を、忠吾はぎろりと睨めた。

「てめえ、今度、ぜってえ釜茹でにしてやるから、覚えてろよ、この野郎！」

「へ、へぇ。親分にならら釜茹でにされても構わないですぅ。なんならその後食べてもらってもよいですぅ。失言許してくださあい」

忠吾に耳朶を強く抓られ、坪八は泣きそうな顔になる。木暮が口を出した。

「おい、忠吾。坪八は悪気があって言った訳じゃねえだろうから許してやれ。それによ、可愛いじゃねえか、〝おかま〟って呼び方は」

「え、可愛いですかい？」

密かにほの字の木暮の言葉に、心を動かされたのだろう。坪八の耳朶を抓る、忠吾の手が緩む。木暮は笑顔で忠吾に語りかけた。

「うむ。たとえばよ。〝釜揚げ饂飩〟っていうとなんだか素っ気ねえけど、〝お釜揚げ饂飩〟っていうと、丁寧だし可愛いだろ？　〝おかま〟って呼び名も、それと同じじよ」

「そうね。旦那が言うように、可愛らしいし、〝お〟がつくから、上品ね」

お市がにっこり微笑む。お紋とお花も頷いた。

「そう考えてみれば、忠ちゃんに相応しい呼び名じゃないか。それなのに大切な子分を叱ったりしてさ」

「忠吾の兄い！　機嫌直して、冷めちまう前に〝お釜揚げ饂飩〟、皆で仲よく食べちまおうよ！」

忠吾は坪八の耳朶から手を離し、いかつい顔の満面に笑みを浮かべる。

「いや、あっし、大人げなかったです。すみやせん、睦まじく鍋を突いていたところ」

「饂飩、たっぷり入ってますんで、どんどんいってください」

目九蔵によそってもらった椀を摑み、忠吾は再び勢いよく頰張り始める。

「旨いですぜ！　〝お釜揚げ饂飩〟は最高ですぜ」

乙女のように仄かに頰を染め、忠吾は饂飩をずるずる啜る。皆、生温かな笑みを浮かべながら、心の中で思っていた。

——単純な奴って、ホントにいいなあ——と。


鍋たっぷりの饂飩と桜肉は綺麗になくなり、お腹をさすって、暫し休憩。

そして話は〈世直し人〉に及んだ。〈世直し人〉とは何者かという話題で盛り上がる。

お花は首を傾げた。

「つまり世直し人たちはさあ、岩舘が黒幕だと知っていたってことだよね？」

お紋はお茶を啜りつつ、答えた。

「その〈世直し人〉の元締めみたいなのは、案外、奉行所の内部の者なんじゃないかね？　ならば知っていても何の不思議もないさ」

「有耶無耶にされそうなことに立腹して、表立っては無理だから、裏から手を回して、岩舘を成敗してしまったという訳ね。ねえ、旦那、奉行所の中でそういうことをしそうな人に、心当たりはない？」

お市に問われ、木暮と桂は顔を見合わせる。

「そんなことをしそうな輩、お前、知ってるか？」

「さあ、見当がつきませんねえ」

お紋はさらに推測する。

「腕っぷしの強い御浪人とかかね、やはり。元同心とか元与力とかで、今は無頼の」

「なんだかかっこいいわね！　大身の用心棒という線もあるんじゃない？　表の顔は御公儀にも顔が利く用心棒で、裏の顔は〈世直し人〉なの！　ときめくわあ、そういうの」

嬉々とするお市をじとっと眺め、木暮は呟く。

「……芝居の見過ぎだぜ」

「あら、旦那。何か言った？」

「いや、まあ、別に」

木暮は眉を掻き、酒を啜った。

「でもさあ、情報を掴んでいたのだから、やはり内部に近い者たちよ」

「まさか隠密……まではいかないよね」

などと喧々やりながら、お花はふと思う。

──そういや、あたい、岩舘のことを幽斎さんには話したんだよな──

なんだかもやもやとするが、酒を結構呑んだせいか、お花は考えが纏まらない。お市が溜息をついた。

「気になるわあ。〈世直し人〉ってどんな凄い人たちなのかしら」

「いや……案外、普段はお前らみたいに、ずっこけた奴らなのかもしれねえぜ」

木暮はふっと笑った。するとお蘭が身を乗り出す。

「じゃあ、わちきでも〈世直し人〉になれるかしらあ？」

「それはまた別の話、って感じだねえ」

お紋が素っ気なく答えると、お花も「そりゃ無理だ」と手を振る。

「お蘭さんが仲間に加わったりしたら、すぐに足がつきそうだな。戦いの場でも、わちき〜なんて色気ふりまいて、はしゃいでよ」

「敵にあっさり仕留められてしまいますよ」

木暮と桂も辛辣(しんらつ)で、お蘭はむくれた。

「あら皆さん、わちきをずいぶん見くびってくれるじゃない」

宗左衛門はお蘭をよしよしと宥(なだ)めながら、言い聞かせた。

「皆さんが言うことも一理あるよ。お前が〈世直し人〉に加わったりしたら足手まといになるだけだから、よしときなさい」

するとお蘭、またも宗左衛門をきっと睨んだ。

「旦那様まで、本当に意地悪ぅ！」

お蘭、今度は噛みつかず、宗左衛門の大きな躰を、駄々っ子のように叩く。

「痛いよ、やめなさい。ごめんよ。ほら、御機嫌直して」

謝りつつも、宗左衛門はやけに嬉しそうだ。

「なんでも好きなものを頼んでいいから」

するとお蘭は顔をぱっと明るくさせる。

「本当？　じゃあ、お鍋にお餅を追加するわ！　目九蔵さんお薦めでしょ！　お酒ももう一本つけてね」

「へえ。用意して参ります」

目九蔵は速やかに立ち上がり、板場へと向かった。

すっかり機嫌がよくなったお蘭の頭を、宗左衛門は優しく撫でる。それを眺めつつ、お市は呟いた。

「お蘭さんが出来そうなのは、色仕掛けぐらいね」

「まさに」と笑い声が響いた。

〆の餅入り鍋を突きながら、一同の顔は餅のように蕩けた。

「肉や野菜の旨みが溶けた汁を吸っててよ」

「この餅、涙が出そうな旨さですぜ」

「お腹いっぱいでも入っちゃうわね」

こうして今日もまた、美味なる夜が更けてゆく。店に飾った桜に目をやり、お市が微笑んだ。

「桜が咲いて、女も咲いて、いいわねえ」

「おう、男も咲くぜ」

木暮も桜を眺める。皆、晴れ晴れとした笑顔だった。

はないちもんめ　世直しうどん

一〇〇字書評

切・り・取・り・線

購買動機（新聞、雑誌名を記入するか、あるいは○をつけてください）	
□（　　　　　　　　　　）の広告を見て	
□（　　　　　　　　　　）の書評を見て	
□ 知人のすすめで	□ タイトルに惹かれて
□ カバーが良かったから	□ 内容が面白そうだから
□ 好きな作家だから	□ 好きな分野の本だから

・最近、最も感銘を受けた作品名をお書き下さい

・あなたのお好きな作家名をお書き下さい

・その他、ご要望がありましたらお書き下さい

住所	〒				
氏名		職業		年齢	
Eメール	※携帯には配信できません		新刊情報等のメール配信を 希望する・しない		

この本の感想を、編集部までお寄せいただけたらありがたく存じます。今後の企画の参考にさせていただきます。Eメールでも結構です。

いただいた「一〇〇字書評」は、新聞・雑誌等に紹介させていただくことがあります。その場合はお礼として特製図書カードを差し上げます。

前ページの原稿用紙に書評をお書きの上、切り取り、左記までお送り下さい。宛先の住所は不要です。

なお、ご記入いただいたお名前、ご住所等は、書評紹介の事前了解、謝礼のお届けのためだけに利用し、そのほかの目的のために利用することはありません。

〒一〇一－八七〇一
祥伝社文庫編集長　坂口芳和
電話　〇三（三二六五）二〇八〇

祥伝社ホームページの「ブックレビュー」からも、書き込めます。
www.shodensha.co.jp/bookreview

祥伝社文庫

はないちもんめ　世直(よなお)しうどん

令和２年２月20日　初版第１刷発行

著者　有馬美季子(ありまみきこ)

発行者　辻　浩明

発行所　祥伝社(しょうでんしゃ)

東京都千代田区神田神保町3-3

〒101-8701

電話　03（3265）2081（販売部）

電話　03（3265）2080（編集部）

電話　03（3265）3622（業務部）

www.shodensha.co.jp

印刷所　堀内印刷

製本所　積信堂

カバーフォーマットデザイン　中原達治

Printed in Japan ©2020, Mikiko Arima　ISBN978-4-396-34606-5 C0193

祥伝社文庫の好評既刊

有馬美季子　はないちもんめ　秋祭り

お花、お市、お紋が見守るすぐそばで、娘が不審な死を遂げた――。食中りか毒か。女三人が謎を解く！

有馬美季子　はないちもんめ　冬の人魚

北紺屋町の料理屋〝はないちもんめ〟で「怪談噺の会」が催された。季節外れの人魚の怪談は好評を博すが……？

有馬美季子　はないちもんめ　夏の黒猫

川開きに賑わう両国で、大の大人が神隠し⁉　評判の料理屋〈はないちもんめ〉にまたも難事件が持ち込まれ……。

有馬美季子　はないちもんめ　梅酒の香

座敷牢に囚われの青年がただ一つ欲したもの。それは梅の形をした料理。誰にも心当たりのない味を再現できるか？

尾崎　章　替え玉屋　慎三

化粧と奸計で悪を誅する裏稼業。騙し騙して最後に笑う稀代の策士、その名は慎三！　驚愕の時代小説デビュー作。

尾崎　章　伊勢の風　替え玉屋　慎三②

郡奉行の署名と花押、割り印入りの専売許可札がなければ、廻船問屋は廃業必至。焼失した札の替え玉を作れるか。